都市传奇 / 张欣经典长篇系列

深喉

张欣 著

花城出版社
中国·广州

图书在版编目（CIP）数据

深喉 / 张欣著. -- 广州：花城出版社，2024.4
（都市传奇：张欣经典长篇系列）
ISBN 978-7-5749-0116-2

Ⅰ. ①深… Ⅱ. ①张… Ⅲ. ①长篇小说－中国－当代 Ⅳ. ①I247.5

中国国家版本馆CIP数据核字(2023)第255938号

出 版 人：张 懿
责任编辑：周思仪　王子玮　邱奇豪
技术编辑：凌春梅
责任校对：汤 迪
封面设计：L&C Studio

书　　名	深喉 SHEN HOU
出版发行	花城出版社 （广州市环市东路水荫路11号）
经　　销	全国新华书店
印　　刷	深圳市福圣印刷有限公司 （深圳市龙华区龙华街道龙苑大道联华工业区）
开　　本	787毫米×1092毫米　32开
印　　张	9.5　1插页
字　　数	170,000字
版　　次	2024年4月第1版　2024年4月第1次印刷
定　　价	398.00元（全13部）

如发现印装质量问题，请直接与印刷厂联系调换。
购书热线：020-37604658　37602954
花城出版社网站：http://www.fcph.com.cn

人的欲望有时只是一个念头而已,但一个念头却有可能改变人的一生。

一

呼延鹏有他自己的线人，这些人分布在他认为重要至少也是不容忽视的位置上，不知会是什么时候，子夜或者清晨，他们向他提供线索，以满足他的需要。当然这样一来，呼延鹏就必须拿出大量的时间分批分期地陪这些人泡吧、吃饭、聊天；把演唱会、音乐会或者月饼票之类的东西颇显随意地送到他们手上，有时一个信封就值八百块，呼延鹏喜欢这种形式，而不是提着礼品盒到处乱串，那就太像仅为半斗米就折腰的小人物了。

作为《芒果日报》法制版的记者，呼延鹏觉得有人给他爆料至关重要，如果没有料，那他写什么呢？难道让他像埃塞俄比亚餐厅的厨师一样，把空盘子端给客人吗？！

那些花花绿绿的票都是娱乐版的人送的，什么周华健啊，梅艳芳啊，国产交响乐团告别金色大厅回国路过临时加演，总之这些演出都派上了用场，月饼票是报社的福利，把福利变成人情，也是一笔上算的交易。

呼延鹏虽不是剑眉星目，倒也耐看，他不是那种美得让人厌烦的男人，确切地说是五官端正的平常人有一点气势和素质罢了。另外他干净，又是一身布衣，这种人又能坏到哪去？呼延鹏毕业于北京人民大学新闻系，别的暂且不提，只说他大二时便有报刊重金请他去做兼职主编就足以显现他的实力所在，尽管是一本时尚休闲杂志，那也不是有手有脚就能干的，对不对？所以当年《芒果日报》的主编戴晓明亲自到北京挑人，独具慧眼地相中了呼延鹏，那时的呼延鹏年轻气盛，一心要留在皇城根下讨生活，对于南方香蕉苹果之类的报纸视如手纸，又听说这张报纸在若干若干年前还是以当地地名贯称，后来毛主席那一年把别人送给他老人家的芒果亲手送给了工人阶级，为了纪念这件极有意义的事，这张报纸便改名为《芒果日报》。对于这样的奇闻，呼延鹏听起来无异于茶馆里的说书人语。

不过，在与戴晓明的一次长谈之后，呼延鹏突然就决定南下，因为他觉得戴晓明这个人极有胆识，又独具个人魅力，在人治现象不可改观的当下，跟对了人才能成就一番事业，这已是不争的事实。

南方人欺生，加之无论什么报纸都是党的喉舌，哪会跟你玩什么个性？所以一时间，呼延鹏有点乏善可陈，当人们看到戴主编像捧着一株君子兰似的捧着呼延鹏，所有的人都觉得他中看不中用，是戴晓明旗下的男花瓶。

然而，戴晓明当年的思贤若渴并不是没有原因的，他曾经是复旦大学中文系的高才生，不到四十岁便掌接《芒果日报》总编辑的帅印，属于正儿八经的厅局级干部，是中国媒体圈内少有的嘴上没毛就坐上高位的少壮派。不过话说回来，这个位置也并非人人惦记的金交椅，由于各种各样的原因，《芒果日报》的发行量只十万份，所谓三千多万的固定资产也无非是些破楼破印刷厂，年年等着政府拨款惨淡经营，如同一艘陈旧、超载又吃水很深的轮船，随时可能商海沉没。

这还远远不是问题的全部，戴晓明上任时，他面前就耸立着两座高峰，一座是《南中国大报》，这是一张伟大、光荣、正确的报纸，又是一份让人踏实的报纸。它的掌门人是满头白发的老报人方煌，方煌坐在旗舰上，自知南报不可能赚回真金白银，报纸要生存，报人要发奖金，于是他便以南报为母报，派生出一系列子报，其中有在政治方面相当新锐的《精英在线》，有面向白领的《经济导报》，还有市民喜欢的《星报》和《花鸟鱼虫》，总之这些小舰队在旗舰前面横冲直撞，奋勇拼杀，完成旗舰难以完成的使命，目标就是直逼市场，赚钱，赚钱，赚钱。有人说坐在旗舰上的方煌如果再摇个鹅毛扇，便是报界的诸葛亮了。

另一座高峰便是《花城晚报》，晚报是靠多年打磨经营出来的一块金字招牌，她和蔼可亲，不是总板着面孔，还常常登一些情感伦理方面的上乘之作，同时集雅玩、情趣、享受于一体，俨然一个生活大师，是民众心目中的老字号。所以晚报虽然没有子报，却也活得一枝独秀，发行量居首，还有外省的印刷点，其江湖地位稳如磐石。

在这样的情况下，戴晓明除了高山仰止，谁也想不出来他还有什么出路，你说他不思贤若渴还能干什么？

当一个人前有大山后无退路的时候,他就开始有故事了。

不过,呼延鹏到底是可造之才,短短的几年间,他和《芒果日报》一起成长,终于洗刷并打碎了自己的花瓶形象,成为报社重要的采编人员之一,当然也是戴晓明智囊团的主要成员,虽不能算是要风得风要雨得雨,却早已不是涉世尚浅只有青春痘的毛栗子了。

中午吃饭时间,呼延鹏在办公室接到透透的电话,透透用命令的口气说:"现在就出来,请我吃饭。"

呼延鹏道:"我都吃了半截子了。"他手上的确拿着难以下咽的盒饭。

透透道:"请——我——吃,我管你半截子不半截子。"

呼延鹏道:"要不晚上吧。"

透透道:"我叫你现在自然有现在的道理,我这儿有料,我给别人,那就不是一顿饭的事了。"说完就要挂电话。

呼延鹏不敢怠慢,忙不迭地央求透透吃他的饭,透透哼了一声道:"我没看错,就知道你是这种势利小人。"说完就收了线。呼延鹏给骂得心里七分暗爽加三分舒坦,顺手把盒饭丢进了垃圾桶。

透透是时尚版的记者,同时又是那种叫男人无法拒绝的女孩,她不仅漂亮,而且可爱,身材又无可挑剔,整个人像漏汁的蜜桃。她是音乐学院学古筝的,你说跟新闻有什么关系?可她就是能毫无争议地进报社。无怪乎延鹏的同学洪泽说，漂亮女孩一生出来就等于拿了博士后的学位，想干什么就能干什么。

本来，呼延鹏对洪泽的话也是不以为然，他认为人这一辈子靠的还是真才实学，女人也一样。洪泽说，你怎么知道漂亮女人就没有真才实学？人家雷透透长得仙女一样，不仅能做报纸，还能在青竹溪水旁弹古筝，就凭这一点得气死多少真正意义上的女博士后？你还要什么样的真才实学？说得呼延鹏无言以对。来报社后不久，呼延鹏和透透便被称为《芒果日报》的金童玉女，对此，呼延鹏并没有特别在意。

可是有一天，快下班的时候，透透突然来到呼延鹏的办公桌前，在"嗨"的同时两手一拍桌子，呼延鹏一抬头，见透透穿一件白背心，脖子上绕着奇奇怪怪的挂件，下面是毛边的牛仔短裤，半长的头发乱七八糟地夹在脑后，脸上没有妆，只有密集的小汗毛。她说，我的钱包丢了，给我点钱我坐车回家。她说的是给，根本没有说借，呼延鹏也搞不清自己怎么会这么乖地拿出钱包，抽出两张钱递给透透。透透拿了钱，头也不回地走了，办公室的人都有些羡慕地看着呼延鹏，仿佛他得到什么最高奖赏似的。也就是在这一天之后，呼延鹏就有点喜欢透透了，他喜欢透透以后，就在透透面前酷不起来了。

透透喜欢吃日本餐，呼延鹏便请她吃平田料理。席间，透透说她意外地听说六年前曾经轰动全国的翁远行杀妻毁容案居然查出了真凶。这使得呼延鹏差点没被嘴里的乌冬面噎着，当即兴奋到心血管扩张致使他捂住胸口连说了两遍让我冷静一下，让我冷静一下。

回到报社，呼延鹏便一头扎进资料室，他找出六年前的报纸，确切地说是六年半，当时已是岁末，这则杀妻分尸案的案情并不复杂。翁远行，男，一九六八年生人，在一家合资公司任部门经理。某日晚，翁远行因琐事与妻子卞丽莎发生口角，便摔门离去，十点钟左右，卞丽莎的妹妹发现姐姐惨死家中，面部青紫并被砍有数刀，全身布满瘀痕。经法医鉴定：死者头部被硬物击中，同时被按住后颈部导致窒息而亡，但死者生前没有受到性侵犯，其家中的贵重物品也无任何损失，致使警方对凶手的行凶动机茫无头绪。两周后，翁远行作为最大的嫌疑犯被警方刑事拘留。警方的证据是在案发现场提取到两枚带有血迹的烟蒂，其血型与翁远行相同，同时验出死者指甲中的二百六十九条纤维中，有七条与翁远行的一件西装纤维相同。三个半月以后，本市中级人民法院以故意杀人罪一审判处翁远行死刑，剥夺政治权利终身。

该案之所以轰动全国的原因是，二审维持原判又在四次被驳回上诉之后，该案律师徐彤执着地为死囚奔走，以在无目击证人的情况下现有证据不能成为证据链为由，恳请高院枪下留人，关键时刻最高法院紧急签署暂缓令，在枪响前的四分钟留住了翁远行的性命。

这样的拍案惊奇只有在古戏文中尚可一见，自然是所有报纸要闻版的头条，巨大的黑体字都相当抢眼，同时配发了不同角度的照片。翁远行一夜之间家喻户晓。

有后续消息传出，翁远行后来被判了死缓。

了解完所有的前史，呼延鹏心中有些愤愤不平，这么重要的线索，为什么他的线人没有一个给他打电话，他们可都是在公检法部门工作，推说不知道是不能成为理由的。要不是雷透透具备克格勃的素质，那他就瞪着眼睛读别家报纸的重大新闻吧。

这时已是下午四点，呼延鹏回到办公室以后，便分别给他的线人打电话，令他想不到的是，这些人就像是约好了一样，都是吞吞吐吐的，不愿说这件事，其中有一个人还埋怨他说，你怎么把电话打办公室来了？！说完就收了线。后来这个人用手机打来电话说上面不让提翁远行这个案子，说出去的人按泄密论处。呼延鹏说上面是哪个上面？线人说那你就别问了，反正今天开会前，顶头上司先骂了一通媒体，足足骂够了半个小时，说坏事都坏在他们头上，又没有职业操守，说话又严重不负责任，凡事没有不夸大其词的，唯恐天下不乱。大伙当然也跟着一起骂，整个就是一个无良报人投诉会，就差没把桌上的报纸扔在地上踩两脚了。之后便宣布纪律，而且还说了一些谁把事情说出去定会追查到底的话，所以你也就什么都别问了。

挨骂倒没什么，哪张报纸不是被骂大的，如今这年头,你赞扬谁,人家也是当骂来听。只是按照呼延鹏的本意,真凶被抓到了,翁远行又没死,他做一个独家报道,这是皆大欢喜的好事,干吗有关部门要这么讳莫如深呢?

于是,呼延鹏的好奇心上升的速度超过了体内涌动的荷尔蒙,他想,说不定就这件事能挖出点什么来,这是每一个新闻从业人员的惯常思路,呼延鹏也不例外,他在脑海里迅速地张开自己的关系网,其中有一个线人在公安局工作,他们的私交不错,而这个人唯一的毛病就是酒后大嘴巴。

呼延鹏马上给这个人打了电话,除了寒暄什么都不提,在毫无防备的情况下,这个人答应晚上跟他去星巴克喝酒。呼延鹏心想,这下可齐活儿了。

下午四点多钟,戴晓明从部长办公室里走了出来,虽然他不属于帅呆酷毙的那种男人,但身穿雅格诗丹T恤衫的他,尽管斯文体面,但还是有一点不为人察的霸气。其实这是他追求的一种风格,他不喜欢过分谦和的人,可是现在官场到处都是这种人,能大段大段地背《红楼梦》,对苏联文学颇有研究,在必须亲民的时候还能眼泛泪光。戴晓明就不愿意做这种人,他喜欢叱咤风云说一不二天下英雄使君与操余子谁堪共酒杯的气度,而且他坚信官场奇缺的正是他这样的人。

宣传部长倒是真正的儒雅之士,他其实还是欣赏戴晓明的才干的，但又必须规范他的行为，尽可能地减少来自各方面的非议，戴晓明能够感觉到他的用心良苦。不过他最后的几句话着实让戴晓明恼火。

当然这是组织上的意见。目前的戴晓明已经是芒果日报社的社长，并把身边长年共事的号称报社文胆之一的人提为总编辑，但那个人老实得有些木讷，所以属下还是管戴晓明叫主编，难以改口，其他各个部门的人员分配业已得心应手。而部长的意思是上面要委派一个副社长下来参与高层工作。这明摆着是掺沙子嘛。见他面有不悦之色，部长又提到另一个方案，那就是让他彻底交出报社这块大蛋糕，坐部长现在这把交椅。而宣传部长本人将另谋高就的传言已流行半年之久了。

这些话如同咒语，都是他最不愿意听到的，尤其是最后那句让他放弃《芒果》的话，犹如钢针一般直刺他的心窝，当时他真有全身失血脑袋涨痛的感觉。可他又不便发作，毕竟《芒果日报》是党报，不能等同于民间报刊，谁打江山谁来坐。

说起这些年来的奋斗史，就连戴晓明目前最具实力的竞争对手方煌都不胜唏嘘。

方煌不止在一个场合说过，若我手下得一个戴晓明，此生无憾。要知道方煌是个孤傲的老头，最早有人向他提起戴晓明，他简直就不知道是何方神圣。后来他一步步见证了这条小鱼是如何变成了传媒大鳄，方有此感言。然而时世却让他们成为对手加敌手，永远没有并肩作战的可能。

方煌说，戴晓明是一个战略家。

的确，初始进入传媒业，戴晓明是赤手空拳打天下，在认清了严峻形势的同时，他也曾下定决心悬梁刺股励精图治。他所推行的改革方案可谓石破天惊，首先是报纸的自办发行。以往，报纸都是靠邮局发行的，别的暂且不提，单就邮局只能保证上午十点把报纸送到读者手上这一件事，戴晓明就非改不可。他说，新闻讲的是时效性，十点钟是什么概念？晚报都快上市了，我必须保证我的读者八点钟就能看到新闻。有人提醒他这么干会被邮局封杀的，有的报纸就被迫无奈灰头土脸地把发行权还给了邮局。戴晓明说，我决不会把肥肉让给别人吃。

自办发行的困难相当多，投入也大，加上邮局系统的不配合，但是戴晓明做到了，他的报纸清晨六点半就出现在茶馆茶客的手里。

渠道畅通之后，紧随其后的便是扩版，可以说《芒果》是全国地方性报纸中最先由四版扩至八版的报纸，此后一扩再扩，直至现在的日均五十大版。戴晓明说，为什么要循序渐进？这个时代谁有时间循序渐进？就是要飞起来咬人，而且一口咬死别人。他率先推出国际通行的多叠报纸，在特殊的日子譬如香港回归、千禧年之类的大事出现时，便推出两百版、一百版的特刊，不仅让读者甚至让业内同行都目瞪口呆。

扩版的另一个重大意义是为报社带来了巨额的广告

收入。

然而，做报纸毕竟不是赌气，大刀阔斧的工作作风并不能代替精美上乘的锦绣文章。为此，很长一段时间戴晓明都亲自坐镇总编室抓头版新闻，你几乎可以在深夜或者凌晨的任何一个时间看见他办公室的灯光始终亮着。

与此同时，他在体制内部进行了可以说是休克似的改组，说白了就是金钱挂帅，他取消了所有的所谓报社福利，而只有好稿才是跟金钱紧密联系在一起的，这些钱的数额高到你可以做买楼买车的计划，人们不得不改变以往坐、等、要的万事不急的风格，取而代之的是每个人都行动起来了，而且没有谁是不风风火火的。总之报社从此再也没有上下班的时间概念，到处都是绞尽脑汁咬着笔杆子发呆的人。

戴晓明要求所有的稿件在一天之内全部变成电脑稿，那些龙飞凤舞字迹难辨的手写稿非常误事，也影响效率。可怜有些老记者、老编辑只好叼着烟，用一根手指敲电脑，敲到深更半夜也敲不完手中的稿件。

在一片抱怨声中，戴晓明铁石心肠，他说我不是戴善人，报社也不是养老院，我并不在意你老，但就怕你倚老卖老不思进取。

类似的例子不胜枚举。

没有人喜欢被管理，但是没有管理就不可能造就名牌企业。戴晓明如是说。并且在三年之后，他所推行的办报理念初见成效，这时候，戴晓明在心中酝酿多时的大动作逐渐浮出水面。

一九九六年一月十五日，由戴晓明一手策划并且精心筹备组建芒果报业集团的申请获批，这是中国第一家获批的报业集团。在报业集团的旗帜下，戴晓明终于可以大展拳脚了，他几乎是以闪电般的速度，一口气延伸出七个子报，有面向投资者的《发财狮子》，有专门给球傻子看的《球报》，还有一些让人眼花缭乱的小资、女性报纸，不仅如此，他还成功地收购了一家出版社。

这还不算，戴晓明的确是眼光独到，在一些旧厂房的搬迁过程中，他用极其低廉的价格买地，然后像土财主那样一块一块地开发。其实他是房地产业内最大的票友，竟然卖出商铺每平方米八万元的天价。即使那些资深的地产商也被他气得几乎口吐白沫倒地身亡，有人通过电台专门点歌送给他——《大刀向鬼子们的头上砍去》。

报社迅速积累起来的财富开始呈几何公式上扬，报刊发行量一百六十三万份，总资产高达四十亿。

这样你就能理解为什么戴晓明走出部长办公室时会闷闷不乐了，他是报界的巴顿将军，将军决战只在战场，难道他会愿意坐在办公室里空谈什么思想和主义吗？即便戴着一顶宣传部长的帽子，那又怎么样！完全有可能毫无作为。至于说到掺沙子，这种手法古老得有些可笑，在你干活的时候，不会有任何人注意你，一旦有了果实，便会有千万只无形的手向你伸过来，有些手就是专门撒沙子的。

在别人看来戴晓明已经创造了一个神话，而他本人便是神话中那个点石成金的人。但是戴晓明自己并不这么想，总有一种壮志未酬的感怀。他正准备做的两件大事分别是建立一个与国际接轨的报务中心，选用最先进的印刷设备，他始终相信，报纸的印刷质量和外包装是首先打动读者的关键，即便是一个修鞋匠他也决不会拒绝阅读豪华版报纸。还有就是请国外的设计师招标，建立一座包括休闲、餐饮、购书、图书馆等多种功能的报业大楼，使其成为本市的标志性建筑。

他将调动运作上亿元资金，那种感觉除了少数人之外恐怕只有演员经历过。

有人说，戴晓明干脆把自己的雕像立在报业大楼前面吧。戴晓明说，我不要国家一分钱，为南中国平添一道壮丽的景观，难道报业大楼本身不是我的塑像吗？

戴晓明回到报社时，已经快到下班时间了，大门口出出进进的人有不少，他们对他的敬畏之情溢于言表，有些新记者干脆低着头，连看都不敢看他，唯恐自己消失得不快。我又不是鬼，心情不爽的戴晓明虎着脸这样想道。他没有乘电梯，而是步行到三楼他自己的办公室，办公室很宽敞，而且一尘不染，大型的玻璃书柜整齐地排列在大班台椅的后面，像卫士一样守护着他。他喜欢这里，每当他心情不好或者倍感压力的时候，只要关上门稍坐片刻，他的心境就会渐趋平静，今天也是一样，当他坐在办公桌前时便如神附体，马上就觉得应该对刚才发生的一切付之一笑。

也许这里已经成为他生命中一个极其重要的平台，令他尽施拳脚智勇双全。很多时候，戴晓明甚至觉得他的办公室是玻璃做的，是完全透明的，他知道很多人都在看着他，而他也有超水平发挥并成为报业领军人物的愿望。

在北京读书的时候，呼延鹏他们宿舍有四个同学，其中一个得了恶性肿瘤，但他又想断断续续地完成学业，其他三位同学就要不停地照顾他安慰他帮他抄课堂笔记把图书馆找来的资料资源共享等等，另外就是弹吉他为他解闷，并且充满幻想地上网或到学生橱窗贴小字报征求救人的偏方，大伙团结得像一个人一样。然而大四阶段的某一天，患恶性肿瘤的同学去做化疗便再也没有回来，他的彻底离去成就了其他三个人远远超过同学情义的友谊。这三个人中除了呼延鹏之外，另外两个人是洪泽和宗柏青。

洪泽是一个机会主义分子。大四第二学期，没有人上课，全都像没头苍蝇似的在外面找工作，洪泽一点也不急，在学校帮同学写毕业论文，开价不菲。后来出去找工作的人都无功而返，洪泽却有了一笔不错的收入。所以呼延鹏说他有南方人的精明。

洪泽也的确是南方人，毕业之后按照哪来哪儿去的原则分配回来，跟呼延鹏在一个城市，在呼延鹏立志做媒体精英时，他又出人意料地选择了报考公务员。他自己的解释是，男人的第一志愿永远应该是当官，这没有什么可难为情的，就像女人爱脂粉一样。而男人也只有处于权力旋涡时才能显现出无穷的魅力，任何时候世界上那些十强、八强会议，你绝对不可能看到一帮女人在谈论经济、金融、政治、科技乃至战争之类的大事。否则小布什算什么？普京又算什么？混混或者雅痞而已。

洪泽果然以高分成绩进入机关大院，在不能再短的时间里坐上了省委宣传部期刊处副处长的位置。

宗柏青是兰州人，可他身上一丁点儿西北汉子的味道都没有，一个男人皮肤雪白雪白的，简直莫名其妙，身材也是玉树临风，总之任何形容女人的词汇用到他身上都恰如其分。柏青也不爱说话，除了做事总是安静得很，跟他在一间屋子里，你有时完全感觉不出他的存在。呼延鹏和洪泽看着他发愁，你这个样子在兰州可怎么混啊。

于是洪泽开始叫父母托关系，他家没有一个人是搞传媒的，好不容易找到一个企业肯当接受单位，说是做文秘。这样柏青便来到南方，还真老老实实给人家做了两年文秘。后来《花城晚报》招人，他去应聘，考上当然是没有问题的。

宗柏青被分配到晚报总编室，奇迹就这样发生了，晚报老总很看重他并且招他做了上门女婿。柏青是三个人中间结婚最早的一个，不像那两个人已拖成了大龄青年。柏青的老婆文文静静在外企当翻译，是那种人见人爱的温柔女孩。他本人则被老总安插到报社广告部，这意味着什么所有的人都心知肚明。宗柏青是典型的"突然中产"，家里应有尽有，外出风光体面，他开了一辆糖果白色的雅阁车，整洁安静的人谁不喜欢？一时间柏青倒成了让女孩子眼睛一亮的人物。跟呼延鹏和洪泽吃饭时他总是悄无声息地签单，把那两个家伙镇得一愣一愣的。

千万不要以为柏青从此便跟新闻无缘，太不是这么回事了，也不知道为什么，柏青的老丈人总要拿出大块的时间来跟柏青喝功夫茶，谈话的所有内容都与新闻、报纸有关，当然也可以具体到晚报的文章、版面甚至评报等问题。柏青也从心里关注传媒风云，自然有不少真知灼见，两个人于是又在亲情之外找到一些莫逆之交的感觉。有知情人说，宗柏青简直就是晚报的编外编委。

当大晚上，呼延鹏在星巴克请他的线人喝酒，酒过三巡开始有一些男人的话题，都是些不着边际的大事，政治局的人怎么不和，省市一级的领导怎么跑官，谁谁谁投资多少亿想干什么惊动了国务院，等等。当然不能总聊这个，形而下的东西才会让人忘乎所以，于是呼延鹏翻出脑子里所有的娱乐圈秘闻选美内幕来取悦他的线人，他知道其实线人最爱听的恰恰是这一部分，尽管线人做出特别无所谓的样子，横着半边眉毛一副爱知道不知道的架势，但呼延鹏知道他太热爱娱乐新闻了，从他的笑声里就能感觉到他内心受用的程度。

有一种现象颇让人费解，越是离娱乐圈远的人越上心圈内的事。有数据统计，绝大多数工农兵学商读者打开报纸都是先奔娱乐新闻而去。这也使娱记的身价又臭又不跌。

天色已晚，线人已经喝得欲仙欲死，呼延鹏开始称兄道弟，进入正题。

线人说，翁远行杀妻毁容案的真正元凶是一个叫江毅的人，是翁远行家的邻居。六年前，江毅只有十七岁，在家看完黄色录像急于找个女的实战演习，他敲开翁远行家的门，果然只有卞丽莎一个人在家，而且不知为何事哭得梨花带雨外加衣衫不整。这时一米八几身材高大的江毅已经两眼喷火情难自持，便与不肯从命的卞丽莎厮打起来，由于卞丽莎认识江毅，江毅恐她事后报案，便把卞丽莎掐死后逃离现场。他在她脸上乱划数刀是想造成情杀现场，扰乱办案人员的思路。

以后的六年间，江毅作案数起，共杀死过四个女人，此次落网纯属偶然。但他从实招认了四次杀人的经过。

目前，翁远行已被无罪释放。他所要求的国家赔偿将另案处理。

呼延鹏想不出这件事有什么不能报的？同时又有什么可遮遮掩掩的？回到宿舍以后，他连夜写出新闻稿

《一起冤案引发的思考》。此稿顺利地通过了三审进入印刷车间，刊登在第二天报纸的要闻版上。

二

无惊无险的双休日过去了，如果不用赶稿子，呼延鹏多数是睡睡懒觉，然后像烂泥一样瘫在沙发上听音乐，他喜欢的歌手令他有点说不出口，是台湾的费玉清，这人好像有男邓丽君之称，声线纯净容易让人安静下来。洪泽觉得这简直就是同性恋倾向。

呼延鹏也不是不想跟透透腻在一块，可是透透做时尚版，双休时间便会被一些名牌代理拉去当嘉宾，当然主要是需要透透的版面宣传他们的产品。呼延鹏跟她去过一次，不好玩，是一个名牌时装春季发布会，所有的女人都跟证券快道上的新股似的，总算得以包装上市，冲出来必定得闪亮登场。女孩还都是些花骨朵，可已经穿得既高档又时尚，一个个完美得跟假人儿似的。包括透透在内，穿着梵迪的露背长裙，胸前和背部扑着金粉，随着光线星星点点的闪耀，眼睫毛刷得像冠状病毒上长出来的小蘑菇。呼延鹏觉得在这种场合里他就像一个火车司机，从此以后他再也不愿意在这种场合出现了。

不过，呼延鹏也决不会干涉透透，这年头，谁活得都不容易，透透也不容易，你总不能让她做时尚版同时又远离时尚。

经过这些年的积蓄，呼延鹏在市中心买了一套两房一厅，他付了首期，虽然不是什么顶级楼盘，但因地段好，供楼也供得天昏地暗。当时的想法是种下梧桐树不怕引不来金凤凰，结果他的金凤凰倒不是这套房引来的，而且还对他这套房不以为然，觉得面积太小，楼下又没有花园。

透透说，我太爱好房子了，我一定要住上好房子。你明白我的意思吗？就是那种让人有感觉的房子。见呼延鹏两眼发直，她把手搭在呼延鹏的肩上说，老呼，镇定，有我呢。

呼延说，透透你心不要太大，女人就怕心大，这个世界上坏人多着呢。

透透说，心大有什么不好？我有多大的台就唱多大的戏。再说我也不想当什么好人，尤其是做一个好女人，又累又没意思，所以说我是坏人我怕谁?! 你说我怕谁?!

呼延鹏后来才明白，其实他对透透的欣赏多少有点叶公好龙。

这个星期天晚上，正好洪泽和宗柏青都有空，于是三个人约好去吃湘菜吃剁椒蒸鱼头、红菜苔、油渣豆豉炒尖椒，喝白沙液，大家都觉得只有这样才能尽兴，也只有吃这样的菜才能嬉笑怒骂胡言乱语。

男人喝酒吃肉免不了要谈权力和女人，于是洪泽红着脸大谈权力对男人的重要性，他们期刊处的处长原来也是个颇有官志的人，可是他的身体不争气，心脏安了起搏器，现在到处看中医开口闭口都是固本、滋阴、正气什么的。处里的工作基本上都是洪泽顶着，大家也都挺看好洪泽，认为他接处长的班是顺理成章的事，而且还会往上走，将来负责省新闻出版或者广播电视这条线。

相比之下，柏青有点小富则安的味道，毕竟他的气质和现状都过于优雅了一些。而呼延鹏，他更看重的是做无冕之王，成为一个正义、敏锐、深刻同时又让大小官员们多少有些害怕和警惕的名记。

在女人的问题上，宗柏青觉得像透透这么漂亮的女人应该收在家里，不能放到社会上去，太危险。呼延鹏笑笑没有说话，心想漂亮女人本身就是成功男人的标签，放在家里未免可惜，再说自己也养不起，他相信自己的魅力，女孩子一定有段时间心野得很，你让她疯累了自然会回到你的身边来。

洪泽从来没有对透透发表过任何意见，老实说他对美女的兴趣有限，电视上的选美节目他也是从来不看的，当晚不知为何突然大发议论，他说在我看来透透实在也是美人，不过不是我喜欢的那种。见他说得如此勉强，呼延鹏便问他你喜欢的那种又是哪种？因为他深知洪泽这家伙有时大加赞赏的东西根本不是他的心头所好，不了解他的人常常被他搞得一头雾水，譬如他把铁观音吹得神乎其神，自己喝的却是龙井。洪泽说他真正喜欢的女人也是《芒果日报》的，这话呼延和柏青都是第一次听说，自然忙瞪大眼睛。

洪泽提到的女人叫槐凝，是报社的摄影记者，这人的相貌平平，脸上从不见妆，身材中等偏瘦，服饰也相当中性。如果她还有所谓魅力的话，那就是她的神情相当舒朗，看上去总是那么平和安静。柏青根本不认识这个人，听说，没见过。呼延鹏对她的印象也是接近模糊，更谈不上遗珠失璧般的惊喜，而且槐凝有一个三岁的女儿，丈夫对她出奇的好，因为他常到报社来接槐凝，所以众所周知，她丈夫身材修长，气度风雅，好像是在大学里教书。总而言之，洪泽的一番夸奖等于什么都没说。

洪泽说，槐凝是我所见过的最为性感的女人。她从海湾战争的巴格达拍回来大量难得的新闻照片，自己抱着长枪坐在战车上的工作照让我过目不忘。

呼延鹏笑道，你知道自己不可能跟槐凝有任何故事，所以才会这么讲。而且你今后也不会找槐凝这一类的女人当老婆。洪泽说，那就不一定，我这次是酒后真言。说完，两个人还意味深长地相视一笑。

星期一上午十点钟，呼延鹏在办公室接到洪泽的电话，叫他去一趟报刊处。呼延鹏懒洋洋地说什么事啊？洪泽公事公办口气生硬，说来了就知道了。没等呼延鹏做出任何反应，他那边已经收线了。洪泽是一个工作和生活分得很清楚的人，绝不会在酒桌上称兄道弟进了办公室就和颜悦色。对于下属单位更是严而又严，走到哪儿批评到哪儿，下面的人都管他叫棍子，这话传到洪泽耳朵里，洪泽颇不以为然。

省委大院里苍松翠柏，宽大的灰砖楼房有一种无言的威严，庭院里打扫得整洁有序，与红尘滚滚的市井完全是两个世界。呼延鹏并不常到这里来，所以有一种久违之感。在宣传部洪泽的办公室，洪泽不苟言笑，一本正经地坐在乌黑气派的办公桌前。呼延鹏见怪不怪，心想，又是这副死样子。

两人自不用寒暄，洪泽劈头就道："你是猪啊？也不用脑子想一想，就把翁远行的案子捅出来。"

呼延鹏一时给他说愣了，不知如何作答。

洪泽道："还不明白？六年前，强书记还没调到中央去，在咱们省就负责政法线，在他担任领导工作期间搞出这么大的冤案，毕竟是一种失误，在民间传来传去的多不好！我们这些人在感情上也过不去。"

呼延鹏道："我看老兄你是多虑了，当官当成了惊弓之鸟。老百姓的脑袋瓜哪会做这种联想？！再说强书记在的时候，不是也一再要求我们新闻工作者要实事求是吗？！"

"所以说你是猪啊，说和做之间有个利弊问题，这么简单的道理还要我教你啊？"

"我又不想当官，我怕什么。"

"放肆！你以为我这是空穴来风吗？上面有电话来说目前正在调整干部，我们不给强书记加分总不至于给他减分吧。"

"上面？哪个上面？"

"跟你说不清楚，你就当是'深喉'吧。"

深喉，最简单的定义，就是事件背后所发出的那个更深层次的声音。

呼延鹏无言，但从表情上看，他绝没把这件事当作一回事。洪泽看在眼里，丢过来一张报纸："这是昨天的《精英在线》，你看看吧。"

呼延鹏翻开报纸，头版便是介绍强书记其人其事的文章，字里行间，深情厚意，完全不是应景之作，甚至深入到强书记的家乡以及他曾经工作过的地方，分别由他的兄长、乡亲、老师、同事、妻子等不同的角度，着力描写了一个在当今官僚体制下的极其不同凡响的官员。

谁都知道，强隐闻书记有政治洁癖，他为官清廉、务实，在南方沿海这样一个大城市，居然从不吃宴请，从不收礼，妻子一直在某单位当会计，没有一个子女在国外或开公司赚大钱。他在本地工作期间，不仅着力于经济改革和政务改革的实践，同时铁面反贪，义无反顾，不仅力掀反腐风暴，同时尝试构建反腐制度。他以朱总理常说的古训作为自己的座右铭：吏不畏我严，而畏我廉；民不服我能，而服我公。公则明，廉则威。

更值得人们敬重的是，强书记常说："当干部，光注重自己名节为下，重视国计民生而不顾自己荣辱者为上。"他是这么说的，也是这么做的，总是亲自去解决那些陈年积攒下来的最难办的事。有官员说在强书记手下当差很不舒服，也有官员在他赴京上任之际长舒了一口气。而人民群众对于这样一位一蓑烟雨两袖清风的干部却是有口皆碑。

在不止一次的"接受新闻监督恳谈会"上，强隐闻书记斩钉截铁地说：我们要树立监督就是支持的观念，不能让这一有效的机制成为空谈。

洪泽叹道："这样的干部不是太多，而是太少，所以要投鼠忌器。何况，官场上的事情那么复杂，有些看起来不经意的小事都可能成为政治上的把柄。"

沉默了片刻，洪泽话锋一转道："呼延，没有孤岛上的名记，其实政治上的成熟才是一种真正意义上的成长。你看现在的官员，必须具备文人的风骨，至少也要懂得附庸风雅或者即兴作秀；那么反过来说，文人也只能兼备政客的要素，否则不成了糊涂蛋了嘛。你以为别的报纸都不知道翁远行冤案这件事？笑话！你有线人耳目，未必别人就没有？！可是统揽全局，在目前的形势下，方煌就太聪明了，他让手中最热卖的报纸不仅不登这种给往上走的干部减分的案子，反而大谈他极其正面的品行，人家这才叫踩在点子上了。"

呼延鹏道："方煌是我敬仰的前辈，不过他未免太不清高了。"

洪泽笑道："我知道你最佩服的人是戴晓明，他当然不是清高，而是太有锋芒了。木秀于林，风必摧之。我把话放在这儿，他绝对不是方煌的对手，在很多事情上,方煌比他老辣得多。我只举一个例子,市委副书记的司机,想把他老婆搞到贵报资料室,戴晓明不肯,回话是她没有文凭,这不是屁话吗?有文凭还用找你吗?!人家现在在南报资料室。你知不知道每到关键时刻总有人帮方煌垫话,这就是他下面的报纸每每走钢丝而他就是屹立不倒的原因啊。"

这样的事情何止一件半件,作为戴晓明的下属,呼延鹏知道的只比洪泽多。的确,无论是在本土还是在圈内,戴晓明都是一个颇具争议的人物,他性情狂放,常常语出惊人,不仅不注重"左邻右舍"的关系,反而使其更加恶化。比如,由于《芒果日报》的崛起,南报和晚报也相继成立了报业集团。然而品牌久远的晚报无论是子报还是副业都莫名其妙地成为赔钱货,搞了一个《金领报》金领白领都不看,还有一个名人高价旅游团,就是跟着名人去日本去欧洲也是办了几个假期就办不下去了,这一切的投资、经营均亏得鸡毛鸭血,晚报作为母报只能无止境地倒贴,直贴到气虚体弱。在这种情况下,戴晓明却在工作例会上说,在这场报业大战中,晚报已经出局,被我们玩残了,以后只盯着南报就行了,他要跟方煌一决高下。这件事把宗柏青的老丈人,也就是晚报的老总气得半死,好好一位老同志,见人就骂戴晓明,实在有些失态。

尽管如此,戴晓明在年轻人心目中威信仍然很高,呼延鹏就是其中的一个。在交谈了一阵之后,呼延鹏对洪泽说："你知道我这个人对苟且一向不以为然，所以哪怕最终的结局是戴晓明死得很难看，我也还是认为他更有魅力一些。"

洪泽像长辈那样拍拍呼延鹏的肩膀："以你这样的性格，怎么会喜欢费玉清呢？你知道吗？我妈特喜欢费玉清。"

呼延鹏起身道："少啰唆，如果没事我就先回去了。"

"别拿村长不当干部，我们俩是上下级关系你懂不懂？"

"呸。"

"好了，翁远行案子的事到此为止。这件事本来要跟戴晓明打招呼的，不过你是当事人，我这么做也符合淡化处理的要求。"

呼延鹏离开时，洪泽只是把他送到走廊上，脸上的神情淡淡的一点也不热络。呼延鹏心想，洪泽在官场上混得越发是游刃有余了。

一天晚上，透透难得有空，呼延鹏也慌慌张张处理完手上的稿子，两个人决定好好放纵一晚。这时的呼延鹏早已把翁远行一案抛至脑后，他觉得洪泽有些话说得是对的，尽管他讨厌成熟这两个字，在中国，成熟不就是没有光芒和棱角吗？！甚至好奇心都应该越少越好，从头到脚滑溜溜的。可是他还是觉得洪泽的话有道理。反正大案要案自有新华社的通稿，自己身在党报，就是再别出心裁也跳不出如来佛的手掌心,那么他又何必像穿山甲一样东钻西钻,万一卷进政治的旋涡,那就太没意思了。这跟正义、良知、关注弱势群体和替老百姓代言完全是两码事。

透透要去吃寿司,呼延鹏说你简直就是一个哈日族。透透说日本餐是健康食品,少油清淡,所以她百吃不厌。

两个人在"金田中"席地而坐,对于酱汤呼延鹏几乎捏着鼻子才能吞下去,可是无论如何跟透透在一起他还是很快乐的。寿司端上来以后,他们像以往那样两手同时划拳,也就是说两只手可以同时出不同的锤子剪子布,谁赢谁先挑好吃的寿司。挑战是无声的,无声中充满了默契和温馨。自然,透透挑走了鱼子酱、吞拿鱼、刺身的寿司,呼延鹏觉得自己吃了一肚子紫菜米饭。

呼延鹏被绿芥末辣得泪眼模糊,透透笑道:"跟你在一起没别的,就是快乐。"不知为什么在这句话里呼延鹏听出了一丝惋惜的味道,心想,这个透透还真是看她不透,坐在这里吃寿司你就能感觉到她触手可摸,可是在那些花花绿绿的时装发布会上,你却能感觉到和她之间的距离何止千山万水。

对于爱情,呼延鹏不喜欢那种踏实的感觉,他觉得谈恋爱就是得玄玄乎乎似有若无的,但又不能太平淡,最好像看恐怖片那样令人期待的同时又会大惊失色,既惊险又刺激内心永远惴惴不安。

吃完饭之后,两个人又去泡温泉,除了牛奶、芦荟、香槟等特色池外，最大的温泉池有一个标准游泳池那么大，只是池水泛黄还冒着泡，空气中飘着一股浓浓的硫黄的味道。这时的天已经黑透了，但温泉露天场上的白炽灯照得这里跟白天一样。透透穿着泳装，曼妙的身材令许多男人的眼球大吃冰淇淋，对于这一点呼延鹏倒并不生气，资源共享嘛，只要这朵玫瑰只为你一个人开放，别人欣赏一下又何妨呢？

老实说，呼延鹏和透透还没有成其好事，原因主要在透透这一方面，漂亮女孩总是心眼儿活得很，不肯轻易就范，所以尽管呼延鹏严阵以待，也没有找到什么合适的机会。

而这个晚上，透透主动提出愿意到呼延鹏那里坐一会儿，这当然是呼延鹏求之不得的，于是两个人手拉手地回呼延鹏的住处。一路上，他们没怎么说话，好像都清楚今晚会发生点什么事似的。透透披着半湿的头发，很多男人都曾迷恋过女孩子浴后的芳姿，呼延鹏当然也不例外，他不时地看一眼透透，内心奔涌着一种冲动。

楼梯口站着一个人，是一个男人，相貌平平，呼延鹏并不认识这个人，也就没有再多看他一眼，而是掏出钥匙来开门，也就是在这一刻，身后传来突兀的声音："你就是呼延鹏记者吧？"

呼延鹏转过头来，有点不知所措，但仍不失礼仪道："我们认识吗？"

"不认识。"

"那你有什么事吗?"

那人看了透透一眼,似乎很明白自己此时不受欢迎的事实,但还是用坚持的语气说道:"我想跟你谈一谈。"

呼延鹏心想这人既不客气又不知趣,决定问明他的身份后再约他明天到办公室谈事,便道:"请问你是……"

"我叫翁远行……"

在寂静的走廊上,这无异于平地一声惊雷。呼延鹏和透透两个人同时愣住了,好一会儿才反应过来,他们互望了一眼,在重新迅速审视了翁远行之后,透透对呼延鹏说:"你们谈吧,我先走了……"呼延鹏下意识地点点头,在透透走后把翁远行让进了屋。

翁远行看上去要比实际年龄大很多,这是不言而喻的。在灯光下,他的头发像撒了胡椒面那样,稀疏中有些花白,神情略显木讷,两眼干涸已经没有光芒,他说话时可见缺了一颗门牙,手臂上也明显有烫伤的痕迹。即使坐在那里一言不发,业已显现出他曾经经历了身心的双重磨难。

翁远行说,本来他对这件事已经不想再讲任何话,但是在报纸上看到了呼延鹏的文章,令他相信在六年之后这个世界还是有公道可言的。他说他的遭遇如果能够揭开司法腐败的一角黑幕,那他吃的所有的苦也算没有白吃。

听了这些话,呼延鹏心里颇不是滋味。然而翁远行已经没有眼泪的双眼无论如何是不能拒绝的,所以呼延鹏给他倒了一杯热茶,叫他有什么话慢慢说。

时光缓缓倒流,就像摄影机在很短的时间里倒播,于是,已泼出的茶水又回到杯子里，远行的快艇重新回到始发地，满山遍野的黄叶唰唰地回到树上呈现出诱人的绿色。一切又重新回到了六年前。

卞丽莎的血案改变了一切。本来，翁远行和卞丽莎是在一个朋友的生日晚会上相识的，不知为什么卞丽莎会对翁远行一见钟情，而翁远行明显感到卞丽莎有些任性，而他对于任性的女孩子总有点如避鬼神，所以也就不那么殷勤，人都是这样，在男女的交往中，不殷勤的一方总是受惠，卞丽莎那头反而热得不得了。后来翁远行才知道，卞丽莎的父亲早年在中缅边界做玉的生意，赌石赌得骁勇，一刀下去，盲石开裂，露出成色极好的翡翠，他有过三百万赚回一千万的业绩。后来他去了香港，一直开珠宝行，改革开放以后，内地大城市均有他的分行。由于他酷爱喝红酒，家中收藏着上百万元的上品红酒，人称红酒卞。对于爱女他早就想好要结一段良缘，自然是对家族势力的一种巩固和壮大，结果卞丽莎不争气，死活要嫁给一个莫名其妙的小人物，一气之下，红酒卞便跟卞丽莎脱离了父女关系，于是卞丽莎便提着一只路易威登的手提包来到翁远行身边，变成滚滚红尘中最普通的饮食男女，过着柴米油盐的日子。

翁远行说，婚后的日子虽然没有浪漫到每天晚上坐在天台上数星星，但也算是相安无事。至于说到偶尔发生的矛盾和摩擦，想来也不是富家女嫁穷小子这种版本的唯一专利，可谓家家如此。总之，他其实还是很怀念那段平静时光的。

翁远行又说，出事以后，他被押到公安局，先是七天七夜不间断地审讯，令他的精神几乎崩溃，但他始终坚称自己是被冤枉的。但是后来的逼供行为已完全是酷刑，捆绑、罚跪、扇耳光已不算什么，他们用屠夫杀猪的方式将他按倒在地，用纸搓的捻子捅鼻孔，边捅边逼，同时，有干警暗示同监的犯人对他进行殴打，这些人下手特别黑，他的门牙被打落双手被烫伤都是这些人干的，更为严重的是有一个警察用电击棒电他的生殖器，他心里明白他现在已是废人一个。

在这样的情况下，翁远行绝望了，既然冤死打死都是死，那就没有必要再受这皮肉之苦，于是他承认了"杀死卞丽莎的整个犯罪过程"。

然而，这一认的结果是给他的家庭带来了灭顶之灾，翁远行的父母亲都是工人，有一个妹妹在写字楼当文秘，全家人都不相信见到生人还会脸红的翁远行敢去杀人，尤其是翁远行的父亲，他完全不能接受祖祖辈辈清白的家世出了一个杀人犯的事实，他觉得证明这一点甚至比救翁远行的性命还要重要，所以全家人变卖了所有能变卖的东西，想为这个贫寒之家为翁远行讨回一个公道，但这显然是徒劳，无论是上访、写申诉材料还是找有关部门，在这件事上都看不到一点希望之光。

不仅如此，父母亲的住处曾经两次被不明身份的人抄家，父亲被打致重伤，当即送进医院，妹妹加班没有回家算是幸免，但也没有原因地丢了工作，母亲在饱受惊吓和极度伤心中，在翁远行坐牢的第四年过世。

这些话听得呼延鹏冷汗淋漓，可是看着翁远行波澜不惊的叙述，谁都会相信这一切是真实可信的。

翁远行最后说，他最感谢的人就是徐彤律师，开始家里还凑了点钱给徐律师，后来根本拿不出钱来了，但是徐彤律师坚持帮助他们。每次到狱中找他，他只会哭，说不出话来，徐律师反反复复说的一句话就是：你一定要活着，只有活着才能洗清自己的冤屈。也就是在徐律师的鼓励下，他才变得坚强起来。

这个晚上几乎都是翁远行在说话，房间里回响的尽是他单调的声音，而呼延鹏一是对翁远行的遭遇深感震动，二是他吃不准自己应该怎么表态才更合适。所以他几乎没说什么话，但内心却被一种无形的力量冲击着。

送走了翁远行，已经是凌晨一点半，但呼延鹏却毫无睡意，他极有冲动给洪泽打一个电话，像当年在学校时那样，吵不清问题谁都不许睡觉，谁睡就折磨谁，非要把问题吵清楚不可。此刻的呼延鹏很想对洪泽说，当我们在你的宽大的办公室里权衡所谓的官场利弊的时候，有没有想过翁远行这样的人吃了多少苦？受了多少罪？又有谁对他无罪的六年牢狱之灾负责？在学校时，我们都曾把唐人刘知己在《史通·惑经》篇里的"良史要以实录直书为贵"写在日记本的第一页，而我们至今又实录直书了多少东西？你每天给我们下达的红头批示就有一大摞，如果连我们自己都因为各种各样的原因无法伸张正义的话，那么呼唤全社会的良知觉醒岂不是一句空话?!

不过呼延鹏还是没打这个电话，他觉得自己这么做未免太学生腔了，而且洪泽从梦中惊醒又怎么可能一下子明白他的心迹和情怀，所以他倒在床上，好长时间难以入睡。

直到天边发白，呼延鹏才昏沉沉睡过去。

上班迟到对于他来说在所难免，将近中午的时候，呼延鹏才回到报社,路过机动组时,他听见有人叫他的名字,透过走廊上的玻璃窗,他看见是槐凝在向他招手,于是他突然想起洪泽前些天的酒后真言,顿时满脸笑意,以至于走到槐凝面前,槐凝满脸狐疑道:"什么事这么高兴?远远看见你就是有牙没眼。"

呼延鹏忙道:"没什么没什么。"

槐凝在堆满稿件、照片、书籍的桌上找了一会儿,终于找到一个牛皮纸大信封,从里面抽出几张照片,她说,呼延鹏写的那篇报道见报以后,她便想方设法打听到翁远行出狱的时间,结果那天有众多媒体守候在看守所门口,包括电视台也在那里架了机器,所有的照相机大炮一致对着灰色的铁门。翁远行的妹妹和老爸也去了,还有徐彤律师,但是等来等去翁远行并没有从大铁门里走出来,而走出来的一名管教对媒体说,他们已派车将翁远行送回家,大家可以散了。

槐凝的照片拍的是翁远行的老父亲给徐彤律师当众下跪的画面,场景让人无比心酸。槐凝说:"这些照片你或许用得上,不如就放在你那里吧。"

呼延鹏心想,还不知用上用不上呢,想过之后又深感惭愧,忙以虔诚的态度接过照片,并连声道谢。

槐凝又道:"你的这篇报道真的写得很好,有事实,又有让人深思的东西。我在拍这些照片时心里很堵,明明是没杀过人的这家人却要下跪,要对别人感恩戴德,这应该是一种社会的耻辱。"

其实呼延鹏跟槐凝并不是很熟,但此刻却感到与她心灵相通，于是便跟她聊了起来，其间也说到翁远行昨晚去找他这件事。

槐凝说："那你完全可以做一些后续报道啊，需要照片的话我会配合你。"

呼延鹏含糊道："我是要把后续报道写出来，能不能发稿就不一定。"

槐凝显然听出了弦外之音，她想了想道："新闻调查不仅要搞清楚案情的来龙去脉，还要追究案件的背景，追究案件的社会价值和意义。相比之下后者更为重要，而只要拿到第一手证据，能掌握到铁的事实或真相，就什么也不害怕。"

此时的呼延鹏又一次想起洪泽的话，不过这一回他没有笑，他承认洪泽对女人的眼光比他犀利，但具体到槐凝这个人，洪泽未免有点诗意化，那也是因为现在的女孩子脂粉气物质欲重得让人无所适从。而在呼延鹏看来，槐凝吸引人的地方并非她外化的职业气息，恰恰在于她气质中的敏锐和淡定。

据说徐彤不接受任何形式的采访。

槐凝证实了这一点，她说那天在看守所门口，众多的记者由于采访不到翁远行本人，又拍不到翁远行与父亲和妹妹抱头痛哭的场面，也就是说大家心目中的具有历史意义的一刻根本没有出现，这其实是一件挺麻烦的事，头条新闻是没法做了。在场的传媒人很有些群情激愤，不少人大发牢骚。但也有一些聪明的记者立刻转向对翁远行家人和律师的采访，然而徐彤律师一言不发，准备离去。但他被人团团围住脱不了身，万般无奈的情况下，他只说了几句话，他无不感慨地说，翁远行一家人已经够不幸了，如果客观效果是我利用他们炒作了自己，有悖于我做人的原则。

说完这话之后，他匆匆离去。

呼延鹏心想，徐彤还真是好样的。表面看上去，呼延鹏并不像洪泽那么狂放，甚至还有几分谦和，但他是一个典型的内心骄傲的人，真正让他心生敬佩的人还真不多，所以他对徐彤产生了一种非同寻常的兴趣，除了他必须采访他之外——因为他直觉翁远行一案还不够清晰，而徐彤作为当事人，或许是知道内情最多的人。同时徐彤还让呼延鹏对他多了一分好奇心——在浮躁之风席卷纵横的今天，还真有人活得这么清醒和脱俗吗？

天气剧热，阳光照在身上像火燎一般，夏季里的万里无云真算不上什么好天气。

加上今天的这一趟白跑，呼延鹏已经是第五次来到徐彤所在的律师楼，然而他并没有感动任何人，律师楼的工作人员对他熟视无睹，因为他们在门口贴了一个告示，大意是徐彤律师到北方办案子去了，短时间内不会回来。后面还加了一句上班时间请勿打扰。一看就是针对媒体的，相信也有不少业内人士与呼延鹏同等遭遇。

呼延鹏在街边的士多店买了一罐冻可乐，老板娘找钱的时候他觉得有几分眼熟，猛然想起有两次在律师楼见到这位阿婶在扫地，想必她同时兼做律师楼的零工。于是呼延鹏没有马上离开，而是佯装不识地拉过一张破塑料凳坐下，一边喝可乐，一边又买了一袋盐水煮花生,其实这么热的天他哪来的胃口,但他还是装作很爱吃的样子与老板娘搭讪,扬言这么美味的东西待会要多买几袋送给女朋友吃。

阿婶的脸上略显松动,她是一个收汽水瓶也正经八百的人。因为客人不多,她终于开口说话了,她说:"想不到干你们这行的人还几费脚力呢。"

"阿婶看我是干哪行的呢?"呼延鹏扔一粒花生在空中,用嘴接住。

"你不是做记者喽。"

呼延鹏做出大惊失色的表情:"哇,你不是透视眼吧?"于是扔在空中的花生也不接,啪地砸在脸上。

他的样子让阿婶既受用又自负,后来阿婶告诉他,早在一年多以前徐彤就不在这里上班了。呼延鹏问为什么?阿婶说不知道。呼延鹏说那你知道他去了哪里?阿婶想了想好像是去什么关于法律方面的学校教书了。呼延鹏说是不是法学院?阿婶说听着像。

后来呼延鹏买了一斤煮花生就离开那里了。

他决定立刻就到法学院去,因为本地只有一所国家级的著名大学有法学院。进了地铁通道,呼延鹏就把煮花生扔进垃圾桶,顿感人也清简了不少。

大学传达室的阿伯略显几分警觉道:"你是他什么人?"

呼延鹏道:"是亲戚。"

"是亲戚都不知道他住几号楼?"

"好久不联系了,他原先不是一直在律师楼上班嘛。"

"你不是记者吧?"

"我当然不是,你看我像吗?"

"我看你倒是有几分像那个香港艺人……"

"阿伯,收声啦,以前你这么说我不知几开心,现在他都宣布破产了,拜托你不要说黑我好不好。"

阿伯笑起来,好像风光艺人破产是他最心仪的事。他还走出传达室,为呼延鹏指引通往徐彤家最便捷的路。

呼延鹏想不到徐彤居然住在筒子楼,粗算一下他的经历,不可能混成这样。筒子楼的走廊里例牌都是堆满杂物的,墙体被五花八门的煤气灶熏得漆黑,同时空气里漂浮着一股经久不衰的扬州炒饭味。呼延鹏找到徐彤家门口,刚要敲门,结果门从里面发出一声巨响,并不太结实的门板抖个不停,从声音判断像是一本精装书砸到了门上。

又等了老半天,呼延鹏见没什么动静了,才上前敲门,好一会儿,门开了,是徐彤本人来开的门,很不客气地问呼延鹏:"你找谁?"

"我找徐彤律师……"

徐彤打断他的话,厉声道:"你是记者吧?我警告你,立即消失!"

没等呼延鹏开口,门已经砰地关上了。

呼延鹏呆立在走廊上,很长时间不知何去何从,就像被人类遗忘的火星人,即便有人路过,看他一眼也不得闲搭理他。

直到有人陆续下班,走廊里又开始饭菜飘香了。呼延鹏中午只吃了一个汉堡,早已消化得渣都不剩。于是呼延鹏怀念起他丢掉的那袋花生,所以说人生都是后脑勺不长眼睛的。

徐彤家的门一直紧闭着,偶尔能听到高一声低一声的争吵,但是吵什么就听不清楚了。呼延鹏也想过离开,他今天来得的确也不是时候,可是转念一想,他能找到的地方,任何一张报纸的记者都能找到,也许就是耽搁了一晚,独家报道就变成了别人碗里的红烧肉,呼延鹏总也忘不了一则西方谚语:豹子每天都在想它要跑得多快才能追上羚羊,而羚羊每天也在想它要跑得多快才能逃脱成为猎物的下场。也就是说每一个竭尽全力的人都应该想到他还有许多对手,这个时代已经没有一枝独秀这个词了。所以他下定决心在门口等徐彤出来,不信不能守得云开见月明。

天真的黑了,月亮也明亮地挂在天上,因为走廊的尽头有一扇挺大的窗户,缺了半边,很破旧的样子,油漆斑驳,木质发黑已毫无光泽,根本是清贫寂寞生活的静物写生。

呼延鹏心里一点数也没有,他不知道自己还要等多久。而且他饿,饿得两眼直冒金星。

门,突然开了,徐彤虎着脸从里面走出来,他看了呼延鹏一眼,出人意料的是没有破口大骂,他像对待一个熟人那样说道:"你怎么还没走?那就陪我去吃点东西吧。"说完自顾自地往前走,既不回头也不再招呼跟在后面的人。呼延鹏真有点受宠若惊了,急忙屁颠儿屁颠儿地跟着徐彤走。

已经过了饭点儿,学校里面开的一间家常餐馆也就不那么拥挤和热闹了,徐彤随便点了几样小菜,又要了两瓶啤酒,呼延鹏抢着付钱,被徐彤严肃地制止了。徐彤付完钱,呼延鹏已经把啤酒给他倒好了,他仰头就喝了一大口。

呼延鹏这个人的好处是他懂得适时沉默,也就是在不该说话的时候决不吭气。他虽然饿昏了,但也只能慢慢地吃,慢慢地喝。两个人闷了一会儿,显然徐彤觉得呼延鹏还不讨厌,或者说还挺上道的,紧锁的眉头也就慢慢松懈下来。

徐彤突然说道:"钱钱钱,整天就是钱,烦死了。"

呼延鹏知道他是在讲刚才吵架的事,不便插嘴,也就没有接话。

徐彤又道:"在学校上班,始终是钱少的,这还用说吗?怎么能和在律师楼的时候相比,肯定是天上地下嘛。"

呼延鹏忍不住道:"那么你为什么不在律师楼上班呢?你那么有经验,又那么有名气。"

"你以为我不想在律师楼上班吗?可我的律师资格证被吊销了,我怎么上班?无证上岗接案子是违法的你知道不知道?"

"是为什么事把本儿都丢了?"

"没事,什么事都没有我的资格证就被吊销了。"见呼延鹏甚是不解,徐彤喝了一口酒道,"你昨天才出生吗?这种事很出奇吗?!只不过我没想到会发生在我身上就是了。确切地说,就是到时间,所有律师的资格证收上去审核,发回来独独没有我的,到哪个部门去问都有托辞,总之这个证就再也没有回到我手上,我长年没法接案子,留在律师楼也不合适……幸亏我的同学在这里当院长,叫我来这里教学,算是给我一口饭吃。我的房子、车,都是月供的,女儿找好了英国的一所大学准备留学，现在一切都泡汤了……所以说才会家无宁日……不光是她们，我是说我老婆我女儿，就连我自己也一直不适应现在的生活。"

"可你心里一定知道这事是谁干的。"

"我真的不知道。可怕就可怕在这里，我只是隐隐地感到这件事跟翁远行一案有关，因为这件事是在翁远行改判死缓之后发生的，但我真的不知道是谁干的。说老实话，我倒真的希望有人半夜向我拍砖或者撞我的车，至少公安插手说不定能调查出事情的真相，但是这么无声无息地干就像软刀子杀人，你找不着对手，也不知道该冲谁使劲儿，可是你的意志却会在不死不活中消亡。"

"那么你为什么不通过媒体曝光拿回你的律师证呢？所谓解铃还需系铃人，只要这件事情像当年翁远行改判案一样上报，相信有关单位会因为舆论压力把证还给你。"

"我想事情可能没那么简单，因为对手是一股强大的势力，而且非常内行，老实说我是有家室的人，我害怕极端的对立有可能造成极端的事件。包括你在内，我都奉劝你一句，不要轻易过问翁远行的案子，至少要很小心，没准哪一天你就会莫名其妙地鬼上身。"

呼延鹏笑了笑，心想徐彤可能真的是被这件事搞得元气大伤，变得谨小慎微害怕草绳了。翁远行一案已经是毫无悬念的铁案，还有什么可能节外生枝呢？

两个人又默默地喝酒、吃菜，呼延鹏道："徐律师，应该说你为翁远行一案付出了很多，你真的不后悔吗？"

"我不后悔，无论如何生命都是最宝贵的。尽管我一开始并非没有杂念，我希望头顶生出正义的光环，中国人不都相信这个吗？相信名气大的人。我小时候看电影《风暴》，非常羡慕里面的施洋大律师。我想，只要我能为正义和公道呐喊，就能接到更多的案子，结果我把整个舞台给丢了，但我仍然不后悔，我信佛教，我不能看着无辜的人把命丢了。"

呼延鹏举起酒杯道："今天见到你，想不到你会这么潦倒，但我由衷地敬佩你，你是好样的。"

"谢谢。"

"我还能来看你吗？"

"当然，不过关于我的一切都不要上报。"

"我知道了。"

"不是知道，是要记住，我是认真的。"徐彤说完认真地看了呼延鹏一眼。

呼延鹏只好煞有介事地点了点头。

多少年来，方煌一直保持着做工间操的习惯，他的总编室有一个宽大的半圆形的阳台，每当熟悉的音乐声从大喇叭里响起，他都会放下手中的工作，来到阳台上做广播体操。楼下就是南报报业集团的大院，只要是在班上的工作人员都会出现在这里，做扩胸运动的时候，方煌便看见一张张扬起的脸，虽然有些人颜面浮肿，还有许多人镜片闪闪，总之都是一些手无缚鸡之力的文人，但在方煌眼中，仍如一朵朵向阳盛开的葵花。

他非常偏爱手中的这支队伍，媒体是一个典型的表面风光内在艰辛的工作,尤其他的母报身份,不允许他犯哪怕是一丝一毫的错误,然而不敢犯错误的报纸,不打擦边球的报纸又有多少人爱看呢?这是一个严酷的事实。

可是他手下的这支队伍英勇善战,在市场经济的今天,他的子报竟然成功地登陆北京上海,这是何等的不容易!人家贵为大哥大的身份,在堪称卧虎藏龙之地,并且当地的报纸业已厮杀得难解难分,如果不是他旗下的两员大将《精英在线》和《经济导报》有过人之处,断难在异地容身。

并且,报纸企业化以后,千头万绪都是钱。方煌就差没把商家必备的招财猫请到他的办公桌前坐镇了,先不说职工福利,只说他的一个老的体育组组长得了慢性肾衰,每周透析两次,一病就是八年,你能让财务不给他开支票吗?

所以,与其说方煌有做工间操的习惯,不如说他喜欢利用这短短的二十分钟,检阅他的这支并不强壮但非常精锐的队伍,他爱他们。

一辆黑色的桑塔纳2000停在院外的停车场上,方煌认识这辆车,果然不一会儿,洪泽便从驾驶室里走出来,潇洒地关上车门。应该说是工作需要,省委宣传部给洪泽配了一辆八成新的国产轿车,由他自己开。方煌不禁感慨,时代真的是进步了,现在的年轻干部也是今非昔比。

不夸张地说,每回洪泽登门,方煌多半都知道他为什么事而来,一经交手,果然如此。尤其《精英在线》经常被上面点名批评。方煌承认《精英在线》的办刊宗旨是比较激进的,也会说过头话,可是不以这种面目示人发行量就上不去。但是这一次，方煌百思不解洪泽为什么要登门，这段时间，南报的子报几乎登的全部都是正面的消息，总不见得是为了表扬他们而登三宝殿吧?!

方煌做完广播体操，洪泽已经坐在他办公室的沙发上了，他是常客，所以方煌的助理给他倒好了茶。

洪泽跟方煌说话从不兜圈子，用他自己的话说是小狐狸没有必要跟老狐狸兜圈子。洪泽说："方前辈，有件事我不想说也得说，领导明确指示，关于强隐闻同志的系列报道不要继续发了，全部撤稿，以后类似的文章也不要发。"

"为什么？"

"主要的意思是对于领导干部来说，不要过分地宣传个人。听说强书记本人也是这个意思，尤其他是从我们省出去的，是不是避嫌也未可知。"

老实说，洪泽得知这个指示也十分吃惊，本来他还暗中佩服方煌棋高一着，想不到竟然演变成自打嘴巴。整个报刊处里的人都想不透这到底是怎么回事，所以有关领导表示不仅要撤稿，还要把《精英在线》的主编一起撤下来以平息这场风波。

方煌一听最后这句话就炸了，方煌说："稿可以撤，检讨我们也可以写，但是撤主编我是绝对不会答应的，有什么道理嘛。"

洪泽也觉得这么做有些过分，但是领导已经决定的事他只能贯彻执行。事实上这件事真正的原因也还是不得而知，或许反映出来的只是冰山一角，那也没有办法。

洪泽说："方前辈，你作为一个党员，这种话就太不像你说的话了。"

"你就原封不动地给我报上去，说这话是我说的，我们错在哪儿了？我们找一个主编容易吗？我们的系列报道是一个采访队在当地呆了一个星期，完全是如实的报道，没有半点虚构之词，这些都可以去当地调查，凭什么把主编撤了？我怎么跟人家谈？怎么向他们编辑部的人交代？而且你们报刊处，凡事不帮我们扛，你们帮我们下面的人说句话会死吗?！别忘了你们发的奖金里也有我们报业集团上缴的钱，你们这样惧上压下，怎么还能这么心安理得?！"

洪泽的脸被说得红一阵白一阵，他知道动方煌的爱将比动他本人还让他心疼，而且他这个人倚老卖老惯了，也完全没把他这个毛头小子当回事。洪泽为了办成这件事，好写报告向上汇报，只能赔着笑脸被方煌骂，可是洪泽毕竟是一个刚愎自用的人，见这老头越骂越来劲儿，也跟方煌急了。洪泽说："你也不是第一天办报纸，哪来的这么多话?！这种事我们也不想，但事情已经这样了，你总不能让我回去没有个交代吧?！"

方煌气道："我当然不是第一天办报，所以才变成了缩头乌龟！你以为我不能把《南报》办得跟《芒果日报》一样好看？花拳绣腿，雕虫小技！我还不是为了顾全大局，为了不给你们找麻烦，当然也是为了生存。可你们也要替我们设身处地地想一想，揭丑不行，扬善也不行，扬善也要撤职，还有我们的活路吗?！中国的媒体还有什么希望?！我不想知道官场上谁跟谁不对付，我的子报就是按照市场需求办报，报纸卖得出去才是硬道理。"

"你说的都没错，可总得坐下来解决问题。"

"我这回就是不撤主编，我看你们能把我怎么样!"

洪泽一拍桌子道："不撤也得撤！不信你试试，我回去就打报告，叫你们《精英在线》停刊整顿!!"

方煌气得脸都青了，声音颤抖道："洪泽，你小小年纪不知天高地厚，你算什么东西?!"

洪泽的脸也绿了，发狠道："别管我是什么东西，总之我发出去的话一句也不会收回去，不信你就试一试!"

方煌失态地指着办公室大门道："你，你给我滚!!"

洪泽不示弱道："我说到做到!"言辞斩钉截铁，说完摔门走了出去。

洪泽有翻脸不认人的本事，这点很多人做不到。报刊处是管理部门，跟下属的被管理者肯定是天敌，要协调无数的矛盾，然而打交道打得多了，又难免会在许多问题上碍于情面。以往，洪泽和方煌之间就少不了摩擦，但都没像这次吵得这么凶。曾经有一次，洪泽到"南报"来跟方煌谈事，到了吃午饭的时间，方煌要陪洪泽吃个便饭，洪泽死都不肯。方煌明白他尊重自己是做给别人看的，但是他要保留跟任何人翻脸的权利，所以绝对不会坐下来吃饭，中国人的人际关系都是在酒桌上建立起来的。

这次大吵之后，洪泽并没有再打电话给方煌，他知道方煌是一个顾全大局的人，他不会把一份赚大钱的报纸搞到停刊整顿的地步。果然在三天之后，方煌通过交换站呈上一份工作报告，找了一些能拿到桌面上的客观原因，撤换了《精英在线》

的主编。报告是常规公文，没有任何感情色彩。

三

戴晓明走出办公大楼时，已经是满天星斗了。他是一个工作相当投入的人，只要是进入状态，时间是怎么过去的他完全没有印象。但是他的情绪只要一抽离工作，便会感到一种泰山压顶的疲劳。

他下意识地回头望了一眼，大楼上下几乎每扇窗口都亮着灯，热气腾腾的像块大发糕。他的每一名战士都还在忙碌着，这使他感到欣慰，他需要他手下的兵都是临阵状态，也需要这个集体有着非凡的凝聚力。戴晓明深知要带好这些摇笔杆的兵身教重于言教，所以他给自己的工作量也是相当大的。有人说《芒果日报》是把女人当男人用，把男人当牲口用。戴晓明说，我就是驾辕的牲口，我都没说累，谁也不许喊累。

但是人总有很累的时候，每当这种时候，戴晓明就不想回家，这不知算不算毛病。其实戴晓明的妻子和儿子都是不给他惹事的人，平时安安稳稳地上班上课，家里请了钟点工，一切收拾得井井有条，只要戴晓明回家，热饭热菜、热汤热水自不在话下。日常情况下，只要没有应酬，戴晓明还是按时回家的，但是在特别疲劳的情况下，他就会待在外头，当然不是在外面乱转，而是到林越男家去。

林越男是芒果报业集团的办公室主任，离异的单身女子，没有孩子。戴晓明本来也不想找窝边草的，这是件犯忌的事，而且戴晓明从来不喜欢在女人的问题上给自己找麻烦，他觉得很不值得。他是一个一心要干大事的人，绞尽脑汁地搞掂女人对他来说根本是一件极其无聊的事。这些年来，由于戴晓明的叱咤风云，对他投怀送抱的异性不少，可谓美女如云。但是真正像磁石一般吸引他的却是这个貌不惊人的林越男。林越男三十六岁，长得并不漂亮，但是她非常能干，本来她分内的事就已经相当杂乱，她却能处理得有条不紊，而且在任何时候，任何情况下，她都不会以蓬头垢面示人，反而收拾得整洁利落，她常穿的一件粉绿色的贴身碎花衬衣，下配黑色的 A 字裙，露出一截美丽的小腿已成为她的招牌装束——她总是能恰如其分地展示自己的长处而遮掩自己的短处。

回到家中，林越男做着一手好菜，她喜欢研究食谱，只要动手如有神助。听说她不轻易下厨，但凡吃过她烧的菜的男人都会对她难以忘怀。但这一切还不算她的长处，她的长处是风趣，你也不知道她哪来的那么多笑话，跟她在一起会很轻松，还总能哈哈大笑。而且她非常会处理人际关系，能在司机班打"拖拉机"，也能跟很风雅的干部跳伦巴，能跟年轻的女记者谈护肤品，也能对报纸的版式和文章提出独到的见解。所以她的人脉关系丰足，好像社会上哪个部门都有她认识的人，办什么事都顺顺当当的。

更难能可贵的是，她从来不以与戴晓明的关系特殊就张扬生事，反而十分低调，报社几乎没有人知道，也没有人认为他们的关系不一般。

戴晓明有时候也觉得自己有点对不起林越男，每次都是疲惫不堪的时候才到她那去，而且又不可能对她承诺和担待任何东西。但是每回想是这么想,他还是会掏出手机,把电话打了过去。"你在家啊。"他说。

"你好像很遗憾似的,过来吧。"她从不拖泥带水的,不给他压力。

林越男的家收拾得繁简得当,不豪华讲究但是干净舒服。戴晓明进屋以后,换上拖鞋,一时恍惚以为回到了自己的家,不过他的确是越来越觉得这里更像自己的家,而他真正的家却成了必去的一个单位,一个报业集团之外的单位,那个单位有他的太太和儿子。

他终于想明白了他太太其实没有半点不好,实在是有点太闷了,他好像从来也没听她说过一句幽默的话。有时家里的亲戚在一起吃饭,聊各种话题,她的反应只有一个"就是就是……"有一回她连说了十几个就是,气得戴晓明十分不快地瞪了她一眼,不过她无辜的样子又让他觉得自己太过分了。

可是和她在一起真是闷出个鸟来,如果身心已经很累,不是就更累了吗?

不过她也还是有优点的,譬如说对他的行踪从来不闻不问。

餐桌上已放着几样小菜,另有一个炖盅是虫草煨水鸭。戴晓明很喜欢这样的场景,在柔和的灯光下,他吃着可口的饭菜,林越男在旁边有一搭无一搭说着报社的杂事,戴晓明几乎不发表任何意见,只是听着。

今晚也是一样,但林越男说出的一个信息让戴晓明格外重视,他停止了咀嚼。

"这消息可靠吗?"他说。

林越男说:"当然可靠,是省委接待处的人告诉我的。"她说的是北京的一位高官要到深圳视察,林越男说这是一个机会。

"这当然是一个机会。"戴晓明兴奋起来,这段时间,他一直在为宣传部长找他谈的事心忧。以前他太天真了,以为能力决定一切的年代已经到来,这当然也没有什么错,但是他不是很容易就被人控制了吗?!怕来什么就来什么。如果他能够成功地借力,换句话说就是有靠山,那么当地的头头脑脑就不能对他怎么样,说不定还得客气一点。

他知道他现在坐在火山口上,有人说他搞"一言堂",也有人说他专制独裁,他们懂不懂许多事都是在讨论来讨论去的过程中讨论黄的?还有些乱七八糟的意见更是可笑,譬如说他不够平易近人,更有人说他目中无人,难道他见到什么人都要嘘寒问暖吗?是的,他才不会像方煌那样给领导的司机或者七大姑八大姨安排工作,也正因为不屑于这类的婆婆妈妈,他才必须有人在他身后发出更强有力的声音。

可是他又能怎么样呢?总不能像某些去扎奖项的领导,备足银两,杀到京城,他觉得这么做简直荒唐,也不像是他的所为。

现在这个机会从天而降,戴晓明决定很好地表现一下,引起北京高官的注意。

林越男已经看透了戴晓明的心思,她提醒他道:"我觉得如果你去的话,不是去表现,而是诚心待客。"

戴晓明越想越觉得她的话有道理。

情人在一起,无论怎么体贴也是要做功课的,当然是甜蜜的功课。而且戴晓明通常是在极度兴奋或者极度疲劳的时候愿意做那件事，今天这两种因素都有，并且林越男是一个关起门来足够风骚的女人，所以戴晓明没来两下就早泄了，这让他觉得挺沮丧的，心想，或许别人都以为八面威风的他在床上没准多神勇呢，结果总是差强人意。好在林越男什么也没说，反而柔情似水地拍拍他的脸颊道："睡会儿再回去吧。"

不一会儿，戴晓明真的眼皮打架昏睡过去。

将近午夜的时候，戴晓明回到家，这时他已经不那么累了。家人全部睡得无声无息，他却感到脑子格外清晰，于是他会利用这段时间读一点书。

几天之后，戴晓明启程去深圳，林越男不知在哪里搞了一辆军牌奔驰，还带了透透等几个美女记者，让人看着头晕目眩。戴晓明不觉佩服越男的周到和包容，她对比她年轻许多的美女总是毫无妒意，能把公关当作一项事业来做，根本没有杂念，这对一个女人来说很了不起。

到达深圳以后，北京下来的一行人果然如期而至，其中最重要的领导的秘书已经说了，这次首长名为视察，实为休息，因为刚刚做完一个小手术，大夫也要求首长脱离工作好好调整一下身体。所以这次首长不听任何汇报，也不做任何指示，更不为任何部门题字。这不是客气话，如果我们真正爱护领导就不要骚扰他。

由于林越男跟省委接待处的人关系相当不错，所以没有发生任何矛盾。林越男在观澜高尔夫俱乐部组织了两场球，同时以她美食家的品位，每个饭局都布置得极有特色，美味而不油腻，另外在海边的游泳和打牌都显得悠然自得，别有风味。尽管有好些活动首长本人并没有精力全部参加，但是对衣食住行还是相当满意的，而他的手下包括秘书在内的一票人马，可以说是乐不可支，不仅受到优质接待，还有高智商美女嬉笑在侧赏心悦目，岂不尽兴。

临走，连同省委接待处的人，林越男代表报业集团送给他们每人一部数码相机，这种礼品是最没话说的，含金量高但又不是红包，不那么敏感。

分手的时候，大伙都成了朋友，竟有点依依不舍。

在回程的高速公路上，戴晓明一个人坐在林越男开的军牌奔驰上，其他的人统统上了报社的面包车。戴晓明很喜欢看林越男开车的样子，尤其是开大车她就显得格外娇小，那种反差很是撩人。由于深圳之行圆满成功，他的心情自然很好，但是林越男却比他显得镇静，她说："你别高兴得太早了，这件事其实才刚刚开了个头。"

"什么意思？"

"这些人吃惯了，拿惯了，他们很快就会把你忘记的。"

戴晓明没有说话，但是思绪有些茫然，的确，他对公关并不那么在行，对火候的把握也不那么准确，说白了做这种事有点难为他也并非他的强项。

林越男细细的手臂把握着巨大的方向盘，显现出独有的从容，她安慰他道："你不用担心，很快就到八月十五了，这是一个不错的借口，又不会像春节那样人心惶惶找谁谁都不在，我会亲自到北京把这些关系敲死。"

隔了一会儿,林越男又道:"我知道你现在的处境。"

她不再说话了,她不是一个多嘴甚至喋喋不休的女人。其实戴晓明并没有跟她说过什么,他不喜欢在女人面前抱怨,但是他知道,关于他的一切正在以不同的形式广为流传,而林越男是一个有判断力又相当果敢的人。

戴晓明在心里长长地吁了一口气,心想林越男真是一个超越许多男人的女人,而且女人和女人是不一样的,对于他来说,这个女人就是拿十个雷透透来他也不换。

想到这里,戴晓明眼望窗外忍不住说道:"你老公当初怎么会放掉你呢?"

林越男笑道:"你之甘露,我之砒霜。"

热线组有人打电话来叫呼延鹏去一趟。

呼延鹏去了热线组,几乎每个人都在忙着,电话铃声此起彼伏,这真是一个新闻辈出的年代,算是当代媒体人的幸事。就像美国和伊拉克来回较劲儿,记者的心态却是他们怎么还不打起来,赶紧打呀!呼延鹏承认包括自己在内,全是些黑了心肝的家伙。

组长递给呼延鹏一个电话号码,她说:"这个人不知道来过多少次电话,说有事跟你说,我们说能不能记录转达,她说不行,一定要亲自跟你谈。没有办法,我只好留下她的电话号码,你自己决定打不打给她。"

"男的女的?"

"女的。"

"声音好听吗?"

"就知道你这么讨厌,好听,很有磁性。"

组长不再理呼延鹏,忙自己的事去了。呼延鹏拿着电话号码踱回自己的办公室,他并没有马上打电话,而是坐在办公桌前转动着圆珠笔发呆。自从认识徐彤以后,他满脑子都是翁远行一案,说句老实话,呼延鹏也希望自己的心能硬起来,对许多事坐视不理,可是一旦接触到当事人,他们是那么具体,那么痛苦和无助,他就会对自己的冷血发出质疑,他那么心硬到底是错的还是对的?!

一阵风吹过来,他桌上大大小小的纸片迎风飞舞。

呼延鹏伏下身去,加上两手一通乱抓,嘴里骂道:"谁他妈的开的窗户?"大伙都在工作,也没人理他。

这时电话铃响了,是热线组组长打来的:"我说呼延,我让你打的电话你怎么还没打?刚才那个女孩子又来电话了,情绪非常不稳定,我问她在哪儿,她说在家,可我分明听到那边很乱,我敢肯定她不是在家,而且我好像还听到火车汽笛的声音,这种隐瞒自杀倾向的人其实才是最危险的……好了我不多说了,你还是赶紧把电话打过去。"

呼延鹏在桌上找了好一阵才找到那个电话号码,是一个手机号,他把电话打过去,果然是一个女声,声音柔和还带一点点沙哑。听到呼延鹏的名字,那个女孩子的声音好像哽了一下。呼延鹏说你是不是觉得很意外?女孩说是。我找你找了好久。

对面传达出来的背景环境的确很乱,很嘈杂。呼延鹏说我现在没事,不如我们见面谈吧。女孩忙说她不想见面,只要把该说的说了也就没事了。呼延鹏说那你现在立刻回家，还打我这个电话号码，我会在办公室一直等到你出现。女孩子突然哭了起来，她说她的确有家，可是已经回不去了。呼延鹏说你冷静点，去找一个僻静点的公用电话打过来。呼延鹏用的完全是命令的口气，他觉得人在恍惚的时候，大脑只会接受命令。比如你突然对一个茫然若失的陌生人说亲我，那个人就会毫不犹豫地亲你，结果他自己都不知道自己做了什么。

每一秒钟都很漫长。呼延鹏有点后悔了，他想他不应该叫她换个地方，手机上也能聊，再说他还不知道她会说什么事，或许几句话就能说清楚。不过他马上又打消了这个念头，他觉得他做的是对的，手机的通话效果本来就不太好，加上这个人可能在火车站，根本听不清她讲什么，这样会很麻烦。

可是她为什么又不来电话了呢？

中午吃饭时间，办公室渐渐空了，电话铃始终没响。

呼延鹏决定沉住气地等下去，正当他重新拿起那张纸片决定问明情况时，电话铃响了，是那个女孩子。她说她走了很远的路，才找到一个合适的电话。

"能告诉我你叫什么名字吗？"

女孩迟疑了片刻："你就叫我小草吧。"

他知道她不叫这个名字，但这已经不重要了，他说道："小草，你有什么事要对我说吗？你现在可以说了，我会认真地听。"态度决定一切，他首先要让她对他有信任感。

小草的嗓音依旧是沙哑的，她说她是在报纸上看了呼延鹏的文章，便极有冲动把自己的遭遇说出来，她已经压抑得太久了。小草说,她跟卞丽莎在一个公司做文职,两个人关系不错,所以她也认识翁远行。但是就在翁远行第一次招供承认他杀了妻子时,作案动机是他说他又爱上了别的女孩,所以要把妻子杀掉。

小草说,卞丽莎的父亲虽然与女儿断绝了父女关系,但他其实还是非常爱女儿的,所以才会爆发无法调和的家庭矛盾,这很容易理解。据说得知卞丽莎的死讯,红酒卞一夜白了头,发誓这件事不会轻易了结。其实,红酒卞有黑社会背景早已不是什么秘密,因为他的珠宝行完全有能力为黑道上的人洗钱。一时间,几乎所有与翁远行认识的女孩都涉嫌是他的新欢。

小草因为有一次上街时由于穿了双新鞋,脚被磨得很痛,走路一拐一拐的,真有那么巧,在街上碰到了去超市买啤酒的翁远行,翁远行见状就让小草坐在他的自行车后尾带了她一截路,这件事被人看见,便传说两个人关系不一般。

小草说她当时吓得浑身发抖,可是有一千张嘴也说不清自己和翁远行毫无关系,她的父母在外地,年纪轻轻又孤身一人南下的她一时没了主意。

整整半个月,小草的情绪焦虑,几乎每晚失眠,工作的时候又因为过分紧张产生神经性呕吐的症状,她知道这样下去不行,想来想去她决定突击结婚以表示自己早已芳心有属,于是认识了一个比她大八岁的男人不到两周的时间就结婚了。但是她觉得红酒卞并没有放过她的意思,结婚不久她丈夫就接到匿名电话,被告之他老婆与杀人犯有染,所以他才会这么轻而易举地找到一个条件如此悬殊的白领,事实上是找了一顶绿帽子。

小草说呼记者你想想看，对于我们这个没有基础的婚姻这种话是不是雪上加霜，结果是她丈夫的脾气越来越暴躁，动不动就对她大打出手，日子根本就过不下去，有一次居然把她踢得流产了。最后小草哭着说，现在翁远行终于找到了清白，可是我的清白该向谁去要？又有谁能还我清白呢？

呼延鹏无言以对，一件错案的牵扯面竟然如此之广泛，这实在是他始料不及的。这也许就是槐凝说的案件背后的社会价值和意义吧。

"能告诉我刚才你在哪里吗？"呼延鹏尽可能诚恳地说。

"我在火车站。"

"你是不是想回家，回到你父母那里去？"

对面突然没有了声音，呼延鹏说："小草，你在听吗？"

小草哽咽道："……我是想回去，可是我父母身体并不好，我真不想让他们再为我担心，而且那边是小地方，根本找不到事做……其实我觉得做人没什么意思，我想在这里等到天黑……如果你明天听到有什么人被火车撞死的消息，希望你把我说的话一字不差地登在报纸上，我想那会是我最后的清白。"

没等呼延鹏回话，小草已经把电话挂断了。

呼延鹏在火车站的广场上奔跑着，这时的天色已近黄昏，他必须在天黑前找到小草，他打过小草的手机，可是小草不肯说出她的具体位置。火车站的广场很大，呼延鹏决定首先冲进候车大厅。

他一面满头大汗地跑着，一边对自己的热情和冲动大惑不解，不知这么做到底是为了报道的商业价值还是残存的同情心在起作用，或者两种因素都有。但不管怎么说，呼延鹏没有把这件事吵得报社上下惊天动地，他觉得感伤是一个人的事，搞到集体泪流满面，不是作秀也成了作秀。他个人很不喜欢这种做法。

候车大厅里人头攒动，呼延鹏的脑袋嗡的一声，他怎么可能在这里找到一个陌生女孩？他走出候车大厅，打电话给小草，厉声说道："我现在就在火车站，你马上告诉我你现在的位置，否则我立刻联络车站的警察一块找你，你愿意大伙像看动物一样看着你吗？"

呼延鹏见到小草的时候，她蹲在火车站西广场的公共厕所附近，由于空气中弥漫着难闻的气味，这边的人明显少一些。

她很瘦，衣服显得空荡荡的，一言不发就能令人无比心酸。

呼延鹏说道："天都黑了，干吗还戴着墨镜？"

小草听话地摘下墨镜，尽管天色已经灰暗，呼延鹏仍然能够看到她脸上被打的痕迹，她的左眼青紫，右边的太阳穴有淤血，嘴角也是乌青的。这让呼延鹏倒吸了一口冷气，他想，如果小草再回家，她会被打死的。

这样的景象让呼延鹏很震惊，难免对小草怒其不争，也不管是不是初次见面，呼延鹏便直截了当道："你看看你这个样子……你为什么不离开他？！跟他离婚啊！！"

小草轻声地说："我提过，可是他叫我给他十万块钱……"

"什么？你给他？"

"是。"

"为什么？"

"他说我欺骗了他，要付十万元的精神损失费……我哪来这么多钱？……所以一直离不掉……"

呼延鹏自语道："他妈的这个世界简直倒过来了。"

呼延鹏带着小草简单吃了点东西，然后回到他的住处，他让小草先洗个澡，直到这时他也不知道下一步该怎么办。按照以往的情况，他是一定会立刻给透透打电话的，可是这些天他们刚刚闹了矛盾，彼此还不说话，所以呼延鹏觉得挺为难。

事情是这样的，一个名牌婚纱店的老板为了让他的婚纱上时尚版，便力邀透透做他的婚纱模特，另外又请了一位话剧男演员，两人拍婚纱照算是拍广告。因为给透透的酬劳不低，透透就一口答应了，但呼延鹏听说了以后就有些不高兴。透透的理由是能赚到钱，又不违反报社规定，干吗不干？呼延鹏却觉得心里别扭得很，女孩子一辈子只披一次婚纱，居然是跟一个不相干的陌生男人。透透解释说这是拍广告，呼延鹏说那为什么不能让我跟你在一块拍呢？透透说你不够人家靓，个子又不够人家高，不是你想拍就能拍的。呼延鹏说那这个钱我们就不挣了，让话剧演员的女朋友来拍好了。透透说话剧演员的女朋友陪他一块来过，婚纱店的老板嫌她长得不够甜美。呼延鹏说，你以为你有多甜美？婚纱店老板还不是为了他的产品上时尚版。透透说，我当然知道他想上时尚版，难道他还上体育版不成？所以才会送一笔钱让我去挣。呼延鹏说我说过多少次了，女孩子不能太贪钱，尤其是漂亮的女孩子，金钱就是陷阱。透透赌气说，你放心，等我有了钱以后，一定会视金钱如粪土的，可我现在没钱也只好跳陷阱。这件事吵来吵去呼延鹏高低不同意。

透透恼了。透透说，我们女孩子不傍大款就得挣这种别扭的钱，要不我供楼，你付钱啊?! 呼延鹏也火了，呼延鹏说你到底叫我在不在意你，如果不在意也没什么，那你去拍就是了，关我屁事。

说白了呼延鹏这个人是假潇洒，真狭隘，骨子里充斥着许许多多顽固不化的传统观念，甚至还有些大男子主义，表面看起来他什么都不计较，其实不然，也不是那么回事。这一点透透心里很清楚。

透透后来也没去拍那个广告，等于是煮熟的鸭子飞了，所以快一个礼拜了，也没跟呼延鹏说过一句话。

可是现在没办法，呼延鹏心想他总不能跟小草孤男寡女的同居一室，所以他必须硬着头皮给透透打电话，电话接通以后，透透的声音很平静，好像没发生过任何事情一样。呼延鹏心里松了口气，但又不解她为什么这么平静。不过他暂时也顾不了那么多了，在讲明情况之后他说，他想让小草在他这里住几天，那么他就得到透透那里借住了。透透说道，那又何必，不如叫小草直接来我这里住就是了。

呼延鹏心想也是，嘴巴上却说你还在生气啊？透透说我生什么气?! 呼延鹏就不说话了，他也害怕这时候两个人又争吵起来。

大约过了半个钟头，透透就来接小草了，还给她带了一套换洗衣服，而小草身上的那套衣服的确是已经脏得面目全非。小草在里屋换衣服的当口，呼延鹏故作轻松地对透透说道："想不到你还心地善良。"

"你是不是觉得漂亮女孩儿冷漠无情蛇蝎心肠才合乎情理?"

"我没这么说。"

"你就是这个意思。"

两个人又哽住了,不知哪句话又会变成炸弹的导火索,结果都小心翼翼的,幸亏这时小草从里屋走出来,身上穿着换好的衣服,客气道:"这么麻烦你们,真不好意思。"

透透笑道:"别这么说,谁都会遇到难处,也都会需要别人的帮助。如果你是我们,也一定会这么做的。"一席话说得小草泪光盈盈,如释重负地跟着透透走了。

呼延鹏今天很累,于是倒在沙发上听费玉清,听得全身心轻松下来,想起刚才透透对待小草极其自然温暖的眼神,他从心底感到颇为安慰。在柔美的歌声中,呼延鹏盹住了,朦胧中有淡淡的烟雾散开,从中走出仙女一般的透透,身穿雪白的拖地婚纱,皇冠头饰上的钻石闪烁着耀眼的光芒,颇让梦中的自己惊为天人。而呼延鹏梦中的自己,也是一身黑色的晚礼服,打着蝴蝶结领带,头发用摩丝定型,当然是新郎官打扮,他几乎认不得这个焕然一新的自己,仿佛他是完全陌生的另外一个人。

两个完美无缺的形象不时地在呼延鹏的眼前轮番出现,如同影像的对切,但两个人始终没有在一个画面中出现,永远是两个独美的个体,却又有着各自深情凝视对方的眼神,不知是什么原因。

纯净柔美到极致的歌声停止了很久，呼延鹏才醒过来。

将近十二点了，他拿起电话，他知道透透是晚睡的人。果然，他听到透透神志清醒的声音。他说："……小草真的不影响你吗？"

"你说影响不影响？可是你要做善事，我有什么办法。"

"这么说太过分了吧？"

"她睡了，我们不在一个房间。"

"她的情绪平稳吗？"

"还好吧，她看见干净的被子，她说她闻到太阳照过的味道，很想哭，因为很久没有睡过安稳觉了，她总觉得没准哪一天夜里，她丈夫会把她杀掉……我一直在安慰她，她真的是太累了，很快就睡着了。"

"透透……"

"嗯……"

"这件事来得很突然，可你对小草那么亲切，那么真诚……我真的没想到，也觉得你好完美。"

"拜托不要说这么肉麻的话，我喜欢男人酷一点。"

"我不管，我喜欢你。"

透透迟疑了片刻，但还是说："我也喜欢你。"

社会上总有那么一些热心的人，不管有事没事，也不管是很忙的还是很闲的，好像他们都在等待着媒体一声令下，只要媒体说谁谁谁落难了，我们应该援之以手。他们马上就能成为最富有爱心的人。这些人让我们觉得这个世界也不是打开房门就是一团漆黑世风日下根本活不下去了。

呼延鹏写的翁远行一案的追踪报道《谁对他们的六年负责?》见报以后,人们对这件事的关注程度可以说制造了一个新热点。当天下午就有公司表示愿意接受小草,并给她分配单身宿舍,以确保她真正能开始新的生活。同时,也有不少人和机构提出了帮助翁远行的具体方案,尤其是一所历史悠久的高素质医院,他们提出免费为翁远行看病治疗,同时对他进行心理辅导。

在一派脉脉含情之中,小草被某公司的爱心代表从透透那里接走了,翁远行也打电话给呼延鹏,感谢他对自己无私的帮助。

事情的结局似乎已经十分圆满了,呼延鹏事先没有感到会出现任何麻烦。被叫到戴晓明办公室,戴晓明的办公桌上正放着一份摊开的《精英在线》,头版头条便是呼延鹏的文章。戴晓明铁青着脸,看都懒得看呼延鹏:"你到底怎么回事?这么有影响的文章拿去给方煌的报纸发?!如果不是我亲自把你从北京招来的,我简直就认为你是方煌的卧底,你想帮他搞垮我们的报纸是不是?!"

呼延鹏傻了,他解释说:"我认为这篇文章不适合在我们的报纸上发表,因为太多人盯着我们了,所以才拿给《精英在线》的……"

戴晓明恨道:"你怎么知道不适合我们的报纸发表?!我不管被谁盯着,反正我们的报纸最需要的就是这类拨乱反正的文章,这是在夸我们党自身的净化水平!再说,适不适合我们发表也是我说了算啊，你跟我商量了吗?!"

呼延鹏立刻把上次和洪泽的谈话内容做了如实的汇报，而且着重说了害怕影响强书记这件事，还说洪泽说他会跟戴晓明打招呼。戴晓明的表情是根本没有人找过他，并且当场打电话给洪泽。

老实说，洪泽到方煌那里撤稿撤主编，回来之后也有点吃不准了，不知怎么做才合适，才能真正做到强书记心里去。于是他打电话给"深喉"，但"深喉"的电话始终处于关机状态，而且每次都是如此，只要不是他主动打来电话，你就永远找不到他。"深喉"能说出来的身份是政府一级的导读员，专门给上面写内参的，似乎既了解民情也深知内情。但洪泽直觉他的身份并不那么简单，有一回洪泽到北京出差，很想会会这个高人，也因电话联系不上作罢。但有一点洪泽很明白，当官就是要做墙头草，你不左右摇摆还能怎么样？

也就是在这时，呼延鹏的追踪报道见报了，强书记办公室的秘书从北京打来电话给部长，说这是一篇尽得民心的好文章，实事求是是我们党一贯坚持的优良传统，我们有责任把它发扬光大，以后一定要多组织这样的好文章。

一向觉得自己料事如神的洪泽有一种一脚踩空的感觉。

于是洪泽对戴晓明说，他跟呼延鹏闲聊的时候说过什么已经不记得了，如果谈到过类似问题，也仅仅是闲聊，并没有当真的意思。如果当真，按照组织原则他也应该是跟戴晓明打招呼，不会为这事直接跟呼延鹏发生关系。

戴晓明放下电话以后，便把洪泽的意思原封不动地告诉呼延鹏,呼延鹏气得脸色涨得通红,五官都有点变形了,却又根本不知做何反击。戴晓明当然也没有气消的意思,他说,我们这张报纸就是要剑走偏锋,要踩线,中规中矩就会失去读者,至于领导印象,那也不是不重要,但是必须"杀人放火以后再招安",这样报纸才能保持个性,领导和老百姓都看重你。翁远行一案有文眼,这种有发挥空间的案例也不是俯拾即是,结果让方煌空手捡了个金元宝。戴晓明越想越窝囊,最后忍不住对呼延鹏说,你还是太年轻了,报纸哪有不出错的?关键是有没有人在后面给你兜着……我还没害怕呢,你怕什么?!

其实,戴晓明的话,呼延鹏一句也没有听进去,心里只想着去找洪泽这个王八蛋算账。下午四点半钟,呼延鹏赶到了洪泽的办公室,出人意料的是宗柏青也在,斯斯文文地坐在沙发上品茶,洪泽笑嘻嘻地不知在跟他说什么。呼延鹏进了办公室便对洪泽破口大骂:"你这家伙为了当官能把你亲娘都卖了!"

洪泽当然也不生气,笑道:"骂吧骂吧,只要你能出气。"

柏青急忙起身去安抚呼延鹏,说洪泽知道自己讲的话不合适,所以打电话叫他过来,他出血请咱们吃饭谢罪。呼延鹏说气都气饱了,我不吃。

柏青说那你这又是何必,大家兄弟一场,他也承认一身的官场恶习,你太认真就没意思了。呼延鹏说谁跟他是兄弟?!他连黑道上的人都不如!江湖儿女也没有这么干的。洪泽的态度出奇好,他说,呼延,不是我说你,咱们在被窝里说的话你怎么能说给外人听呢?呼延鹏终于给他说笑了,他妈的谁跟你一个被窝?!我见到女人就有冲动,干吗跟你一个被窝?!

三个人走出办公大楼，由于下班时间早已过了，楼道上几乎没什么人，洪泽却还是那个死样子，一脸拒人于千里之外的神情。总之无论是在机关还是有外人的场合，他都觉得不安全，就是要做出一副不食人间烟火的样子。

他们去了停车场，上了柏青的车。柏青打着引擎说我们去哪儿？

呼延鹏说要吃西餐，而且要吃法国厨师做的法国菜。洪泽和柏青都知道呼延鹏根本不爱吃西餐，肯定是他要点最贵的菜气洪泽，而且洪泽并不是一个特别大方的人。果然到了花园酒店的西餐厅，呼延鹏又是点鹅肝，又是点蜗牛，还要黑菌和红酒。柏青阻止呼延鹏说你也别太狠了，呆会儿洪泽出不去了。呼延鹏说他出不去就让他呆在这儿，我们走。

洪泽笑道，你叫他点你叫他点，我最爱吃西餐了。

呼延鹏不理他，等上了菜，大力挥舞刀叉言不由衷地说好吃好吃。

餐厅里很有情调，氛围也不错，可是柏青吃得有点心不在焉。洪泽问他怎么了？他欲言又止。呼延鹏道，有什么话就说出来，解决不了发泄一下也好。柏青犹豫道，都是些小事，不说难受，说出来又没劲。

原来，柏青的老婆有个哥哥是个花花公子，自视甚高却又做不成任何事，所以柏青的老丈人很不喜欢他，只当柏青是自己的亲儿子。柏青的这位大舅子见柏青家里家外都受宠，而且占着那么好的位置吃喝不愁，总觉得这一切本该是自己所有，无非是因为柏青过于乖巧，才把自己的父亲和妹妹玩得团团转，让他占了大便宜还说他好。所以他处处跟柏青作对，说话总是阴不阴阳不阳的，没事不是借柏青的车出去三天不见人影，就是大老远的打电话叫柏青到高级餐馆给他和那一大群狐朋狗友买单。

这种事多了，柏青自然要挂脸，大舅子可不吃这一套，当着人就数落他一顿，言下之意是你什么都捞着了还不让别人喝点汤?!

跟这种人是没法沟通的，讲什么都是鸡跟鸭讲，柏青也告诫自己要多多忍耐。但他心情不好难免要跟老婆念叨一番，可是他老婆也的确难做，一头是至亲的爱人，一头是血亲的哥哥，你叫她又能怎么样？也只能两头说好话。而柏青的老丈人不仅脾气不好，还有心脏病，柏青明知跟他说了这些事会把他气个半死，也只好尽可能的什么都不说，自己消化这些心烦的事。

听了柏青的叙述，呼延鹏道："我觉得那个人的毛病都是你给惯出来的，你为什么要把车借给他？为什么要帮他买单？你不做这些事难道他还能把你吃了吗?!"

洪泽也道："柏青你不能太软弱，这是一个弱肉强食的社会，你可不要养虎为患。"

柏青想了想，有些不快道："你们又不是不知道我的性格……而且是对她家的人，太决绝了也有点不合情理，我现在是忍让，她的家人是一个态度，真到了势不两立的地步，难说他们又会是什么立场，谁都知道血浓于水，这还用我说吗?!所以我想来想去，不如干脆调到采编部门工作，横竖他也就不找我了。"

洪泽忙道："你是猪脑子啊？你现在的位置有多少人眼巴巴地盯着，而且合理合法地有油水。你都看见了，我跟呼延挣的那点血汗钱，供楼供得眼前发黑，车到现在还不知道在哪儿呢，你可真是饱汉子不知饿汉子饥，说出这种风凉话来！……而且你以为你的老丈人能在位置上呆多久？你以为有关政策都是一成不变的？等你那个位置真的没得坐了，你再搞采编也不迟啊。"

"可我夹在中间，也实在是难受。"柏青觉得洪泽的话有道理，但是自己难受也是真的。所以反而是被洪泽这样一说，柏青更有些闷闷不乐了。

为了调解气氛，也为了化解柏青心中的不快，呼延鹏把手搭在柏青的肩膀上，语重心长道："柏青，你看你都有了富人的烦恼了，富人不都是在为家族矛盾勾心斗角吗？可我和洪泽还在穷人的道路上挣扎，在我们眼里，这种事实在不值一提。"

柏青无奈地撇了撇嘴，心想他以后再也不在他们面前提这件事了。

一顿饭吃了洪泽两千多块钱，呼延鹏心里的气也就平息了。三个人即将分手的时候，洪泽突然颇为感慨地说道："钱，是一个好东西，官也是一个好东西，但是正直和正义更是好东西，我们还是各自坚持自己的立场吧。"

说完之后，大伙不约而同地笑起来。

四

服务员端着一个黑色的漆花托盘，里面是四只黄澄澄的夏威夷木瓜，透透急忙问道："这是什么？"

服务员说是原只木瓜炖官燕。

透透眼睛瞪大一倍道："我们哪里要燕窝了？"同桌的另外三个美女也表示出茫然的神情。穿黑制服的领班急忙走过来解释说，你们的确是没点，这是八号台的一位男士送的，而且还给你们这张台买了单。

透透根本不相信会有这等好事，便向八号台望去，那边正散台，男男女女一票人起身准备离去，透透没发现有自己认识的人，便提醒身边的朋友，她们也表示不认识这些人。

那些人差不多走到了餐厅门口，马上就要离去了，这时透透发现有个人回头冲她微笑了一下，她猛然认出是宗柏青，便欣喜地冲他挥了挥手，柏青只是温和地点点头，便和他的客户们离开了。

透透身边的女友都埋怨她，说她刚才点菜也太经济了，什么好菜都没点，早知道有人买单，点一条多宝鱼是最起码的。透透说你省省吧，多宝鱼一条一百八十八元一斤，虽说是AA制，你们不是也不想多花钱嘛。

这家餐厅是正宗的粤菜，装修得极有品位，走的是高档次路线，而且临江，风景如画，在城市里临江的餐馆几乎没有便宜的，所以透透和女友们约到这里来，哪怕只点几个素菜也觉得不枉此行。现在吃到了养颜的官燕，又有人买了单，心情立刻就愉悦起来了。女友们都在追问透透，宗柏青到底是个什么人？他到底跟你是什么关系？你不是说你男朋友是个穷记者吗？

透透说他是我男朋友的死党，就这么简单。

女友们都说，那你可真是丢了西瓜，捡了芝麻。透透说你们就别瞎说了，首先，在爱情和财富面前，如果只能选一样，我肯定是选择爱情。其次宗柏青早就结婚了，而且他太太既温柔又漂亮。

大伙都笑着说那就太可惜了，主要是现在能遇上一个真买单的人比中六合彩还难，好多男人都号称有几十个亿的资产，唯独买单的小钱拿不出来。

没有不散的宴席。大伙分手以后，透透决定独自在江边走走，不知为什么，她有一点点失落，失落的原因便是为什么今晚满足她虚荣心的人不是呼延鹏？她也不是嫌呼延鹏没钱，但是呼延鹏的那种生活态度，他们又怎么可能赚到钱？

女孩子的物质欲，总是一天天在膨胀的，尤其透透又负责时尚栏目，说句实在话，知道时尚的东西越多，越内行，她的压力就越大。因为那些东西对女人的诱惑力实在是太具体了，你越能感受美越能体现美就越难以拒绝这些东西。就像长时间调情，最后又不做爱，你说是不是一种折磨？而且透透怎么说也算是天生丽质难自弃，她穿香奈儿的时装简直美得连自己都疯狂地爱上了自己，为什么还要拼命地压抑这种欲望跟自己过不去！

社会越文明，不道德的交易也就越文明。有一个透透喜欢的名牌代理明确表示每年可以送给她五万块钱的时装或饰物，条件就是以身相许。透透当然不同意，透透心想，难道我就值五万块钱吗？但是有一天，她看见这个名牌代理身边多了一个女孩子，看上去像是一个模特，全身的名牌把她衬得气质优雅，光彩照人。

那一天，透透简直就跟失恋一样痛苦，她明明知道自己做得很对，可她还是痛苦，因为她跟那些名牌失之交臂。

夜深了，透透回到她的住处，由于她的作息时间非常混乱，常常半夜三更才能回到家，为了不影响家人，她在外面租了一套房子暂住，现在小草走了，屋里恢复了原有的冷清。通过小草身上发生的这件事，透透又觉得呼延鹏是一个心地善良的男人，他同情弱者，悲天悯人，选择这样的男人你会觉得心里很踏实。

总之，透透一直在失落与踏实之间寻找着平衡，这种平衡在一般的情况下也能使生活波澜不惊。多少年之后，透透始知，这种平衡其实是很容易被打破的。

不过在这个夜晚，透透还是坚信自己会选择爱情，她很想给呼延鹏挂一个电话，但后来因为洗澡，看书，又太晚了。她没有打电话，她还是喜欢那种对方喜欢自己多一些的感觉。

米波米小姐六十多岁了，她的脸保养得很嫩，身材也还是那么纤细娇小。米小姐是开美容学校的，下面有连锁的美容店，也就是说她的外形便是她的品牌招牌，而且她是在香港起家，而后进军大陆，所以所向披靡。米小姐一生都在跟自己的形象做殊死的斗争，她节食，吃很少很少东西，练软功，在七情六欲要上面的时候绝不大哭大笑，以免脸上出现横七竖八的皱折，再加上永不间断的保养，整容，她真的是没有什么明显的皱纹，也没有斑点色素，还相当漂亮。

可是人会变老是自然法则，所以见到米小姐的人肯定不是被她的美貌而是被她的毅力折服。

米波的性格也很好，会交朋友，好多著名女明星都是她的客户兼密友，她们与米波的合影照片登上报端无疑是免费广告，令无数的女孩子对米波的美容院趋之若鹜。只要对生意有益的关系，米波总是能处理得恰到好处。

透透第一次见到米小姐的时候，就被她优雅的气质所吸引。米小姐是那种不骄不躁的人，所以透透很乐意为她的品牌做一期美容时尚版，其间还有透透对米波的专访文章。而米波送给透透一张护肤金卡，只要回大陆就约透透去吃最好的燕窝，还有精美的点心。这样一来，她们很快就成了朋友。

这一天下午，米波打电话约透透到凯悦酒家吃饭，透透也就推掉其他的事去见米小姐，米波包了一间房，菜的出品也堪称一流。席间还有一位米波的朋友，是个日本男人，约摸四十岁，看上去斯文有礼，名叫龟田。米小姐说，龟田是一家日产的高级化妆品在中国区的总代理，人也很好，希望他们今后能互相关照。龟田的中国话是在台湾学的，并不流利，但勉强可以交流。这顿饭，米波照例点了血燕，而她几乎没吃什么就吃了燕窝，饭后，龟田先生抢着付账。一切证明这是极其普通的一次应酬。

晚上，透透在自己的住处写稿，米小姐打来电话问她对龟田的印象如何，透透不假思索地说很好哇。透透心想龟田无非是希望他的产品上时尚版，而那个牌子已经相当成熟，根本不需要力推，只是价格方面有些偏高而已。米小姐在电话里说，那就太好了，龟田先生对你的印象也很好。

米小姐又说，龟田先生有过一次婚姻，但离婚多年，孩子也是跟女方，所以现在完全过着独身生活，而经济条件又相当不错，这个人最大的优点就是老实，绝不是那种又好色又大男子主义的日本男人。透透听着听着就不对了，原来米小姐在给她介绍对象，透透马上婉言谢绝，说自己有男朋友了。米小姐说只要没结婚就有选择的权力，又说了一堆龟田的好话。放下电话之后，透透觉得这件事很好笑。

也不知道米波怎么跟龟田说的，第二天，透透便收到花店送来的鲜花，说是一个日本人叫送的。不光如此，透透下班时，龟田还开着一辆丰田轿车在报社门口接她去吃饭，搞得透透哭笑不得。

由于语言上的障碍，透透只能在饭桌上慢慢跟龟田说明自己的情况，也不知道龟田到底听懂了多少，总之他总是微笑地点头，好像他什么都明白似的。可是没过几天，他又打电话来约透透，透透说没空，他却仍然开车到报社门口来接透透。

这件事很快就传到了呼延鹏的耳朵里，毕竟是年轻气盛，呼延鹏觉得自己丢了面子，便找到透透兴师问罪。本来，透透是像讲笑话一样来解释这件事的，但是呼延鹏一脸不通融的样子，而且他坚持认为既然他们确定了恋爱关系，透透就根本不应该去见别人介绍的对象这一类的人。透透解释说她能处理好这件事，而且因为中间夹着米波，所以必须策略一些。也许呼延鹏是在气头上，他说什么策略不策略的，你这么在乎米波不觉得没道理吗？像她那样的老人家，谁不是老老的、胖胖的、慈慈祥祥的,只有她为老不尊,还跟妖精似的。对于这样的人,你就不应该去搭理她。

这话把透透给惹恼了,她说本来这就是一场误会,完全可以解释明白的,想不到你仅仅是为了自己的面子,居然发这么大的火儿,还殃及无辜,人家米小姐也没惹你,你凭什么说这么不恭敬的话,而且对我的朋友你也要有基本的礼貌,难道我选择朋友还要经过你的同意吗?

呼延鹏说,什么朋友?我就不相信你真的跟米波有什么谈得来的,无非为了一张护肤金卡而已,她给你介绍日本鬼子,不就是那个人有几个臭钱吗?她看低了你你懂不懂?你还拿她当朋友呢!

透透气得不知说什么好,她说呼延鹏你太过分了,没错,你是很有才华,可是在你的成长过程中,完全没有现代文明的教育和熏陶,所以你狭隘,以自我为中心,你从来就没有从心里真正尊重过女性。我觉得米波并没有认为我贪财,倒是你认为我是一个利欲熏心的小人,那好,谢谢你的成全,我就跟龟田好,我把刀磨得快快的,看能宰出他多少油水,好歹也当一回抗日英雄。

这天的下班时间,龟田的车又停在报社的大门口,透透赌气上了他的车。

一路上,透透一直虎着脸不说话,龟田本来就话不多,便打开车里的音响,是一些似曾相识的日本音乐。慢慢地,透透的心情就平静下来了。

龟田并没有直接拉着透透去什么高级餐馆,而是去了他们新近建好的化妆品厂，说是并不是在这边搞什么大规模生产，而只是把产品从日本运过来在这边装瓶、加外包装，据说也能节省不少资金。新厂不是特别大，但是环境很好，有成片的绿地和荔枝树，而且设备设施也相当精良，一看就知道是外资厂。

在厂里无论碰到什么人，他们对龟田先生都相当尊重，龟田并不在厂里办公，厂里有厂长之类的人负责，龟田在市区的五星级酒店有办公室和长住包房，他的办公室巨大而整洁，酒店里的领班和经理对龟田也是点头哈腰的。透透心想自己是不是也太不把龟田当作一回事了。

龟田对透透说，在日本横滨的公司总部里其实是没有什么人愿意到中国来工作的，所以公司希望他在这方面做长期打算，这也就是他决定在这边成家的原因之一。见到透透以后，他被她的美貌和性格所打动，所以才希望和她进一步交往。

他说为了表示他的诚意，他还专门在日本买了一条珍珠项链，送给他喜欢的女孩子，他拿出了那条项链，希望透透能收下。

珍珠倒是每一颗都很圆，而且色泽温润，只是样式极其古老，透透心想这条项链她姥姥戴上还比较合适。所以她坚决不收，心想如果是她热爱的名牌手表或手袋或许还会思想斗争一番，这样的东西她想都不用想就可以拒绝。再说，她跟呼延鹏说了那么多负气的话，无非也是想气气他，并不是真的要找一个沟通都有障碍的日本人，那么他送的东西她是自然不能要的。

可是龟田也很固执，他说送一点小小的礼物给透透仅是略表寸心，中国和日本都是礼仪之邦，这种做法也完全没有超出应到的礼数，所以希望透透务必收下礼物。

最后，透透是有些无奈地收下了这串珍珠项链。

一来二往，透透对龟田有了一些好的印象，首先是他这个人十分整洁，他在评价中国男人时说，你们这儿的有些高官和影视红星居然不剪鼻毛，简直是一件不可思议的事；其次，龟田并不咸湿，咸湿在当地的语言中是好色的意思，即便是龟田会有些夸张地赞美透透，比如他说透透有着婴儿般的纯净，又说透透会经常出现在他的梦境之中，但是他从来不动手动脚，从来不吃豆腐。

这段时间，透透一直以为呼延鹏气消了以后会来向她认错，然而她想错了，呼延鹏始终觉得透透去见其他男人才是一个不能原谅的错误，就像他以相亲的形式去见其他女孩子，想必透透也不会善罢甘休，所以他也等着透透想明白了这个理来跟他说好话。

两个人这样僵持下去的结果只会使矛盾升级。

有一天透透突发奇想，她决定把龟田送给她的珍珠项链拿到珠宝行鉴定一下，看值多少钱，也能由此判断龟田到底是一个什么样的人，具备什么样的实力。

透透是做时尚版的，她自然知道哪个珠宝行最有权威性。

经过若干个师傅的左看右看，最终由一个女经理问透透："这串珍珠项链你打算卖吗？"

透透并没有反应过来，只是下意识地点点头。

女经理说："我们最多能给到二十四万八千块钱，你自己做一个决定吧。"

透透简直不敢相信自己的耳朵,她想可能是四千八百吧,于是结结巴巴地想重复一遍,女经理又说了一次那个令她几乎晕倒的数字。透透的内心一阵狂喜,她说:"你们愿意接受这件首饰吗?"

女经理说:"珍珠固然没有钻石名贵,但是这件首饰的成色非常好,我敢担保你不是在国内买的。这串珍珠肯定是纯天然的,正因为纯天然,要找到这么圆这么整齐色泽又这么好的珍珠并非易事,而且佩戴这样的珍珠,皮肤会像中了魔法一样光洁生动。所以你要想清楚了,是不是真心出让。"

透透站在柜台的外面只顾着点头,但她满脑子都是一个意念:原来龟田是认真的,原来她在龟田心目中是有价值的。她真是没想到,八字还没一撇呢,龟田就能够这样对待她,这样看重她,这多少让她有些感动。不过她还是决定卖了这串珍珠。

女经理说:"可以。有两种交易方式,在我们店里任意选择同等价值的珠宝或钻石,另外就是拿现金。"

透透毫不犹豫选择了拿现金。

她第一次抱着这么多钱在大街上走着,行色匆匆的路人全像是劫匪,仿佛随时都会扑上来一样。

钱真是个好东西。

有了钱的透透不假思索地买了一块手表,江诗丹顿其中的一款,当然算是顶级的名牌,而且是她看过无数次却没有能力购买的。

人要守住自己是很不容易的,透透也承认这回没守住自己,钱来得暧昧，自然也花得暧昧。为了说服自己，她这样解释自己的行为：她对龟田一点感觉也没有，也不会跟他怎么样，但是龟田打扰了她的生活，令她跟男朋友吵架，又让报社不少的人误解了她。就当这钱是龟田给她的名誉损失费吧。

然而，名牌就是名牌，总是能在平庸和沉默中显现独有的光芒。透透腕上细微的变化，马上被女同事发现了，羡慕之余又会徒加一些风言风语。

透透一直以为，呼延鹏气消了以后会来找她，以往他们也有过激烈的争执，但最终爱情化解了一切。可是这回有些异样，呼延鹏并没有来找她，也没给她打过一个电话。有一次他们碰巧在电梯间相遇，开始有几个人，自然不便说什么，后来上上下下的人走光了，电梯里只剩下他们两个人。

本来，心存歉意的透透准备先开口约呼延鹏晚上一块吃饭，再把已经发生的传奇故事讲给他听，相信只要心平气和什么问题都可以解决。

准备开口之前，她把戴表的手臂下意识地放在身后。

她抬起头来，正碰上呼延鹏斜着眼睛打量她，一脸的正气凛然。透透顿时火冒三丈，心想就算全报社的人这样对我，作为你呼延鹏来说也不能这样对我，你是我什么人？你应该信任我呵护我关爱我才对，想不到你比常人的反应还像常人，我又没做错什么事，干吗要看你的这张臭脸？

透透决定什么也不说，等电梯的门一开，她头也不回地走了。

当然，回到住处，她的心情也好不起来，她把江诗丹顿的名表摘下来，扔在床上，也不知道是在跟谁怄气，龟田？呼延鹏？自己？手表？

这时电话铃响了，是龟田，他想约透透去江边走走，透透回说要赶稿，谢绝了。

但实际上，透透什么也干不下去，她是有一些稿子没写完，还有一部分私活儿，就是帮助纯粹的时尚杂志做版，这样可以挣到一些外快。她这样拼死拼活地工作到底是为了什么？最应该了解她的呼延鹏其实一点都不了解她，他们怎么这么不默契？透透想着想着便觉得胸口堵得慌。她决定独自一人去泡吧，有时喝喝闷酒回来睡上一觉似乎是解决问题的唯一办法。

夜幕降临了，酒吧一条街上灯火通明，那些越是布置得脱离现实生活从而如梦如幻的铺面，越是聚集着众多的白领和年轻人，有人说酒吧是用来逃避的，朋友是用来背叛的，情侣是用来怄气的，哪条说错了？全部被现实一一印证。至少跑到这里来的人都在逃避，逃避个人心头聚积的无形而又巨大的难以摆脱的压力。

透透找了一个相对清静的酒吧坐了下来。

音乐是悠然自得的蓝调，透透要了一杯名叫冰岛之恋的鸡尾酒，她坐在靠窗的座位上，可以看到纷乱的街景。

窗外实在没什么好看的，单调的繁杂有什么意思？而邻桌的一对情侣，两个人面前只放了一杯可乐，但是有两支吸管，他们笑眯眯地望着对方，同时吸可乐的时候鼻子几乎碰到了鼻子，女孩垂下眼帘，而男孩子两眼开始喷火。以透透当下的心情，别人的恩爱缠绵只能是下到她酒中的一剂毒药。她只好把头再一次转向窗外。

有人从吧台那边走过来,他站在透透的对面,将一杯带冰块的装有人头马一类橙褐色酒液的玻璃杯放在透透的桌上,手指长长的充满灵秀。透透冷冷地抬起眼皮,准备呵斥这个不知趣的家伙。但她愣住了,只见这个冲她微笑的人竟然是宗柏青。

透透叫道:"你怎么会在这儿?"

"我经常一个人泡吧。可以坐下吗?"柏青笑道。

"当然。"透透做了一个请的手势,待柏青坐下,又道,"你?怎么会?"

柏青道:"怎么不会,酒吧文化真好,可以找到短暂的精神寄托。"

透透颇以为然,不觉点点头。

停了一会儿,柏青自然地问道:"他呢?"

"死了。"

"又闹别扭了?"

透透无语,好一会儿不觉悲从中来,突然就伏在桌上哭了起来。好在周围的人各有各精彩,完全没注意他们。

柏青耐心地等着透透安静下来,以温和的眼神望着窗外。

透透还是第一次在柏青面前失态,她有些不安,一时又不知道该怎么解释她的伤心,更不知道与呼延鹏之间的争执该从何说起。令她安慰的是,柏青似乎并不需要她说什么,反而笑道:"有时还真是羡慕你们这一对神仙情侣,要死要活地在意对方,牵挂对方,有那么多的怨恨和眼泪,电视剧里的场面让你们演绎得活灵活现,这还真的是一种福气。有多少人是终其一生，平淡如水的？可没你们的情感世界这么丰富多彩。"

"人家伤心成这样，亏你还笑得出来。"

"难道你不觉得好笑吗？"

透透想想也是，不觉破涕而笑，她觉得柏青是一个很会劝人的人。

柏青又道："你又不是不知道他的脾气，也就是因为他有脾气，不像有些男人一味地宠你，你才爱他的对不对？那你又何必那么跟他较真儿？他跟洪泽，比着有个性，如果我也跟你一样，大家还怎么做朋友？"

一席话，说得透透如沐春风，果然心里就没有那么气了。

"爱一个人就足够了，其实没有必要让他格外地理解自己，更没有必要让他知道你爱他的程度。爱是只能独自品尝的东西，不是吗？"柏青望着透透，淡淡笑意的脸庞让人感动。他拿出手机来，拨通了呼延鹏的电话，叫他到酒吧一条街的"蓝色音符"来，透透冲他直摆手，但他毫不理会。

柏青挂了电话，透透起身准备离去。柏青拉住她的一只胳膊道："这就是你的不对了，出了天大的事，也得坐下来解决。女孩子太任性了，就谈不上可爱。"在关键的时候，柏青又有几分固执，这是透透没想到的。

透透无奈地坐回椅子上去，但她真的是从心里感谢宗柏青。

五

自从呼延鹏在《精英在线》上发表了文章，《谁对他们的六年负责？》引发了不同层面的讨论，一时好评如潮，同时翁远行一案再次成为大众关注的热点新闻,人们以不同的方式发表自己的见解,有发泄情绪的,也有质疑司法制度的,更有人探讨起普通人的生命价值等问题。

一天晚上,呼延鹏像往常一样打开电脑,他并不迷恋上网,信息爆炸等于信息垃圾,因为你已经失去接受和判断的能力,这是他一向的观点。他上网的时间很有限,除了浏览一下重要的新闻之外,便是收发电子邮件,这是每天必做的功课。他不会做迷途的羔羊,更不会在聊天室浪费哪怕是一丁点的时间,总之他对一切虚幻的东西不感兴趣。

这是一个普通的晚上,但是对于呼延鹏来说并不那么普通。因为他收到一封神秘的电子邮件,邮件是这样写的:

> 别像傻瓜一样沉浸在喜悦之中,你文章中涉及的升斗小民全部是翁远行一案的芝麻粒,更是整个事件的皮毛。要知道,最终插手此案的人是中级人民法院院长沈孤鸿,此人为人谦和,上上下下颇有人缘,同时办案方面很有一套,深得领导赏识。不敢说他有什么问题,但是他老婆在沈阳有两家以上的金店,这也是事实。共产党的干部有实力开金店的,恐怕也应该英雄但问出处吧。

电子邮件的署名是深喉。

呼延鹏知道,此人自然不是北京方面的深喉,这个人就在本地,说不定就在他的身边,或者是他的线人之一,总之因为各种各样的原因这个人不愿意现身,江湖险恶,这是完全可以理解的。然而，这封电子邮件的价值非同小可，呼延鹏有一种莫名的兴奋，也许是职业特性在他体内的一种情绪的潜行——但愿天下大乱，才可能有揭不尽的铁幕。

他立刻打电话给他在司法系统的线人，但没有一个人愿意跟他见面，只答应在电话上说几句，而他想谈的事对方又是答非所问，匆匆收线。可以说所有的人视他为瘟疫唯恐避之不及。

这是以往从未发生过的现象。

这种现象令呼延鹏陷入了沉思。提起沈孤鸿这个人，呼延鹏并不陌生，他曾经采访过他，对他的印象也很不错，他的思路清晰，对数字有着惊人的记忆力，听他谈工作，谈宏观和微观是一种享受，是那些昏庸并且毫无个人观点的官员无法比拟的。

他在这场奇案中会扮演过一个什么角色呢？

最终呼延鹏了解到沈孤鸿的老婆叫白韵琴，的确在沈阳有一盘生意。

第二天一上班，呼延鹏就向戴晓明汇报了这一情况。戴晓明想了想，道："我也是听说有关部门正在着手重新调查翁远行这个案子，结果有可能爆出惊天内幕，当然这只是我的直觉。"

呼延鹏由衷地说道："你的直觉从来是很有远见的。"

戴晓明没有说话，半响，他做了一个决定，他对呼延鹏说道："这件事要严格保密，不要走漏半点风声，你亲自到沈阳跑一趟探探虚实，果然如此的话，尽可能把事情调查清楚，为将来的独家新闻做好一切准备。"

末了，戴晓明又补充说："叫槐凝跟你一块去，我们需要大量的照片。"

呼延鹏走的时候，戴晓明看了他一眼道："这回再不能让方煌占了上风。"呼延鹏点了点头，什么也没说就离开了戴晓明的办公室，他觉得这件事再解释就没意思了。

下班以后，呼延鹏回到住处简单收拾了一个旅行袋，就去找透透，两个人约好了去马头琴餐厅吃烤肉。那天呼延鹏被柏青叫到"蓝色音符"，本不想多说什么，因为心里憋着一口气。但是透透这次没有跟他大吵而只是默默流泪，一个漂亮女孩被情所困的样子本身就让人心动，加之呼延鹏最见不得女孩子掉眼泪，也就长叹一声坐在了透透身边，透透扭身冲着窗户不理他，他就呆哥哥一般地坐在那里。好在善解人意的宗柏青第一时间已经离去，由着他们演这出因爱生恨的情戏。

后来，呼延鹏把纸巾递给透透，透透接了，两人算是和好如初。透透把龟田的事重说一遍，表示她从始至终都没有半点想跟龟田怎么样的意思，所以呼延鹏跟她发火令她备感委屈。呼延鹏心想，洪泽说得对，男女之间只要是亲密关系，就绝没有是非可言，无非你情不情愿忍让对方，如果不想放弃，反而就没有必要争个输赢对错。

人是环境中的人，在这样一个有美酒有蓝调又有柔和灯光的夜晚，情侣之间是很容易彼此依恋的，不能失去对方的感觉突显出来，一个小小的龟田简直算不了什么。最终，两个人手拉手地离开了"蓝色音符"。

拿到了飞机票，呼延鹏便告诉透透自己要去出差，于是约定了晚上一块吃饭。

呼延鹏走到透透住处的楼下，正碰上龟田的丰田车停在那里，呼延鹏站在暗处，看见透透和龟田在车前说了一会子话，龟田又递给透透一包东西才开车离去。

透透刚一转身，呼延鹏便叫住她。透透忙解释说龟田的家人带给他一些茶叶和点心，他非要送给她一些。呼延鹏没有接话，只问道："你怎么把住的地方都告诉他了？"

透透回道："我并没有刻意告诉他，是他有一次送我回家就记住了。"

呼延鹏顿生不快道："那他以后不是想来就能来？"

透透烦道："他想来是他的事，我有什么办法？"

"你当然有办法，你当初如果不收他的什么劳什子珍珠项链，就不用对他这么客气。"

"我错了行不行？呼延鹏，你要面子我也要面子，我把自己最糗的事告诉你是对你的信任，不是让你拿来羞辱我的。"

"可他现在影响到我们了。"

"他影响了我们什么？我刚才告诉他我有约会，是跟男朋友一块吃饭。他什么也没说就走了，他并没为难我。"

"那就是我为难你了，我没有他大度是不是？！"

"我没这么说。"

"你就是这个意思。"

"那你要我怎么样？把这些东西丢到他脸上去吗？"

"你刚才还说你错了，你看看你像个认错的样子吗？我早就说过，让你们这些漂亮女孩一次输个精光，你们肯定是不干的，可是今天输一点，明天输一点，你们却觉得很好玩！很开心！我告诉你雷透透，就算是出场费，你不觉得二十四万八千块钱太便宜了一点吗?!"

呼延鹏话音未落，脸上已经重重地挨了透透一巴掌："我真是错看你了。"透透咬牙切齿地说，脸色煞白地跑了。

好一个良辰美景不夜天自然是泡了汤，马头琴的烤肉也只有让别人去尽情享用了。呼延鹏回到住处就倒在床上生闷气，气不过，便打电话给透透，两个人在电话里讲各自的道理一讲就是三个多小时，也不知道都讲了些什么，似乎又都说服不了对方。

一方摔电话，一方绝对执着地打过去。这样你来我往的一夜没睡。

第二天一大早，呼延鹏昏头涨脑地去飞机场与槐凝会合。槐凝的丈夫来送她，的确是一个极富书卷气的男人，他整洁、脱俗、一脸的与世无争。每次见他，呼延鹏就会重复这一印象。看得出来那个男人很爱槐凝，甚至蹲下身去帮槐凝系紧运动鞋的鞋带，像对待一个孩子那样。他们两个人看上去真是十分默契，分手时还很西化地拥抱了一下，大庭广众之下，换上任何人都会觉得别扭，可他们却做得那么自然，自然得独具魅力。

飞机起飞以后，呼延鹏就睡着了，而且睡得昏天黑地。醒来之后，发现自己枕在槐凝的肩膀上，一时间整张脸成了西红柿。槐凝在看书，只是淡淡笑道："没关系。"

呼延鹏坐直身体，自我解围道："昨晚一夜没睡。"

槐凝道："赶稿吗？"

呼延鹏摇摇头。

槐凝笑了。

呼延鹏忍不住道:"你笑什么?"

槐凝道:"跟透透闹别扭了吧?而且是为龟田的事。"

呼延鹏心想,天哪,报社大概没有人不知道这件事,也难怪,个个都是采集新闻的高手,何况又是花边新闻。

一时两人无话,呼延鹏看着舷窗之外的白云。是啊,坐看风云,可是有多少人能真正坐看呢?特别是当你置身于风云之中。

"想听听我的意见吗?"槐凝笑道。

呼延鹏转过头来:"愿闻其详。"

"龟田好像不是你的对手。"槐凝只说了这一句话,就不再说了。

呼延鹏一时没反应过来。

槐凝又道:"等找到对手再发火也不迟啊。"

直到空中小姐过来送餐,呼延鹏还在想着槐凝说的话,越想越觉得她的话有道理,这的确是过来人的真知灼见,令他感慨万千,甚至深感自己在爱情方面是个白痴。于是他冒着生命危险拿出手机来给透透发了一个短信息:

"透透:我在一万两千米的高度向你致歉,我爱你,并且不能没有你。"

信息发出去以后,呼延鹏莫名其妙地热泪盈眶。窗外依旧是云卷云舒,似水的柔情油然而生,他可能是被自己的真情感动了,因为他实在是一个用情专一的好青年。

出了沈阳仙桃国际机场,呼延鹏和槐凝就投入了紧张的工作之中。

他们先找了个旅馆住下,脸都没洗就抱着当地厚厚的电话号码手册,寻找白韵琴所开的金店的位置。事实证明槐凝是一个有足够耐心的女人,她挨个儿打电话到金店去,问老板是否是女的,是否是白韵琴。这方法似乎很笨,但只要是开门做生意,相信找到白韵琴并不难。很快就过了几个小时,他们什么收获也没有。呼延鹏想不到刚一来就有了打道回府的心。槐凝却说,不麻烦反而就不正常了。

第一天晚上,两个一无所获的人去饭馆吃饺子。呼延鹏突然有点怀疑自己了,因为网上大部分的东西并不确切,他凭什么相信这个突如其来像影子一样的深喉的话呢?于是他问槐凝你相信有白韵琴在沈阳开金店这回事吗?槐凝想了想说,你不要那么容易动摇,即便是没这么回事也需要我们去证明。

直到第二天下午,他们才在黄金商行行业协会找到了白韵琴金店的地址,据说她还是这个协会的副会长。不过她很少露面,也不大参加大大小小的活动。在协会的宣传交流窗里,他们看到了白韵琴的照片,徐娘半老,明显有几分骄横。

其实,白韵琴的金店就开在商业街旺铺林立的地方,铺面并不醒目,但看得出来实力相当扎实,取名福至珠宝,店中不仅出售金饰、玉器,还有古董表。

为了等候白韵琴的出现,呼延鹏和槐凝只能在福至对面小吃店的二楼倚窗而坐,福至金店的正门便尽收眼底,拍照也很方便。只是一连数日,白韵琴从未过来关照这边的生意。北方人有自来熟的毛病,小吃店里有个女服务员叫翠儿,嘴巴挺爱说,凡事没有她不知道的。呼延鹏问她,怎么福至的门口总有几个黑衣人转来转去?翠儿说是保镖嘛,一年前金店被抢过一次,好像也没有报案,只是看店看得紧了。呼延鹏说金银首饰被抢了还不报案?翠儿说这又有什么奇怪的?谁知道破了案会不会把别的鬼召来?

真理都在老百姓手里。

呼延鹏问翠儿,你见过那个姓白的女老板吗?翠儿说当然见过,刚从南方来的时候可不怎么样,脸黯黄黯黄的,现在不仅养得白白胖胖的,还穿上了长貂,可有气势了。见呼延鹏和槐凝不怎么明白,翠儿解释道,北方有钱的女人讲究穿貂,长到脚踝的,贵,好几万块钱,谁穿得起?她是真挣到钱了,生意好,因为这边的人喜欢金银首饰,富人讲究戴玉什么的。

槐凝说,金店可不是小吃店,她怎么都不来照看照看啊?翠儿说,她哪顾得上啊,我听他们店里的人说,她可不止这一家金店,还有好些铺面生意,最近顺风顺水,在我们这边最贵的写字楼租了公司总部。

多亏翠儿的指点,两个人不再在小吃店傻等。他们找到所谓最高最贵的写字楼,果然在楼层指南上看见福至公司的招牌,而且也很快就见到了这个女人。事实上白韵琴的行事风格相当高调,她喜欢穿裁剪样式比较夸张的套装裙,这种色彩艳丽效果激扬的衣服倒是与她的气质十分配合;她出入写字楼常常是前呼后拥的一大群人,以帅气的西装革履的男士为主;她的座驾是一辆墨绿色"7"字头的宝马,尊贵中还有几分女性的妩媚。

　　槐凝——捕捉到了这些极易反映出人物个性的镜头。

　　一天早晨，阳光穿过窗帘的缝隙照在呼延鹏的脸上，由于情绪上的放松，呼延鹏一夜无梦，睡得很沉，醒来时竟已经是上午九点了。他从床上跳起来，看见茶几上放着打包的早餐，另有一张纸条，是槐凝留给他的，意思是叫服务员给她开了房门，她放下早餐出去办事了，叫呼延鹏在房间里等她的电话。

　　呼延鹏洗漱一番，便坐在床上吃早餐，是豆浆和包子，那种感觉十分舒坦。

　　陡然，一个念头在呼延鹏的脑海中电光一闪，他想，徐彤会不会就是深喉呢？因为他介入翁远行的案子，肯定跟沈孤鸿交过手，但在他面前却只字不提。呼延鹏没来得及多想，便打长途电话到徐彤的家，是徐彤接的电话，听到呼延鹏的名字，徐彤好像还想了一会儿才反应过来。"有事吗？"他说。

　　呼延鹏开门见山道："徐律师，你知道沈孤鸿这个人吗？"

　　"知道，怎么了？"

　　"你知道他老婆在沈阳的生意做得很大吗？"

　　"当然知道。有红酒卞的背景，生意做得多大都不出奇。"

　　"其实你完全知道谁做手脚吊销了你的律师证对不对？"

　　"知道又能怎么样呢？"

　　"那天为什么对我只字不提？我觉得你应该告诉我。"

　　徐彤突然勃然大怒，无任何铺垫地吼道："我为什么要告诉你？你以为你是谁呀！你不知道的事情还多着呢！！真是没见过大象拉屎！！"

呼延鹏当场给骂懵了,等醒过来,徐彤那边早就收了线。他关了手机,倒在床上发呆,心里琢磨着这到底是怎么一回事。

这时槐凝打电话来叫呼延鹏搭计程车去一个地方,她重复了两遍地名,叫他就这么跟司机说。呼延鹏答应着往外走,直到这时脑子里还是一盆糨糊。他拦了一辆计程车到了槐凝指定的地方,槐凝果然在那里等他,尚未开口,呼延鹏抢先一步问:"槐凝,你见过大象拉屎吗?"

槐凝颇不解道:"没有,但我听说像山一样。"

呼延鹏点头,像是明白了一个真理。

槐凝道:"你没事吧?怎么想起来问这个?"

呼延鹏没有接话,反问槐凝:"我们到这儿来干什么?"

槐凝说她一直都在想应该拍到白韵琴的住处,相信将来如果用得上的话肯定会有价值。所以她打电话到福至公司,冒充是花店的人,说送花人指定要把鲜花送到白女士府上,这样她便从公司小姐那里拿到了白韵琴家的地址。一大清早,槐凝便到这里来踩点,已经确认了白家的位置。

这是一个绿树茵茵环境幽雅的高档小区,里面是一幢幢联排或者单体的别墅,每一幢的设计都不尽相同却各有特色。白韵琴的住处是独家小院,里面有游泳池,还有奇花异草,修剪得十分美观讲究。这也难怪,有一个专职的花工戴着草帽正在侍弄草坪。

小区的绿化堪称一流,可以说是移步景异,巨大的棕榈树簇拥着千姿百态的花园洋房。呼延鹏和槐凝蹲在街心花园的冬青树后面,他们等待着白韵琴外出之后开始动作。

等待的时间总是十分漫长。呼延鹏道:"你说沈孤鸿为什么让他老婆在离他这么远的地方风光?"

槐凝道:"安全。"

"我就不相信做正规生意能暴发成这样。"

"当然。"

"我说你能不能不这么两个字两个字地往外蹦?"

槐凝笑道:"你怎么了?今天跟吃了石子儿似的。"

呼延鹏不快道:"谢谢你的早餐,跟你在一起我跟女的似的,又懒惰又絮叨。"

"我可没这么说。"

"女人太强,对男人就是压力。"

"我给你压力了吗?"

"还好。别太优秀了,槐凝。"呼延鹏意味深长地说。

槐凝并不计较,她素来不与人唇枪舌剑,只是温和地笑笑。她低头检查了一下挂在胸前的数码相机,又从兜里掏出一个小型相机,熟练地上上一个胶卷,手法快得像变戏法,让身旁的呼延鹏都看呆了。

他想起洪泽夸奖槐凝的话,而那些话也在改变着他对槐凝的看法。

大约十二点钟的样子,白韵琴终于一身光鲜地走出了她的别墅,撞色搭配的套装裙远看像一块活动的调色板。很快,她的宝马车轻盈地滑到了她的跟前,司机哈着腰跑出来帮她打开车门,墨绿色的宝马车绝尘而去。

事情发展的状况有些超乎寻常的顺利,呼延鹏和槐凝来到白韵琴的家中，她家的保姆正在做家务，这些人通常都比较好对付，他们俩冒充是白韵琴香港来的朋友，保姆便对这两个纯粹南方人装束的人深信不疑，还主动给他们倒茶喝。他们也表示喝杯水就赶到白韵琴的公司去，由于他们准确说出了福至公司的方位，保姆就更加放心，留他们在客厅品茶，自己反而到厨房去了。

白韵琴家的客厅是全套西班牙式的进口家具，白色飘金，气派醒目，落地的玻璃窗将户外的园林景观收入视野。质地上乘的玫瑰紫色的暗花窗帘配上晶莹剔透的水晶吊灯，给人的印象是房间的主人是一个拒绝平庸凑合的人。

墙上有一张制作成油画效果的全家福照片，推论应该是沈孤鸿、白韵琴和他们的女儿一块在国外照的，三个人脸上均洋溢着幸福的微笑。

拍照很快就完成了，两人告别保姆迅速离去。临走时，槐凝将相机之类的东西全部放进背着的黑包里。然而，就在他们还有数步之遥就可以离开别墅的院子时。大门处突然走进来一个男人，突如其来的相遇让他们彼此都愣住了。

这个男人倒是有一双警惕的眼睛，他说："你们找谁？"

槐凝抢先答道："我们是来推销打印机的。"

男人想了想，马上说道："那把打印机的资料给我看看。"

槐凝只停顿了一秒钟，但还是笑道："刚刚派完，我们这就去公司拿，马上给您送来。"说完便对呼延鹏道："我们走吧。"

尽管满脸狐疑，男人也不好说什么，径自向室内走去。呼延鹏和槐凝匆匆地走着，呼延鹏小声道："干吗说我们是推销打印机的?"

槐凝目光直指前方："你看那个人毫无顾忌地走进来，必定是白韵琴的亲信，你说你认识白韵琴，两句话就穿帮。"

"那我们现在怎么办？"

"跑。"

两个人飞奔至大门口，火速上了一辆计程车。从计程车后窗望出去，他们看见有两个保安从像模像样的玻璃门房里跑出来，显然是刚刚接到了电话或对讲机一类的通报，来堵他们的，但已经无济于事。

呼延鹏看了槐凝一眼，发现她像没事人一样安然地坐在那里，眼睛望着窗外。

"你真的不害怕吗？"他有些好奇地问道。

"怕什么？"

"福至公司可是有黑社会背景的。"

"我也不是不怕，可是跟要闻组去拍造假黑窝点，比这可怕一百倍，包括跟着公安采访打击拐卖妇女的突击行动，有一次半夜被买卖村的村民追杀。我想可能我有一点麻木了吧。"

呼延鹏在心中暗暗对槐凝有些敬佩，原来她的平和之美竟也是经过千锤百炼的，在生活态度上，她这个人不蓄意，不张扬，却也不低头，不讨好。

危机似乎已经过去，下午四点多钟，槐凝到旅馆一楼的票务中心去拿早已订好的飞机票。路过大堂时，无意间看到上午在白韵琴家碰到的那个男人，正和另两个男人在服务台询问什么事。槐凝检查自己，她有相机以及重要物品随身携带的习惯，心定之后便打电话到呼延鹏的房间，叫他别拿换洗衣服，只背贴身提包到三楼餐厅，然后走楼梯到餐厅门口，她会在那里等他。

呼延鹏问她发生了什么事？槐凝用严厉的口气说你必须在一分钟以内出现。之后就把电话挂断了。

显然呼延鹏感觉到事情的严重性，因为他还从来没有听到过槐凝用这种语气说话。当他一脸狐疑地出现在餐馆的正门口时，槐凝已经坐在一辆计程车上向他招手。计程车的引擎是启动状态，屁股后面突突地冒着废气。呼延鹏来不及多想便跳上计程车，他们响箭一般地离去。

最终他们没有去飞机场，而是去了火车站。因为极有可能有人在飞机场等着他们，在火车站，他们买了即时开往北京的慢车票，因为特快和普快车票都已经售完，他们决定到达北京之后再飞往南方。

在火车启动的一瞬间，他们相视一笑，继而呼延鹏就觉得内心中有一种温暖的东西弥散开来。

最近一段时间，沈孤鸿的睡眠质量直线下降，具体表现在晚睡早醒，以往他从来不用吃安眠药，现在吃了药，不仅睡不深，常常是半夜四点钟就醒了。

醒了，多半都是胡思乱想。

世界上的事情真是百密一疏啊，作为一名老法官，沈孤鸿是一个思路敏捷历练果断同时又言行谨慎的人。他知道他坐上这个位置不容易，若干年前，尽管他努力工作几乎到了忘我的程度，但是仍旧在副职的那道坎前徘徊。做官不是一件容易的事情，更不是有能力就能上去的，有时有能力反而是千年老二，扶不了正。而像他这样没有背景的干部，就只有靠机遇了。好在他碰上了强书记这样的好干部，在工作交往中，强书记十分肯定他的工作成绩和自身的能力。

沈孤鸿曾经办理过若干具有巨大影响力的案件，其中某省级供销社基建公司总经理马某贪污、受贿、挪用公款案，直接为供销社挽回经济损失二千七百万元；经他审理的涉及到香港富豪的绑架案，他以有理有力的证据将主犯在大陆绳之以法，一时名声大噪；尤其是由他主审的澳门视窗集团群体性腐败大案，不仅与澳门初级法院有着良好的协调合作，将该公司判令进入破产程序，同时沈孤鸿给当时的主管领导强书记写信，提醒他关注境外国企领导的监管机制，谨防窗口公司演变成抹黑公司成为一种普遍现象。

强书记说，现在官场有一种怪现象，就是一把手的能力不重要，听不听话才是最重要的，而有些担任副职的同志却长年工作在第一线，有能力有成绩却得不到提拔。这样下去的结果是越来越多的干部听话而不做实事。

其实，沈孤鸿跟强书记并不熟，也谈不上私交。但是强书记秉公而言的个性，得到了许多人的尊敬，而且沈孤鸿是直接受益者，他被提拔到正职的位置上，这连他自己都没有想到。当时他真是从心里感激强书记的信任和培养，发誓要把工作做得更好，严于律己，不辱使命。

然而，时间像海水一样，冲刷着每个人的钢铁意志。一个人权力大了，难免不生出一些气势来，尤其在许多人的眼中，沈孤鸿是强书记树立起来的典型，在一个打狗还要看主人的国度，对待大红伞下面的人终究是要客气点。

任何人都是有弱点的，沈孤鸿也不例外。他这个人有能力不假，但是负面效应就是听不进不同意见，尤其不能跟与自己意见不同的同志一道工作。通常他不会像戴晓明那样锋芒毕露，他认识戴晓明，但对他的气宇轩昂颇不以为然，难道你是在拍戏吗？沈孤鸿不会这样，他是一个绵中藏针的人，总有办法把自己的生存环境搞得安全舒适。有些曾经跟他作过对的人栽了跟头都不知道是怎么栽的。

渐渐地，他的手下也都成了"顺德人"——顺得他意愿的人。中院的整个状况是没有人敢跟沈孤鸿作对，大事小事都是沈孤鸿一个人说了算。

沈孤鸿的另一个弱点是惧内，他老婆白韵琴其实是姿色才干都相当一般的人，但就是能制住沈孤鸿。谁都不知道白韵琴当年有多抠门，她当时是某单位的一个出纳，回到家自然也是她管钱，她可是从来没把沈孤鸿放在眼里，每个月只给他很少的零花钱，有时沈孤鸿出差办事，如果没有人请吃饭，他就只能在街上吃一碗馄饨。后来沈孤鸿的官做大了，白韵琴照样对他一如既往。

在女人的问题上，沈孤鸿是出奇的没有品位，年轻的时候，他不是没有艳遇的，要美女有美女，要大学生有大学生，可他偏偏相中了可以说毫无审美价值可言的白韵琴，单凭白韵琴头上的花发夹，上面珠金乱颤，就足以让他周围的人大跌眼镜了。换句话说，沈孤鸿喜欢的都是些低层次的女人，事实就是这么难以想象。

有人说，男人就怕不把他当回事的女人，因为他不知道该对这样的女人怎么办。

但是不管怎么说，沈孤鸿不是一个糊涂的人，他深知他所坐的那个位置为官清廉的重要性。给他送礼的人很多，送钱的人更是不计其数，但是他从来不要，这太危险了，他犯不着为这样的小钱睡不着觉。

和红酒卞的交往是一个特例。

当时红酒卞痛失爱女，发了疯地找关系要叫翁远行死。他们下了老大的功夫，先是搭上了白韵琴这条线，不是送钱——这简直就是没脑子的人才会干的事。他们得知沈孤鸿和白韵琴的女儿因为两次办澳洲留学拒签而掉了许多眼泪，这件事便成了她父母亲的心病。于是红酒卞托关系花大价钱把沈孤鸿的女儿签去了美国读书，让他们全家人都大松了一口气，着实扬眉吐气了一番。

这样，红酒卞出面请沈孤鸿吃饭，他就不能推三挡四了。而真正见到红酒卞，想不到他是一个很见过世面的人，他看上去低调、稳重，可以说独具个人魅力。

而且红酒卞是该出手时就出手的人，他不相信世界上有不贪财的人，只不过不要搞得人为财死，那么有再多的财又有什么意义呢？他要让沈孤鸿发财，但还要让他发得体面、安全，这便有了白韵琴在沈阳的一盘生意，谁又能说出什么来？给猴子一棵树，给老虎一座山。这便是红酒卜一贯的行事风格。

世界上没有无缘无故的爱与恨，在翁远行的案子上，沈孤鸿颇有一番思量。只是自古以来，都是杀了人的人找关系保全性命，却没见过被害的一方还要大放血严惩凶手，这种事实在称得上奇人奇事了。沈孤鸿反复地问公安局的有关领导，翁远行到底是不是杀人凶手？答案是肯定的，而且也是翁远行自己认了账的。那么翁远行死不了又有什么背景呢？沈孤鸿狠下了一些功夫调查这个翁远行，查了个底儿朝天也没发现他有什么背景，只有一个好出风头的律师在他的身后摇旗呐喊。这种人不是想出名，就是想给自己的律师行多接些生意，这太不难理解了。

这样一来，此案的终结只不过是一担顺水人情。这种时候天平的倾斜也是不为人察的。所以沈孤鸿在这件事上并没有太费心，如果不是徐彤的锲而不舍，翁远行恐怕早已成了地底下的冤魂。

万万没想到的是，六年之后，翁远行一案的真凶江毅浮出水面。

这当然是一个任何人都没有意料到的结局，偏偏又被新闻媒体捅了出去，这是一件要命的事，谁都知道追查旧案意味着什么，也清楚拔起萝卜带出泥的道理。沈孤鸿是一个老法官，他深知有许多人根本就是被新闻媒体判的死刑。报纸可不管你是谁，它的煽动性会让整个事件失控。

本来，沈孤鸿的如意算盘是以后自己从官位上退下来，就没有后顾之忧了。现在看来竟是最大的危险所在。

这就是百密一疏啊，就像一个心脏病人，家里放着救心丹，身边放着氧气枕，隔三差五地到医院去复查身体，结果却死于车祸。

这一天晚上，沈孤鸿一夜没合眼，因为睡前白韵琴打来电话，他们几乎每天晚上都通电话，有事则长无事则短。每年的几个黄金假期白韵琴就飞回来，不事张扬地闷在家里，这样他们之间也不至于太陌生。白韵琴是一个一心想干大事的人，现在有大事做，又有大钱赚，所以总是心满意足的样子。

白韵琴在电话里说，有两个南方人打扮的人到过沈阳，不仅去了她的公司，还去了她的家，却没有跟她碰面。

刚一听到这件事，沈孤鸿着实一惊，心想真是越怕越有鬼叫门，该不是已有什么专案组的人开始暗地里审查他了吧？但是转念一想，他又觉得不大可能，一方面他不可能一点风声都察觉不到，百足之虫，死而不僵，他在纪律检查委员会还是有几个朋友的。另一方面白韵琴说这两个人都相当年轻，那他就完全可以推断有可能是媒体的人。

如果是媒体的人也很麻烦，这说明他们的触角相当了得，居然能够准确无误地摸到沈阳去，而且能找到白韵琴的公司和住处。他们还知道些什么？他们掌握了多少关于他的秘密？这是一个你中有我我中有你的社会，中院党委会上的决定都能在最短的时间通过各种渠道流失到民间，就不用说其他了。

沈孤鸿不敢再想下去。

再也不能有翁远行一案的追踪报道见报了，这个叫呼延鹏的人，沈孤鸿实在是并不陌生，他俨然一个正义的化身，据说已经有人到《芒果日报》去信访或者喊冤叫屈了,这也说明呼延鹏之类的人想兴风作浪并不太难。

必须要让他懂得沉默是金。

早晨,太阳依旧升起。沈孤鸿在洗手间里刮胡子,他刮得很认真,而且至今他还是喜欢用手工剃刀。尽管是人为的镇定、小心,他还是失手碰破了一点皮,鲜红的血在下颌部位渗了出来,这对他有一种也许会出现血淋淋的现实的提醒。他找出创可贴处理了伤口,一切又恢复了正常,只是脸上多了一块东西而已。他的眼圈有些发黑,面色也颇带倦意,但是镜子里面的那张新刮过的脸依旧沉着、坚毅。他告诫自己千万不能自乱阵脚,反而要比平时显得更加从容、正常,不知有多少双眼睛在注视着他呢。大风大浪他见得多了,阴沟里翻船的事何以见得就会撞到他头上来呢?!

六

中秋节即将来临,挂在夜幕上的月亮已经很圆很圆了,像用圆规画出来的一样。对于芸芸众生来说,中秋节不过是一个全家团聚的借口,一滴情人眼中的相思泪。但在置身于名利场上的竞技者,却决不会放过这个舒广袖的绝佳机会。

林越男固然不是什么寂寞嫦娥,但她愿意做成功男士背后的那个女人。

她有时候也会清夜静思,明显没有结果的一段情,这么做值吗?这当然是一个没有答案的问题,不过林越男深知自己对戴晓明心悦诚服,无怨无悔。而且她觉得其实很多女人并不介意隐姓埋名，关键是为什么样的男人隐姓埋名，而谁都知道真正称得上成功的男士其实少而又少。

北京的某些官员已经渐渐忘却了深圳观澜高尔夫俱乐部绿茵茵的青草地，美食的滋味就更加容易让人淡漠，如隔夜茶一般不值一提。也就是在这种时候，林越男来到了北京。她当然不会像温州人一样，把钱成千上万地扔在高级酒家的饭桌上。请吃饭是个累活儿，人少了不热闹，人多了每个人又都觉得对自己不够重视，而且胡吃海塞一顿什么问题也解决不了，这些人全都吃顺了嘴，可会把一顿饭放在心上？

林越男这回是有备而来，事先她已经跟北京高官的秘书通了电话，了解到一些情况。到了北京以后，她也没打算惊动首长，而是把首长的秘书单独约出来，两个人的便餐相当素净。席间，她表示首长的秘书事实上已经做了报社北京办事处的许多工作，就不必介意算是兼职了，既然是这样，总会需要一点经费。所以她拿出一个信封递给首长的秘书，然后公事公办地说下回我来一定要把发票、单据之类的东西交给我，这是工作上的开支，我也好拿回去报账。林越男就是有这个本事，她能叫收钱的人心安理得，没有压力，她能让冷冰冰的金钱交易变得很有人情味。

剩下的事就变得顺理成章，该见什么人，该做什么事，有内行指点自然是大不一样。而林越男深知，这次来京虽不是遍撒黄金，但是该花的钱必须得花出去。难道她来一趟北京真的是为了欣赏香山的枫叶吗？

达到了预期的目标，林越男一分钟都不想多呆，在返回南方的夜航飞机上,她看着舷窗之下灯光璀璨的北京,心中没有半点漪涟。她太不喜欢这座城市了,因为它热情背后深藏的冷漠,也因为它下脚都不知水有多深。这是一个高高在上的权力中心,它太高了,高到没有七情六欲,更没有温情而只有威严。每年有多少人要到这里来疏通关系,联络感情,钱是人的胆,没有钱的人到北京来干什么?

她重温了一遍这两天的所作所为,特别是一些细节,尽可能地做出公正的自我评价。但是情况到底会怎么样,她心里一点底也没有,本来这次进京就是投石问路的,只不过这个石头稍微大了一点。

林越男闭上了眼睛,其实这一切对她来说并不重要,她只希望戴晓明的仕途能顺顺当当的,她最在意的其实是他的感受。

北京之行以后,什么动静也没有,如雁过无痕。

戴晓明有点沉不住气了,有一天半夜给林越男打电话,他说据我所知,调进报社领导层的人选已经确定了,是个转业军人,姓胡,正儿八经的还特认死理。林越男道,那也没办法,只能沉住气。戴晓明说,我历来不大相信什么背景、靠山之类的东西,我觉得能力可以说明一切。林越男说,如果姓胡的那个二尺半也有能力呢?戴晓明说什么是二尺半?林越男说军装就是二尺半的布料做的,而且军队是一个出人才的地方。戴晓明不说话了,林越男说,你要做风云人物,最恨的就是"平平淡淡才是真"这句话,你知道标新立异的代价吗?你想不被人一口一口地吃掉没有撑腰的能行吗?!

这的确是一个问题,刚开始创业的时候,戴晓明确实没想那么多，也许就是因为当时他没有什么杂念，才有了今天的骄人成绩。可是现在家大业大，就有点潇洒不起来了，他总觉得有人眼红他跟他过不去，有无数只无形的手都想来碰这颗硕大的芒果。

他的担心果然应验了，不久，姓胡的转业军人正式来报社报到了，有关领导是如何权衡此事的戴晓明不得而知，也许是考虑到他的情绪，所以只让姓胡的转业军人当了一个副社长，进领导班子，尽快熟悉报社情况。本来，这是一个正常的干部调配问题，在其他人眼中再正常不过了，可是对戴晓明来说如骨鲠在喉，非常的不舒服。

不舒服就看他不顺眼，而且坐享其成的角色是最不讨好的，有人说胡社还不是有关系，不然也进不了报社。这就更增添了戴晓明心中的不快。

戴晓明对胡社的冷落，社委会的人都看在眼里，自然知道孰重孰轻。有时开会，逢是胡社发言，原先毕恭毕敬听戴晓明指示的人上厕所的上厕所，看报纸的看报纸，这明显就是一种态度，傻子都会有感觉。还有，胡社自来到报社之后，戴晓明始终也不明确他具体负责哪一摊工作，这样也就没有人向他请示工作，久而久之便像局外人一样多余。所以胡社很快就对戴晓明心存芥蒂也就不足为奇了。

以新闻总署牵头下发了一个通知，就是政府、机关一律不许办报纸杂志。据说由于这些部门根本没有新闻力量和采编常识，所以办出来的报纸杂志让人啼笑皆非，报纸杂志的总体情况到了不整顿不行的时候了。

一刀切本身自然谈不上公平,有些办得好的杂志、报纸也难逃厄运,一时间,大大小小五花八门的行业类报纸杂志如流浪狗一般满街转悠。

戴晓明对于商机的嗅觉是相当灵敏的,他决定把赚钱的报刊收到自己旗下。但是林越男找到他,林越男说这件事没那么简单。戴晓明说,你倒说说看,这件事有多复杂?林越男说政府机关办报刊大多是为了找钱,没赚到钱的就不说了,死不足惜。赚钱的自然是这些单位的钱柜,动人家钱柜是最遭人恨的事,你看方煌和晚报全是按兵不动,难道他们不知道有好东西卖钱?可是他们都不愿意成为众矢之的。戴晓明不快地说,我能有今天就是跟他们不一样,老实告诉你林越男,从我第一天到芒果来上班开始就没想过立牌坊,要不也拼不过他们。

"当初是当初,现在是现在。"林越男看着自己的手指甲说。

"什么意思?"

"当初你一无所有,当然可以无所顾忌,现在你家大业大,经不住闪失了。"

戴晓明想说什么,但终于没说,而是叹了口气。

这倒让林越男颇感意外,笑道:"你不是一天到晚都气壮如牛的吗?"

戴晓明道:"在中国,只要是想做事,必有无形的绳索绊着你,叫人动弹不得。"他嘴上这样说,其实心里想着他也算是做足了功课,却是一点起色都没有,上面鸦雀无声,那么他做任何事也必然有所顾忌。这些也就算了,关键是以他的个性,做冤大头还不被人当回事的感觉特别令他不舒服。

林越男是唯一一个能读懂戴晓明的人，她不紧不慢道："你这种做任何事都喜欢急风骤雨、立竿见影的人，总有一天会被政治吃掉。搞政治需要智慧，但更需要忍耐，需要良好的人际关系，需要长时间被别人了解的过程。这些都是你最不擅长的。"

戴晓明当然听不进这些，他说我做人不可能那么周到。而且在他看来，林越男无非是妇人之仁，什么是政治？能够建功立业就是最大的政治。

于是，他按照自己的想法，一口气收编了五家赚钱的报刊。

《支部生活》是用党费来订阅的，所以旱涝保收。这是中国特色，没有什么值得批判的。组织部门有人用开玩笑的语气放出话来，谁动我们的杂志，我们就动谁的位置。正如林越男所说，这是一件怨声载道的事情，不赚钱的报刊无端被灭，巴不得有人拉一把却无人理睬，肯定对戴晓明有着一股无名火，赚钱的报刊自然是恨透了戴晓明，认为他这是巧取豪夺。戴晓明就是再刚愎自用，也还知道自己远不到无所顾忌的火候，于是他只好同意《支部生活》挂在报业集团的名下，仍旧允许他们自产自收。

这下就更炸了锅，不平则鸣，其他被收编的报刊大都是些轻松主题，现在因为拿不住戴晓明便落得拱手相让的下场，恨不得一人一口唾沫，淹死戴晓明。

很长一段时间以后，当戴晓明终于有机会反省自己的言行，他发现人的变异是一个极其不可思议的现象，也就是说很可能你对某一件事情处理不当，或者几件事，它们积累下来，在这期间一个改革者的形象可以很轻易地变成一个吃独食的家伙。既然天使已经变成妖魔，是非曲直也就很容易被庸俗化了，而你那些没有深思熟虑过的举动只会加速这种庸俗化，妖魔化。

可惜，当时的戴晓明并没有那么清醒，其实人在大多数的时候是不那么清醒的，这也是没有办法的事。

当时的戴晓明只是深感自己朝里无人的悲哀。

慢车就是慢车，咣咣当当的几乎每个站都停，让人有一种毫无指望的感觉。

夜深以后，车窗外就变得黑洞洞的，坐在硬座车厢的人大多是草根阶层，看上去横七竖八地睡着，空气很糟，是各种奇怪气味的混合体。列车员早已无影无踪，有人旁若无人地打着呼噜。这时呼延鹏突然醒了，他身边的槐凝仍在沉睡，微低着头，像在做祈祷的虔诚的教徒。而呼延鹏醒后，脑子像水洗过一样清亮，一点都不混沌。

老半天他才明白这是因为饿，人饿的时候总是特别清醒。呼延鹏知道他叫醒槐凝也没用，因为两个人落荒而逃，什么行李都没拿，绝不可能有什么吃的。

和所有的男人一样，总是在逆境的时候才会想起自己的另一半。呼延鹏也不例外，他发现自己到沈阳以后就没给透透打过一个电话，他真的是太投入工作了，完全没有时间风花雪月。现在工作告一段落，他便格外地想念透透。手机早已没电了，打电话肯定没门，可是为什么透透也不给他打电话呢？

呼延鹏开始想，透透现在在干什么呢？

时间过得很慢，呼延鹏几乎是一分一秒地熬着，体验着从未体验过的奄奄一息的感觉。槐凝终于睁开了眼睛，当她发现呼延鹏神色黯然地凝视远方，倍感奇怪："你怎么了？"

"我已经饿得灵魂出窍了。"

槐凝想了想，起身四周环顾了一下，便向一位面善的妇女走过去，那女人睡得正香，槐凝轻轻地推了推她，女人醒了，还以为要查票。槐凝指着她面前小茶几上的塑料袋说："大姐，能卖给我两个茶叶蛋吗？"塑料袋里大概有十多个茶叶蛋。

槐凝掏出钱来，面善的女人反应了半天才反应过来她在说什么，道："你拿两个去吃吧。"说完调整了一下位置又睡。

呼延鹏一口气吃下了两个救命的茶叶蛋，几乎被噎着，槐凝从包里摸出半瓶矿泉水，还有一小瓶维生素药片："喝水的时候吃两片，就当是吃了两个苹果。我身上就这么多东西了。"说完她侧过身去，头倚在硬座的椅背上继续她的美梦。呼延鹏突然觉得和槐凝在一起有一种特别踏实的感觉，她做事既不渲染，也不一惊一乍的，无论到了什么境地都显现出一种风范。这太让呼延鹏感到意外了：女人中竟然有这样的极品。

有一绺头发垂了下来，柔和地挡在槐凝那张无欲无求的脸上，随着列车的节奏轻轻晃动着，说不出缘由的，呼延鹏从心里很想帮她把这绺头发小心地拨到一边去。

深夜，硬座车厢，茶叶蛋，半瓶水，低垂的发丝……总之这些现代生活中峥嵘岁月的记忆，至今还深藏在呼延鹏的脑海里，没有丝毫的褪色。

有两个神情严肃的人来找宗柏青，他们是市交警大队的。

宗柏青把他们从办公室领到会客室，客客气气地奉上茶水。他们告诉宗柏青，他的车撞了人，司机逃逸，他们也知道不是宗柏青本人开的车，因为有目击者形容了肇事司机的长相，跟宗柏青风马牛不相及。但是车主是宗柏青，便有许多事难逃干系。首先是肇事司机的下落，其次是被撞成重伤的病人还躺在医院抢救，总之有一系列的善后工作要做。这两个人向宗柏青出示了证件以及车祸现场的照片。

柏青当然知道这事是谁干的，脑袋当即嗡的一声。但先去看病人肯定是重中之重，而且可能因为他在媒体工作，交警大队的人也比较谨慎，没有用呵斥的语气跟他说话。他也表示会积极配合交警部门处理好这件事。

送走交警大队的人，柏青立刻去买了许多高档营养品以及进口的水果，跑到指定的医院一看，顿时傻了眼，病人住在脑外科重症监护室，被所有的精密仪器包围着,那个阵势已把人吓个倒立,病人满头满脸裹着纱布,像裹蒸粽一样根本看不到眉眼,全身上下都是管子,至少有八条之多。大夫说,病人送进来之后就没有醒过,基本上可以断定是脑死亡,但是病人家属坚持要维持生命体征,所以花费是相当高昂的。

坐在病区走廊的长椅上,宗柏青的脑袋一片空白。每次他的大舅子跟他借车他都是千叮咛万嘱咐,可是还是出了事,而且出了事还跑,那就变成了负全责,还要接受更大的惩处。现在植物人躺在医院里,轿车扣在交警大队,打他大舅子的手机一直关机。宗柏青简直就不知道该怎么办。

下班以后,柏青回到家,神态凝重地倒在沙发上。

老婆走过来帮他脱掉西装,又递给他一杯泡好的明前龙井,然后才问他发生了什么事?柏青把事情跟她说了一遍。

其实,他已经知道老婆会说什么,果然老婆也是这么说的,不外是她哥哥不能坐牢,她爸爸知道这件事会犯心脏病。老婆是仁慈之人,但是宗柏青从来没有像今天这样厌恶甚至痛恨"仁慈"二字,他已经快被这温情杀手桎梏到窒息的程度。他宁愿她冲到她父亲那去告状,至少可以让他的心里舒服一点,缓解一点。可是她不会这么做的,你也不能要求一个善良温柔的女人,一个坚持亲手给丈夫盛汤盛饭举案齐眉的女人,一个同时还兼有好爸爸富爸爸的女人那么合你的心意。

也许正因为这些说不出的理由，让从来不会发火的宗柏青大为光火，他把手中的杯子砸到地上，他说，那你叫我怎么办？我可以送一张支票到医院去，可是以后呢？医生说这种情况可以拖一两年，甚至五年，你知道要花多少钱吗？那我怎么办？我怎么做账？怎么把这个账做平？你替我想过没有？我还要到你爸爸那去说是我撞了车，横竖两头你都是好人，那我呢？我在报社就没有一个形象问题吗？

柏青的老婆是不会跟他吵架的，她是那种骨血中都透着修养的人。她被柏青吓呆之后面色苍白，接着珍珠大小的泪珠便一颗一颗滚落下来。

她蹲下身去，捡杯子打破之后的碎陶瓷，那种隐忍和委屈简直让宗柏青要发疯了。他毫不犹豫地冲出了家门。

柏青搭计程车来到"蓝色音符"。坐在吧台前的高凳上，他要了一杯威士忌，抿了一口便觉得五脏六腑腾的一下烧了起来，那种感觉很舒服，很彻底，他想，他也只有用这种低劣的手段来宣泄自己的情绪了。

他为什么就不能放弃这一切走掉呢？这个想法着实让柏青自己吓了一跳，其实一个人得到过就不在乎失去，尤其如过眼云烟般的财富。他为什么要像三文治中的午餐肉一样夹在中间喘不过气来呢？没错，他是爱老婆，爱舒适的家，爱车，爱目前的位置，爱签单的权力，可是再怎么说爱也是相对的，还没有达到要以受气作代价的程度吧。老实说他从心底很羡慕洪泽，倒不是羡慕他的不择手段，而是羡慕他不顾一切打拼的勇气。他更羡慕呼延鹏，他几乎就是现代青年的楷模，还在为正义、公平、针砭时弊而斗争。所有的这一切，他宗柏青早已把它们遗弃在大学校园里的绿草地上了。

也许车祸事件仅仅是一个导火索，他对自己的现状早已不满，只不过不让自己深想罢了。他甚至不愿意照镜子，干净得像个女人，一张粉雕玉砌的脸，不要说阳刚之气，就连最后的一点血性也从他的眉宇间消失殆尽。一个人年纪轻轻的就万事无忧真不知道是祸是福，总之他是受够了。在别人眼中他就该没脾气，你什么都得到了你还发什么火？他想，可能每一个人都会像他老婆那样想问题，你得到了那么多就不能承受一点什么吗？！

他痛恨的就是这个，好像他捡了多大便宜似的，他不要这个便宜行不行？

也许就是因为得来的太过容易，宗柏青还不懂得珍视幸福生活，要知道他今天所得到的一切是许多人穷尽一生努力也无从得到的，可是柏青却想到了放弃。你说人生是不是很奇怪，得到的人追求过程而在过程中奋斗的人却无时无刻地想看到结果到底是什么。

大约过了两个小时，柏青在一种不胜酒力的眩晕中感到身边的吧凳上又来了一个人，淡淡的晚香玉基调的香水味让他断定这是一个女人。他抬起头来，一时间愣住了,居然是透透像从天上掉下来一样坐在了他的身边,透透见到他也笑了。

"是我打电话叫你来的吗?"他有些奇怪地问。

透透笑得更厉害了。

透透的笑终于变成了苦笑,她说:"宗柏青,你是不会理解我的。"

"什么意思?"

"你已经有了富人的烦恼,可我和呼延鹏还在为生存好一点而挣扎。"

"你也这么认为吗?"柏青冷冷地盯着透透,好一会儿,他准备离去。

透透颇感意外地一把抓住柏青的胳膊,她还从来没有见过柏青以这一面示人,她心目中的柏青永远是整洁的、温文的、平和的、善解人意的,于是她异常诚恳道:"柏青,我真的没有冒犯你的意思,我们谈谈好吗?反正我也很郁闷。"

显然他们都是来排解情绪的。很遗憾,透透并没有收到呼延鹏从高空发来的致歉信息,因为她手机里乱七八糟的信息太多了,经常看都不看就删除,而且她也不会想到特别重要的事呼延鹏会只发一个短信。开始她也是赌气不理呼延鹏,后来还是熬不住思念之苦,便打电话给呼延鹏,可是这个人就像消失了一样音信全无。

种种的可能性浮现在透透的脑海里,但是最让她肯定的还是呼延鹏在为龟田的事生她的气。她要怎么解释他才能相信她呢？为了这口气，呼延鹏走后她一连拒绝了龟田三次，把龟田都搞糊涂了，不知道哪件事情上得罪了她。

柏青自然也把自己的烦恼告诉了透透，透透马上想出几套方案，甲不行就乙，乙不行就丙，丙不行就丁，反正不能悄无声息地吞下这口气。透透说世界上最要命的就是家人陷阱，就仗着是一家人便没有原则，而不讲原则便是陷入泥潭的第一步，最终把自己搞得人不人鬼不鬼。

这些话简直就像春风一样吹进了柏青的心里，从这件事讲开去，柏青也谈到人生和自己的人生态度，谈到内心的困惑和衣食无忧之外的不安。种种这一切他还是第一次向外人更是第一次向一个女孩子袒露，而尤其意想不到的是，透透居然是一个思维通透的美女，他说的任何一种感觉她都能无误地领会，同时能在相同的层次给予回应。

这个晚上，柏青和透透不知不觉聊到凌晨四点，真的是不知不觉，完全想不到时间会走得这么匆忙。幸亏"蓝色音符"是通宵店，不过即便是中途打烊，他们也不会终止谈话，他们会站在马路边继续这场谈话。时间是长了点，但是他们心中都有几分欣慰，毕竟找到了一个可以也值得倾诉的对象。而不可改变的东西是最需要用倾诉来消解的，柏青的老婆不会改变，大舅子不会改变，老丈人的心脏病更不会改变，对于透透来说恐怕呼延鹏的固执也不会改变。这一切不变的因素便成为他们之间互相倾诉的基础。

你以为一个都市人真的能在罐子里养着一只蟑螂小强对着它倾诉吗？而一个没有倾诉对象的人不可能有什么现代感，因为你都没有压力和郁闷，那你只能算一个生活在都市里的大乡里。

七

呼延鹏回来后的第一件事就是去法学院找徐彤，他觉得要解开心中的若干谜团必须重访徐彤。而徐彤又是一个挺情绪化的人，其实这样的人或许不适合当律师，但若他不是性情中人，又怎么可能奔走呼吁高院刀下留人呢？

他没有事先打电话与徐彤约好，恐他因为种种原因不见他。直接去他家的好处是可以冷不丁地逮着他，同时又显出自己的诚意。

天气很好，是那种最常说的风和日丽，呼延鹏坐在去法学院的专线车上，颠簸之中他想到自己为什么会对翁远行一案如此地耿耿于怀，以至于让它在心头千缠百绕，到底他真的是想做正义的化身，还是职业性的好奇心使然？想来想去他觉得也是也不是，确切地说他是在做真人试验，一直以来他都觉得现代人放弃的太多，他们什么都不相信，在大喊信仰危机的同时拒绝信仰和责任，可是这又能让人轻松多少呢？于是他想试一试自己,看自己能在一件事情上坚持多久,而这种坚持到最后会有什么意义,或者说这种坚持的价值何在,说不定还会对他的成长起作用。

昨天下午,呼延鹏和槐凝下了飞机,槐凝的老公来接机,两口子甜蜜蜜地离去了。如果不是亲眼所见,呼延鹏也很难相信孩子都满地跑了的夫妻能恩爱成这个样子。不过他并没什么异常的感觉,反而有一种回到现实生活中的释然。

当呼延鹏见到透透的时候,已经是暮霭四合的黄昏。透透哪儿也没去,就在她住的地方,她打开门,看到呼延鹏,先是愣了一下,但也没有什么特殊反应,而是扭身回到屋里,背对着呼延鹏,她穿了一条很花的睡裙,花得有点像阿拉伯地毯的图案,上面露肩,下面长至脚面,呼延鹏从来没见过透透这样的打扮,倒是给他一种陌生的亲切。她好像正在梳头,所以开完门后又继续梳,脸上没有表情,当呼延鹏是来收水电费的。

短暂的分离对于恋人来说总是大有裨益,因为思念会让情感显得格外重要,尤其是呼延鹏居然还经历了险情,这让他懂得了惜缘的意义。他曾经有一个朋友,也是记者,在一次打群架的场合中,他认为自己是记者就来主持公道,还让弱势的一方赶紧逃跑,结果他自己不到三分钟就被人打死了,什么记者不记者的。结合这次的经历,呼延鹏有点相信人可能在瞬间消失的可能性,所以再见到透透时他有一种死过翻生的百感交集,便不顾一切地扔掉行李，一把抱住了透透。

他什么都不想说，只想感觉到自己的存在。

透透手中的梳子掉在地上，她象征性地挣扎了一下，还是回身抱住了呼延鹏，在他的肩膀上哭了起来。她说她最近这段时间什么也做不下去，只是想见到呼延鹏，她发现自己真的是非常地爱他，所有的争吵也全是因为他不懂她的心。

他们很自然地就在一起了，在一起的感觉是出人意料的好。

就跟电影里演的一样，他们的外衣、皮带、睡衣、内衣断断续续地扔在通往卧室的路上，直至床前，卧室里有一股只有闺房才可能散发出来的幽香，这种幽香令呼延鹏倍感冲动；窗外的光线已经是黄昏的尾声，却让室内的简单布置蒙上了一层混浊的淡黄，让人感到无以言说的缠绵悱恻。这种情绪加重了两个人之间的彼此需要，他们紧紧地依偎在一起，喘息着又有些手忙脚乱地倒在床上。

在这个黄昏里发生的一切都是那样的和谐，那样的自然天成，这让两个人都感到了前所未有的愉悦。他们躺在床上有一搭无一搭地说着话，一直腻到天黑，呼延鹏突然感到一阵土崩瓦解的饿，于是两个人便跑到巴西烤肉馆，一口气吃了二十多种烤肉，还喝了好多西瓜汁，两个人心满意足地靠在椅子上撑得站不起来了。呼延鹏心想所谓幸福的生活也不过就是如此吧。

这时透透深情款款地说，呼延，我们再也不要吵架了好不好？

呼延鹏不假思索地说，好。

这天晚上，直到夜深呼延鹏才回到自己的住处，他倒在床上，眼望天花板发了好一会儿怔。他突然觉得他干吗要这么心满意足地回味刚才所发生的一切？他干吗不把这一切格式化也就是固定下来？于是他起身给透透打电话，他说透透我们结婚吧。

透透在电话里笑了，她说你这算是求婚吗？

呼延鹏说当然算，而且是正式求婚。

透透想了想说我好像还没有准备好。

呼延鹏说你还要怎么准备，你把租的房子退掉，搬到我这边来，我们可以一起供房子，一起上班，同进同出快快乐乐地过日子。如果你答应明天我们就一块去买戒指。

此时的透透倒是十分的平静，她说天不早了，赶紧洗洗睡吧。

放下电话，呼延鹏整个儿的感觉就是被人冷不丁地放在井里了，半天都没回过神儿来。透透的反应实在有点奇怪，这回他终于承认他是不大懂得女人的了。不是女孩子都把得到男朋友的求婚当作最高规格的荣耀吗？可是为什么透透好像一点都不激动呢？而透透跟他在一起的时候也是很纵情啊，他完全可以感觉到她的爱是很真挚可信的，现在，她已经完完全全是他的女人了，她应该比他更憧憬结婚才对啊。

其实，透透并不是对呼延鹏三心二意，她对这个黄昏所发生的一切也是很迷恋的。在她接到求婚电话之后更是对甜美的爱情回味无穷，现在她终于明白了为什么弗兰西丝卡能够凭借不到四天的疯狂相爱的记忆，维持了一生在小镇上的平淡生活。心甘情愿的爱实在是太铭心刻骨了，它会让人永生难忘。

那么透透为什么还要拒绝呼延鹏呢？原因只有一个，她想给他一个惊喜。就在呼延鹏去沈阳出差的这些天，透透撞到了一个机会，漂亮的女孩总是机会很多，那天是一个大型的集美发美容时装为一体的展示秀活动。地点设在古色古香的宝墨园，园内的景观是典型的小桥流水，回廊书院，加之郁郁葱葱的灌木花卉，把这里装点得犹如天上人间。展示活动进行得很成功，之后众人皆是意犹未尽，于是三五成群地游览园内景致，由于园内有一个颇为壮观的大湖，据说没有一点污染，所以主办单位还特意准备了全鱼宴。

很自然的，透透便是跟米波和龟田在一起，像这样高品质的展示秀，一定少不了这两个举足轻重的人物。当然跟他们在一起的还有若干人，大都是米波的朋友，透透并不特别熟悉这些人。总之这么一票人边走边聊，同时又大叹良辰美景艳阳天。

湖心亭上，不知是不是出于主办者的精心布置，竟然闲放着一架古筝。

古筝做工精美,色调古朴而不事张扬,琴线平缓似乎在等待着抚琴者的到来,看上去更像是一件艺术品。

有人附庸风雅道,如果有人能在此弹琴,那这次的活动也就没有什么遗憾了。

米波忙说这又算是什么难事?便力邀透透即兴弹奏一曲。透透说手生得厉害,实在不能献丑。米波说你这是童子功有何手生可言?透透百般不肯,脸都涨红了,但还是拗不过米小姐,便随意地弹奏了一曲《山水》。

《山水》是耐人寻味的曲目,清简而不单调,柔美却不甜腻,尤其是在此情此景的山水间,更是没有半点的凡尘世俗之弦音。

琴声袅袅,心意悠悠,透透是懂音乐的,她抚琴的样子宁静恬淡甚是婉约,更重要的是经她弹奏过的音符有了血脉,有了情感,不仅自由流淌,而且如泣如诉。顿时让那些惊艳一时的模特们黯然失色,在场的人也无不为她美色才艺的高度统一而叹为观止。

第二天,透透在报社上班,接到一个陌生女孩的电话。她说她是某楼盘售楼部的主任,没等她往下说,透透的心已经怦怦地跳起来,因为她说的这个楼盘透透早就知道,或者说心仪已久,可以说是目前本地最好的楼盘,几乎无人不知。透透就有两个女朋友住在里面,一个嫁作商人妇,相夫教子幸福得要命;还有一个开辆雪白的奔驰进进出出很是风光。透透后来都避免去她们那里玩,因为怕受刺激,你很难想象,同在一个城市别人住在花园里，应有尽有的设施，还有无数的人为她们服务，简直跟外界是两重天，就像生活在童话世界里一样。而透透比她们漂亮比她们聪明，却住在实在不怎么样的出租屋里，有时透透想起这件事来，心里就好难平衡。

来电话的女孩子说，他们老板昨天也在宝墨园，十分欣赏透透的才艺，很想跟她交个朋友，为了表示他没有恶意，他愿意拿出控制在他手上唯一的几套楼盘珍藏版，以五折的优惠价格卖给透透一套。要知道这个楼盘早已是绝版了，新开发的楼盘虽然也不错，但位置大不如初，可见老板的诚意。来电话的女孩子还说，我们老板其实是一个挺腼腆的人，不善交际，也不花，就守着他那个黄脸婆，说是旺夫。只是他真心喜欢交朋友，尤其喜欢美丽聪明的女孩，所以才会特别交代她办好此事。

透透压根难以相信世界上还有这样的好事，一时不知说什么好，又追忆了一下昨天碰到的人，可她怎么能想象出有一个腼腆而诚恳的老板？只记得龟田对她的才艺又惊又喜，还涨红了脸，好像真跟她有什么关系似的，实在可笑。

后来，在这个女孩的说服下，透透便跟她去看了一下房子，女孩戴一副眼镜，很能干也很有教养，房子每一套都好，全部是经过豪华装修的，有一套八十多平米的两房一厅，满意得让透透挑不出一丁点儿毛病来。透透回到住处之后就开始兴奋，兴奋的同时对自己的出租屋生出诸多不满，直到都有点住不下去了才赶紧刹车，不再一路想下去。

钱是一个大问题，好房子五折也不便宜，首期最少要交三成，透透心想她可以把所有的积蓄压上去，但是供起来可就费劲了。

但她当时已经像着了魔似的付了首期。

也就是在这个时候，呼延鹏回来了。经过了爱的急风骤雨般的黄昏，透透决定不把这件事告诉呼延鹏，一是她知道呼延鹏自己也在供楼并没有闲钱来支援她，二是呼延鹏一定会怀疑她跟什么房地产公司的老板不清不楚，事实证明没有一回她是把自己解释清楚的。

而且她也厌倦了和呼延鹏之间的争吵，柏青说得对，有时适度的沉默而不是和盘托出更是爱的艺术。既然他们谁也说服不了对方，为什么不能各自保留一点空间？

就因为你在宝墨园里弹奏了一首曲子，便有一个并非好色之徒的老板哭着喊着要把房子中的精品半卖半送给你。这不是编故事又是什么？而且还是九流编剧编的故事。呼延鹏一定会这么认为的，透透想。所以当呼延鹏向她求婚的时候，透透觉得有些突然，她还在想怎么把这件事委婉地告诉呼延鹏，并说服他卖掉他供的房子，然后齐心合力供这套高档住宅。她说的还没有准备好大概就是这个意思。

总之无论是房子问题，还是透透与宗柏青的邂逅，呼延鹏都全然不知。

经过了一路的颠簸,呼延鹏终于看到了法学院的大门口。

应该说,徐彤给呼延鹏的印象是喜怒无常的,所以呼延鹏设想了几个见面时可能发生的情况,以及应对的办法。他告诫自己态度一定要好,一定不能着急,因为这件事徐彤已经无心恋战了,而他还在死缠烂打。

来到徐彤的家,门虚掩着。呼延鹏敲了敲门,门"呀"的一声开了一道缝,里面却没有任何反应。他下意识地推开门,业已是人去楼空,满地的废纸屑,还有几捆废弃的杂志和两个旧包装箱。徐彤会到哪儿去呢?呼延鹏问了他的若干邻居,回答都是不知道,而且说徐彤不仅没跟任何人告别,还有意在半夜三更的时候搬家,所以他走了好些天大家伙都不知道。

这样一来,呼延鹏发现他在沈阳收集到的资料可以说毫无价值,因为这跟翁远行一案毫无关系,他又不是做福布斯富人榜,把别人的家产列上去就完事。有钱的人未必有罪,沈孤鸿和红酒下的交往也只是推断,但从徐彤的语气里可以听出来他并非只知一二,然而他现在消失了,那么呼延鹏也就没有线索了。

回到住处,呼延鹏想来想去怎么也想不通徐彤为什么要神秘离去,他到底有什么难言之隐呢?

然而许多事情的头绪都不是想出来的,于是呼延鹏边吃泡面边给翁远行打了一个电话。翁远行说他也在找徐律师,但他的手机已经不用了,办公室和家里都没人听电话。

翁远行说他最后一次见到徐律师，是在一个名叫雁南飞的茶艺馆，徐律师指定的地方，里面的人很少，很清静。见面的目的，是翁远行希望徐彤代理他的提起国家行政赔偿诉讼，追讨错误羁押两千两百九十一天的赔偿金以及刑讯逼供造成重伤的伤残费、医疗费和精神损害费，还有经营损失费和误工费等等。因为徐彤了解案情，而且翁远行只信得过他。

但是徐彤苦笑说他暂时还没有律师资格，只能是爱莫能助。然而翁远行坚持在他那里做法律咨询，并按照市场最高价付给徐彤咨询服务费。双方坚持了好长时间，最后徐彤算是勉强答应了。谁知在这之后他就人间蒸发，完全联络不上他了。

发生在洪泽身上的故事，真应了人们常说的那句话：猴子上树只顾往上爬，最终露出了红屁股丢人现眼还得掉下来。

干部调配的大震荡终于尘埃落定，洪泽所在的报刊处调来了一个新处长，不仅年龄不大，学历也不低。新处长属于空降干部，没有人知道他详尽的来龙去脉，但这人生着一张娃娃脸，待人挺谦和，容易被人接受。洪泽一下子就傻眼了，就算新处长只是过渡一下还要往上走，那起码也要呆上三四年，那他自己就没有任何优势可言了。而且明眼人一看就知道这是一个官道走不走得通的信号。

部领导找洪泽谈话,大意是辅助新处长工作是顾全大局,但如果直接到下面找到自己的位置我们也支持。应该说现在的领导也还是很开明的。

这件事对洪泽的打击实在是太大了,因为当年同样是这个部领导并不是这样向他交底的,那时说得很清楚,他就是重点培养对象,将来具体负责新闻媒体这条线。所以洪泽把自己的定位系统调整得很精确,严防死守党的喉舌,可以说并未出现过大的差错,各方面的工作每年都是受到部里表扬的。

冷静下来之后,洪泽第一个反应就是自己做错了什么事,而且还完全没有意识到。抱着死也死个明白的心理,他往北京拨了三天的电话。皇天不负有心人,终于在第三天的晚上,他打通了深喉的手机。

仍旧是那个令他既熟悉又陌生的平稳嗓音,深喉说他完全没有听说他的事,这也难怪,处一级干部的任免还远不是他们视野中的事。但是,深喉说官场上的风云变幻早应该了然于胸,否则谈什么审时度势。洪泽坚持说是不是自己无意间踩了什么雷?并具体到《精英在线》上翁远行一案的追踪报道到底对强书记有没有影响?深喉沉吟了片刻才说,这么沸沸扬扬的一个冤案,又是在首长主持工作期间发生的,你说能毫无影响吗?洪泽说强书记办公室的人不是打电话来表扬了这篇稿子吗?深喉冷笑地说了一句"幼稚"就收线了。

洪泽在屋里坐不下去了，他开车冲了两三次红灯才到了呼延鹏的住处。

见洪泽垮着一张脸，呼延鹏惊道："出什么事了？"

洪泽恨道："你还问我？你告诉我你到沈阳干什么去了？"

呼延鹏不说话。

洪泽道："你还在调查翁远行的案子是不是？你害死我了你知不知道？"

呼延鹏不解道："这跟你有什么关系？"

洪泽大声道："当然有关系！呼延鹏，我算是被你玩残了！怪不得有人说朋友才是你真正的掘墓人！"

呼延鹏听了这话也急了："洪泽，到底出了什么事你倒是说清楚啊？！"

洪泽咬牙切齿道："我说不清楚。"说完拂袖而去。

他走了老半天，呼延鹏也完全不解洪泽来找他同时发这么大的火是什么意思。

洪泽一夜未眠，现在，他的处境就有些尴尬了，过去他一直都在横向比较，像宣传处、干部处、文艺处等几个处长，优势都不如他，纵向就没什么好比的，他的处长身体不好，只要他平平稳稳坐上处长的位置，远景是相当明朗化的。可是现在突然来了一个新处长，据说也没什么背景，但是打得一手好桥牌，是省里某位领导家里的座上宾，那么他的工作安排领导就不可能不过问。就算这是石头定律没有松动的可能，洪泽也在心里感慨自己处事没有留后路，跟下属的单位全是天敌，现在谁又会挺身而出理睬他的事呢？而他也万万没想到以他的才华和能力会如此这般地人往低处走。

果不其然，洪泽的病处长办理病退之后又来了一个新处长的消息，很快就在几大报业集团传开了，做传媒的人有几个不是活成了人精？鉴于洪泽一贯以来的狼牙棒形象，大伙都双臂扭麻花抱着看笑话的姿态，难道还会铺上红地毯欢迎他亲临指导不成？

也就是说，就算洪泽仕途受阻肯纵身一跳，到哪个报社重展鸿图外加挣点钱，也没人肯在下面接着他啊。

柏青是最先知道这个消息的，他深知洪泽这个人反而是不会在自己倒霉的时候给朋友打电话的，便约了呼延鹏下班以后一块去部里接洪泽，他的车靠关系算是从交警大队开回来了，可是躺在医院里的植物人，经过好几次抢救又都被救了回来，只等着宗柏青往医院送支票。这件事柏青最终还是扛了下来，虽说被老丈人埋怨了一顿，毕竟没有到犯病的程度，只嘱咐柏青要妥善处理好此事，回到家里，老婆更是拿他当菩萨供着。在这期间大舅子偷偷给他打过一个电话，他回说现在风声太紧，还是躲时间长一点吧。柏青气消了以后心想，做人反正是要受气，有时一个有时几个，或者是父母老婆，或者是老板客户，虽说受大舅子的气绕了一点，不可思议了一点，但也算是完成了一个人生指标，不去想他也罢。

三个人见了面,谁也没说什么,都做出没事的样子。柏青说,我带了一瓶水井坊,今天咱们喝白的。这么一个斯文人用豪迈的语气说话,洪泽体会出柏青的用心良苦,不觉有点鼻子发酸。呼延鹏装作没看见,道,咱们去哪里吃呢?柏青道,听说有一家叫宋妈的饭店,烧出来的菜极其特别,不如我们去试试。之后又说还听说这家饭店的门口没有咨客带位,而是店门紧闭,只要连叫三声"宋妈开门",门就自动开了。

大伙听着新鲜,就决定前去。

到了地方,果然见到两扇紧闭的门,门前冷冷清清,也没有招牌,只一块圆木板上刻着一个宋字,根本不像是做饮食生意的。

柏青连叫了三声"宋妈开门",门不仅没开,还有人打开门上的小探头窗骂道,吵什么吵!宋妈病了!柏青给骂傻了,呼延鹏和洪泽不约而同地大笑起来,直笑得眼泪都掉了下来。探头窗里那个凶神恶煞的人索性跑了出来,是个满脸横肉的女人,道,你们是干什么的?笑什么笑?!柏青道,我们还能是干什么的?自然是来吃饭的。凶神恶煞的女人说,今天定位的两桌都是七点钟到,你算哪一路神仙?柏青奇道,到你们这儿来吃饭还要预定啊?女人道,当然要预定,而且最晚要提前一个星期约定,没有菜谱,我们做什么你们吃什么,最低消费每人四百,真正的私家菜。

胃口被高高地吊了起来,却只能离开,三个人都有点怅然若失。柏青道,我们吃不吃无所谓,你不必这么凶是不是。女人见到柏青手中的酒,相信他们哥几个是真来吃饭的,这才语调平缓道,这位先生,你真是有所不知,这扇门便是千人喊万人喊给喊坏的,你知道中国人这个毛病,不吃,把门喊开也过过瘾。

世界上的事情就是这样,最想要的要不到,剩下的也只能是随便。三个人重新回到车上,洪泽叹道,咱们这个城市就是以吃出名的,以前我们走遍大街小巷,没有吃不着的东西,想怎么吃就怎么吃,今天却是这么寸,居然走到门口了给人堵出来,可见人走霉运的时候也是有门有路的黑。呼延鹏和柏青都没有接他的话,闷闷地开了一会儿车,找了一家人人都喊贵的饭馆,包了一间房。

其实呼延鹏知道这件事以后,也没跟洪泽商量便去找戴晓明,力荐洪泽是一个有能力有胆略的人。戴晓明神情淡淡的,他说你要是还没跟他提就干脆别提这件事,你也知道,部队下来的那个副社长我还拿他不知怎么办呢,洪泽下来又得进社委会,同样也是一道难题,让我太为难了你知道不知道?再说了,像洪泽这样一个人,我就不知道拿他能派什么用场。

戴晓明又说,不过呼延鹏你这个人还是真厚道,你就不怕洪泽来了堵了你的路吗?呼延鹏道,我没想那么多,我对当官也不感兴趣。戴晓明笑了笑,拍拍呼延鹏的肩膀走掉了。

柏青的老丈人也是一样，柏青为洪泽的事跟老丈人求情，老丈人说本来这件事于情于理于关系，我们晚报都应该接着他，可是他毕竟不是一般的记者编辑，就算他肯屈尊当部门主任，也要社委会通过，不是我一个人说了算。可是他在上面的时候表现得面目可憎，有一次我们登了一篇稍微出格一点的文章，写了两次检讨都过不了他那关。所以他要来恐怕是很难通过，还会被大伙提到桌面上奚落一顿，我想这种结果也是你最不想见到的。

柏青无言以对。

也正是因为这些原因，尽管柏青点了许多好菜，鱼点了东星斑，还点了新鲜的象拔蚌刺身焖烧两吃，又有美酒相伴，三个人却都没有什么胃口，喝了点酒之后，呼延鹏和柏青的情绪似乎比洪泽还要低落。

第二天，洪泽在部里请了一个星期的干部假，他决定好好梳理一下自己的思路，再决定今后怎么办。

干部假的头两天，洪泽先是昏睡，睡够了就到书城走了一下，老实说也没有什么心思，心想，何去何从的问题都没想清楚，又该买哪类书做些准备工作呢？他空着手走出书城，心里突然有一种过去不曾发生过的失落，倒不是仕途无望这件事，而是他第一次发现自己竟然是一个没有任何爱好的人，也没有什么人是他真正牵挂的。至少呼延鹏还喜欢费玉清吧，柏青也常说爱名牌就是爱自己。而他除了钻营之道竟是对任何事都没有兴趣，没有女朋友，也很少回家探视父母，还骂《常回家看看》是迄今为止最为恶俗的歌曲。一个星期的假期于他来说不是太短而是太长了，在这之前他怎么会那么忙呢？难道他过去的繁忙真的一点价值都没有吗？那些事务性的工作就真的这么不堪一击吗？

他每天都看红头文件，想的都是一些决策性的大问题，他对本地的宣传工作是有整体规划的。但现在看起来这全都是白日梦。

站在书城的门口发了一阵子呆，洪泽便决定回家去看一下父母，人都是这样，尤其是男人，只有遍体鳞伤意志重挫了，才会想到最后的退路。洪泽在街边的水果档买了一些时令水果，回到家中，父母亲见他回来当然都很高兴，他也觉得家的好处是可以在这里肆无忌惮地舔伤口，于是便把自己的烦恼一五一十地说了出来。

父母亲既是过来人，又都相当的理智、稳重，他们说你打算怎么办？洪泽说既然是上不去下不来，不如辞职下海另谋高就。父母亲劝他还是忍一忍再说，负气做出来的决定通常都不够周全。

傍晚，父母亲坚持要一块到外面去吃饭，这对于他们来说是比较反常的举动。原来他们的意思是一直听说洪泽三叔公的小儿子做餐饮行业做得风生水起，便想去探探虚实，也算是洪泽给自己留一条后路。果然，给这个家伙打过去电话，他那边声如洪钟，他说马上过来，我找一间包房等你们。

饭店的装潢很豪气，三叔公的小儿子介绍说这样规模的饭店他已经开了七家，本地四家，另两家在北京，上海刚开张了一间新店。

三叔公的小儿子给洪泽一家人点好菜，要好酒，说你们先慢慢吃着，他说他在隔壁招呼一桌画家，为的是将来布置他已经快建好的高级会所，也就是报纸上热炒的凯旋会，说白了就是富人俱乐部。他说，这些人都他妈的挺能喝，喝好了出手的画就变成了老友价，所以我得两头兼顾。

席间，三叔公的小儿子便热情地跑来跑去，在画家那边多喝了几杯，走过来便问洪泽现在怎么样了？洪泽说还能怎么样，无非在政府里当个小官员。三叔公的小儿子说那还有什么干头，不如到我的饮食集团公司来，我让你当凯旋会的总经理，我就缺像你这样有档次有气魄的人，月薪两万五，再给你一辆本田雅阁开。洪泽的母亲忍不住说你这不是在说酒话吧？洪泽因为母亲的沉不住气还横扫了她一眼。三叔公的小儿子说我说的任何话都是一言九鼎，拉屎的时候说的话都算数。

再说了，区区小事，我还用得着诓你们不成？！

他喝酒上脸，脸红得像煮熟的罗氏虾，他说，洪泽，想好了你就来找我，我食言我就是这个。他张开指头做出一个乌龟的手势。

说句老实话，洪泽三叔公的小儿子真正称得上财大气粗，他跟画家们的那顿饭连开了五瓶洋酒，光酒钱就过万，可是洪泽就是一点也不羡慕他，对他开出的条件更是不以为然。回到自己的住处，天色已经很晚了，洪泽身心疲惫地倒在床上，还是觉得心里空落落的很不耐烦，他想象不出自己穿着黑色燕尾服在凯旋会接待达官显贵会是一副什么样子？然后开辆日本国产车，身边挽一个漂亮太太，这就是他追求的终极目标吗？为什么对此他一点欲望也没有？一点兴趣也没有？

他长袖善舞，他需要的是政治舞台啊。

香港的文华酒店，由于张国荣的缘故显现出一些超凡脱俗的味道。哥哥的身上有仙气，所以八卦的香港人没有说这里的风水凶险不祥，客人们照常进进出出，酒店陈设一如既往的整洁尊贵，喝英式下午茶的地方依旧名流云集。

戴晓明和林越男这回是双栖双飞一块坐直通车来到香港的，以往他们好像不会这么张扬，通常是前后脚地过来，一切行动也相当低调。毕竟在香港碰到熟人也实属正常，这类事虽说也算不上值得大惊小怪的事，但让人说来说去的总不大好。这回不同，两个人都太兴奋了，必须到这边来放纵一下，情绪才会有一个出口。

没有什么先兆的，市委副书记把戴晓明叫到他的办公室，他说组织上决定由他就任宣传部长，同时兼《芒果日报》的社长。关于进市委常委班子的事，一有名额就会考虑他。

对于这样的结果戴晓明也颇感意外，他知道这一定是北京方面起了作用，因为他感到市委副书记找他谈话时，口气里多多少少有一点无奈。果然这一情况得到了林越男的证实，她是在得知好消息之后给北京首长的秘书打了一个电话，对方说这件事没有想象的那么好办，建议戴晓明以后处事不要树敌太多，而且树大招风也不可取。为这事跟本地的头头还是僵持了一段时间，最终还是首长发话了，首长说像戴晓明这样的人才如果当地实在不好用，就调到北京来用好了，你们只管做放人的准备。

首长对待这件事也就只说了这一句话。什么叫做字字千金？

这件事之后戴晓明始终处于亢奋状态，因为这样的任免本身也是存在极大争议的，有运动员裁判员集一身之嫌。可是不可思议的事情就这么发生了，这怎么能让戴晓明心绪平静呢？"多亏了你。"他在办公室就不由分说地拉住了林越男的手，还是林越男出主意说我陪你去一趟香港吧。

林越男总是能把主意出在戴晓明的心坎上，于是他们来到文华酒店，林越男事先预定了套房。

一进了房间，戴晓明便说："叫我怎么谢你，说吧。"

林越男笑笑没理他，娴熟地打开箱子，把两个人的衣服挂到卧房的大衣柜里去。戴晓明走过来，看着她一件一件地挂衣服，其中还有一件性感的真丝睡裙，玉色的底，胸口盛开着一朵手绘的白牡丹，另有一身黑色的布满蕾丝花边的胸衣内裤，顿时觉得眼前的这个女人看似平静，她什么也没说，什么也没做，却让他陡然生出一股无法抑制的欲望。而不是像他老婆那样总是穿一套捂得严严实实的棉布碎花衣裤，旧得没了颜色。就算你有什么想法见到她也只能了无生气了。

就在他准备蠢蠢欲动的时候，林越男姿势优美地把她的头发拨到一边去，让戴晓明帮她解开连衣裙背后的拉链，这不能算是暗示，简直就是明要，这也是戴晓明喜欢的，他喜欢自愿为他献身的女人，这说明他有无穷的魅力。

戴晓明不但给林越男拉开了拉链，还帮她脱去了裙子，并且大力地抱住了她。

两个人都显得特别忘我，仿佛疯狂过山车直冲云霄后又飞流直下，戴晓明这一回做得很到位，俯视下的林越男也面若桃花，完全溶化在无边的满足里了。

事后两个人累倒在床上，林越男用手指在戴晓明裸露的胸前划来划去，她说："看来权力对于男人来说才是一剂真正的春药。"

"你这么说到底是夸我还是骂我？"戴晓明笑道。

"当然是夸你，这都听不出来？"

"你不是说我没有权力的时候就是一个阳痿吧。"

"讨厌。"

"可是你不能不承认男人没有事业就没有一切，没有权力就没有霸气。"

林越男没有说话，但她心里是喜欢有事业有霸气的男人的。她丈夫就属于那种新好男人，发几卷厕纸也提回家，所以他们分手她都没有什么遗憾的。她喜欢戴晓明敢于也能够干大事的气派，可惜这么好的男人却不是她的，这让她在幸福之余轻轻地叹了口气。

戴晓明当然明白林越男为什么叹气，这是一个庸俗但又绕不过去的事情，同时他又不想面对，不是他不想跟林越男天长地久，而是面对这类问题时会很心烦，于是他脱口而出道："你不是那么在乎名分吧？"

"没有女人是不在乎名分的。"

"可你以前从来没跟我提过这个问题。"

"提了又能怎么样？每个人心里都会有那么几个死结。"

她这么一说，戴晓明的心又软了，在别人眼里他是一呼百应的人，但只有他心里明白，在这个世界上真正理解他体贴他同时又能分担他肩上的担子的，就只有这个女人而已。否则像他这样的人，哪个没尝过高处不胜寒的滋味。想到这里他伸出手臂把林越男再一次揽进怀里，道："不如我们以后还是一块到国外去吧。"

"你相信这个故事吗？"

"这怎么是故事呢？我什么时候说话不算话了。"

"我不是不相信你，你就是这边的产物，那种割断血脉，没有一点成就感的日子，你过得下去吗？"

还是她知道他，懂他。

两个人静静地躺了一会儿，谁都没有说话。其实林越男也没有真的那么在乎名分，都什么年代了，人与人的关系已经演变得毫无确定性，过分相信什么都是很可怕的，包括你最爱的人。再说，老婆和情人的位置是永远不可能对换的，老婆不就是黄脸婆、放心肉外加孩子他妈吗？这种角色对她来说有什么实质性的意义？至于她要在他的面前强调一下这个问题，是因为此时此刻她的心情和戴晓明不尽相同。

戴晓明搭上了高压线，自然有一种通上电的兴奋，可她除了兴奋之外又有一些怅然。因为她明白越是成功的男人就越难得用情专一，尤其戴晓明追求的并不是什么默默的成功，而是一种近似于神话般的成功，而无数的女人喜欢的就是神话本身，或者她们自己就有神化的能力，之后便飞蛾扑火般地献身。这也是一条搬不动的石头定律。

林越男不愿意再想下去了，她起身穿上酒店为客人准备好的宽大的浴袍，冲完澡之后便给戴晓明放洗澡水。本来她晚上想跟戴晓明一块去赤柱的海边吃饭，好好浪漫一下，也因为情绪上莫名的细微变化而兴致索然。

利用戴晓明泡澡的时间，林越男打了送餐电话，她哪儿也不想去，只想在酒店里享受家居的感觉，给自己心爱的人放洗澡水，看着他吃饭，八面威风的人在她面前像孩子一样听话，她穿着真丝睡裙在他面前晃来晃去，形成一个游动的诱惑，如灵异一般左右着这个男人，这也许就是女人的成就感吧。

她想。

一周的干部假期很快就过去了，洪泽并没有在这一周里就找到自己的出路。

星期一他去上班，看见新处长的脸烦得恨不得上去踹他一脚，转念想到三叔公的小儿子更是俗不可耐，一辈子见一面都多余。

本来，他以为经过了一周的调整，已经可以冷静地面对一切了，而且他也觉得父母的提醒是对的，暂且忍耐，从长计议。想不到一回到处里，他才发现自己竟然是一天都不想再待下去了，他感到身心都在受到煎熬。

洪泽一下子尝到五彩世界倏然变成黑白无色的滋味，其实什么都没有变，包括办公室里的一切和窗外的景致，可是在他眼中业已是全然枯萎，像泛黄的旧照片一样。

洪泽拿出一张白纸开始写辞职报告，他当然不会去什么凯旋会，也暂时没有他认为可去的地方。但他觉得反正人是向死而生的动物，如果呆在一个地方痛苦得要得癌症，不如离开，干什么都好，也不至于饿死。

而且洪泽是那种为一口气活着的人，他这回也无非是输在意外和轻信上，却让上上下下的人看热闹看了个够，他咽不咽得下这口气是一回事，今后又怎么再到下面去工作呢?

转眼间,洪泽就写好了辞职报告。他想,只要报告一交上去,他就卸下了心头的千斤重担,可是几乎就在同时,巨大的茫然也乌云般笼罩在他的心头。

这时,桌面上的电话铃响了。

很意外,是方煌打来的电话,他用公事公办的语气叫洪泽到他办公室去一趟。洪泽无心再谈工作,想说你有什么事就在电话里说吧,但话到口边,竟然是爽快地答应了,还说我现在就过来。

洪泽也想不通这是怎么一回事。一路开车他都在想这个问题,后来他想肯定是自己的潜意识里觉得对方煌不起,常常跟这个父辈一样的老头子拍桌子瞪眼。现在自己美梦破碎,几乎是无端地便对许多人心生歉意,方煌便是其中的一个。

一直以来,洪泽都听说方煌有提携后辈的嗜好,他想,这回方煌肯定是要告诫他一些做人的道理,而且以他现在的处境也比较容易能听得进去这类话。像方煌这样动不动就讲责任的前辈,肯定是要追着他负责任了。不过洪泽还是固执地认为他没有错,错的是宦海沉浮变化无常,错在那些跟红顶白看他笑话的人。

洪泽走进方煌的办公室,方煌像是有意识地打量了他一番,道:"你没事吧?"

"没事。"

"没事就好。"

沉默了片刻，方煌突然道："洪泽，你调到我们南报集团来工作怎么样？"

洪泽一下懵了，他没想到方煌会这么说，便一直盯着方煌的脸看，仿佛有什么阴谋在这张脸上。

洪泽的脑袋里一下出现了十万个为什么，中心意思是方煌为什么要这么做？是因为他可恨，把他收到自己的团队里好好整治，还是看他可怜，等他心存感激时再好好敲打？总之他跟方煌之间的矛盾是有目共睹的，说白了是猫与老鼠的关系。无论从哪个角度讲，方煌也是最应该幸灾乐祸的人。

方煌又道："要不然你再考虑考虑？"

毕竟洪泽还是一个反应机敏的人，他仍盯着方煌的脸道："如果我来的话，你给我什么位置？"

"我想让你当《星报》的总编辑。"

这个决定就不光是洪泽一个人感到愕然了，而是整个南报集团都认为他们敬爱的方老前辈脑子出了问题，至少是老糊涂了，整个一个记吃不记打。

退一万步说，就算同意洪泽到南报集团来，也应该呆在一本正经的母报。这么一个把党的方针政策挂在嘴边的人去办一张八卦的专揭明星隐私的报纸，这不是胡闹吗？关于这个问题，方煌也没有做任何解释。

其实，做出接受洪泽的决定方煌考虑了一个晚上，方煌并不喜欢洪泽，这是肯定的，他跌跟头更是在方煌的意料之中，这在方煌笑看风云的眼中也算不上什么传奇。但是对于戴晓明如此这般的升迁，却是方煌始料不及的，而且历史上也没有过这样离奇古怪的位置安排，虽然戴晓明的活动范围只是在市里，把手伸得再长也够不到身为省里的《南报》和《晚报》，但不管怎么说，他在宣传部里任要职是多长了一对翅膀，同时也预示着三大报业集团强有力的竞争会进一步升级。

自从戴晓明的一枝独秀打破了《南报》和《晚报》平分秋色的局面，方煌就知道他不能对这个人掉以轻心，可是他毕竟老了，他的优势即守势，稳妥地在各种复杂因素的交错之中寻找一种平衡，既不能翻船又不能大伙一块饿死在船上。而他现在最需要的就是一个狙击手，冲锋陷阵英勇善战，他觉得这个角色洪泽是可以胜任的。因为洪泽也是一个不按牌理出牌的人，够狠，憋着劲总想咬死别人，对小恩小惠不感兴趣。就算他不如戴晓明那么有谋略，至少也是钳制他的一股力量。

按照方煌的阅人经验，通常是冷不丁摔了一跤的年轻人，会迅速地走向自己的反面，也就是另一个极端。他当然要给他一片天地让他去折腾，放在母报不是浪费人才吗？

到底还是方煌老辣，一个星期之后，洪泽到南报报业集团报到。他到《星报》上班的第一天就成立了狗仔队，而且立志要让《星报》赚大钱，成为报业集团发奖金的蓝色保险箱。呼延鹏给洪泽打电话说你不要光顾着语出惊人，也要注意自身的形象。洪泽不以为然道：我有什么形象可言，我们大家可有一个人是真正有形象的？我只知道屁股决定脑袋，我坐在什么位置上就在什么位置上使劲。呼延鹏道那你以前是怎么说别人的？洪泽说以前是以前，现在是现在。

用洪泽自己的话说，他已经换上微服，立刻就会消失在茫茫的商海中。

八

翁远行一案引发出来的故事终于像断了线的风筝，不上不下地荡在半空中。呼延鹏觉得这也不是一回事，必须靠自己的力量打破僵局才行。

线人也不是完全没用，一个公安局的人告诉呼延鹏，当时处理翁远行一案的刑侦队长因为勘破这个案子还立了功，受了奖，如今已升迁至副局长，有什么可能自己弄的案子自己来翻？他叫呼延鹏真的不要多事，反正人没死，案子也翻过来了，人是受了点罪，但不是还有国家赔偿吗？而且呼延鹏两篇文章见报，都是独家新闻，又有较大的影响，见好就收才是明智之举。

当时人民检察院主管这件事的干部目前已经病退在家，无论呼延鹏怎么找他他都不愿意接受采访。最后把他逼急了，他说，作为主诉检察官他并不同意这起案件的起诉，但司法制度的完善也只能一步一步走，可以说当时的检察院有监督职能，但说了不算，人家根本不当回事，监督权实质是空的。在相互扯皮的情况下，只有把球踢到法院，反正程序改革不允许法院退卷。

呼延鹏说，我能不能把这些话发表出来？这位干部说当然不行，我可什么都没说。

事件的进展又变成了胶着状态，很自然地，呼延鹏又想起了深喉。每天晚上不管回来多晚，他都要打开电脑，虽然他的信箱也没闲着，但是深喉始终没有出现。而上一次的来件地址他查了半天，是从一个网吧发出来的，注册的邮箱只发了一条邮件就取消了。

时间就这样在等待中点点滴滴流逝了，好几次开编务会，戴晓明都大骂最近报纸的重要版面让人看得哈欠连天，他指示一线的记者要抓好稿，抓有分量的稿子。他的目光像刀片一样在呼延鹏的脸上划过，虽然没说什么，但在呼延鹏的感觉中远胜过絮絮叨叨的催促，呼延鹏已经明显地感到压力了。

一天，呼延鹏正在上班，在他收到的信件中有一个粉红色的信封比较惹人注目，他撕开信封，里面没有信，只有一张散发着淡淡幽香的名片，上面写着：豪情夜总会青青小姐，下面是一行电话号码，反面用隶书写着"有多少爱可以重来，我值得你的期待"。

信封上并没有来件人的地址，却有一个深字。如果不是这个字，呼延鹏肯定会把粉色信封和香艳名片全部扔进字纸篓里去。

当天晚上，呼延鹏就去了豪情夜总会，只是一路上他都不明白这个青青小姐跟翁远行一案有什么关系。好些桥段都是经不起推敲的,后来他就不想了,他相信只要见到青青小姐肯定一切都会明了。

妈妈桑说青青小姐在一位常客那里坐台,她愿意为呼延鹏另请一位更漂亮的小姐,呼延鹏肯定不同意,妈妈桑抱歉地说那你就得等了,因为现在的客人都很大脾气,知道哪个小姐同时照顾两个桌面的客人便大发雷霆,有时还会大打出手。万一出现这种情况岂不是大家没脸?

于是呼延鹏只好一个人坐在吧台前喝饮料。

这种地方,如果不是与新闻有关系的事他是不来光顾的,倒也不是他的思想过硬,与道德观念也没有任何关系,他只是不喜欢,不喜欢就是不喜欢。用钱买这种东西,他觉得很笨,也没有意思。

等了大约有四十分钟,青青出来见呼延鹏,可能是等待中的呼延鹏自己把自己的胃口吊高了,所以青青小姐并没有给她惊艳的感觉。可以说青青是一个不像三陪女的三陪女,她并没有穿着低胸的紧身衣隐隐地露出乳沟,也没有用涂着鲜红蔻丹的手指颤抖地点燃一支香烟。她穿一条黑色的露臂长裙,头发凌乱地在脑后用一只琥珀色的大发卡卡住,有些发丝很自然地掉了下来,使她那张异常白净的脸显出几分慵懒,而她的眼睛和眼神却是柔柔美美的。她一点都不见生,坐下来便道:"不如咱们喝点酒吧。"

呼延鹏道:"行,但是不要太贵。"他觉得一定得这样说，否则她点一支人头马，今晚他就出不去了。

青青笑了笑，还看了呼延鹏一眼，点了两杯带薄荷味的看上去碧绿碧绿的鸡尾酒，呼延鹏喝了以后觉得很是醒脑。青青的手在吧台漆黑的桌面上划来划去，她看着自己的手指说道："有什么心事吗？"

"还好吧。"

"你是做什么工作的？"

"反正不是老板。"

"我知道你不是老板，老板才不会限制我们要什么酒呢。"

"那你看我像干什么的？"

"文人吧？"

"为什么？"

"酸。"

这个评语很糟，呼延鹏在无意识中垮下脸来。

青青笑道："还说不酸呢，生气了吧？"

呼延鹏还是不知道该说什么，青青又道："说吧，有什么事？"

有什么事？呼延鹏还真不知道有什么事。

青青道："别装了，是不是想了解一下我们这种人是怎么生活的？告诉你吧，很普通，你们怎么过我们就怎么过。"

"难道就没有什么故事吗？"

"有，但是为什么要告诉你？"

"我可以付费。"

"我不缺钱,所以也不会出卖自己的故事。只有你们文人揭不开锅的时候才会把信件啊、日记啊拿出来发表。"青青眯起眼睛笑笑地说道,"你们写日记的时候是不是就知道以后会拿出来发表?"

"没有的事,再说跟你说你也不明白。"

"我是不明白,但我知道你今晚不是为了专门坐我的台的,你看你离我八丈远,又不想亲近我,你肯定是有事。"

"我真的没事。"

说到这里,两个人都有点尴尬地笑了。

冷了一会儿场,彼此都不知道再往下说什么好。这也是青青不像三陪女的地方,三陪多半总是有话说,不会让场面冷下来,可是青青好像多少有些心不在焉的样子。呼延鹏心想,青青走在大街上,谁又能看出来她是干这一行的呢?可是像不像是一回事,是不是则是另一回事了。

呼延鹏实在不甘心就这样离开豪情夜总会,于是他看了青青一会儿突然说道:"你知道有一个叫翁远行的人的案子吗?"

青青好像也愣了一下,但很快恢复了常态,甚至有一些故作的冷漠:"怎么不知道?报纸上不是炒得沸沸扬扬的吗?"

"那你有什么看法呢?"

"我能有什么看法？"青青冷笑道，"我们这种人有什么看法又能怎么样呢？"

"你刚才不是说我们怎么过的你们也是怎么过的，你我之间应该是没有区别的吧？"

青青的情绪好像是陡然跌落下来的，她神色黯然道："当然有区别，我们的心里已经起茧了。"

说完这句话以后，青青就不大说话了，无论呼延鹏怎么挑起话题青青都不作回应。呼延鹏想让她尽可能地多说话，这样便于自己从中探测到一些信息，但是青青一点也不配合，她好像什么都不想说，最后她对呼延鹏说道："你还是走吧。"她看了一眼手表补充道："给我两百块钱的小费你就可以走了，再也不能优惠了。"

望着青青平静的眼神，呼延鹏真是打心眼里佩服青青谈钱时的坦然，也只有面对这种坦然时，呼延鹏才确信眼前的这个女孩是一只不折不扣的鸡。

在这之后的每一天，呼延鹏从芒果下班之后便到豪情夜总会上班，晚晚如此。幸亏透透也是繁忙之身，不知道他每天鬼鬼祟祟干些什么，呼延鹏也懒得解释。人在很多时候也只能吊死在一棵树上，因为旁边就没有其他的树。

时间一长，呼延鹏才发现真正爱来不来的倒是青青小姐，其实那个晚上他是很幸运的，居然让他撞上她在坐台。青青不来的时候，呼延鹏也得坐好一会儿才走，因为以为青青会随时出现。有一个名叫性感猫咪的女孩走过来要陪呼延鹏喝酒，长得颇有些差强人意但却有一对招牌巨乳，不知为什么她总给人一种伤痕累累但自强不息的感觉。呼延鹏开始不想跟她喝，但转念一想自己总不能夜夜傻小子似的在这儿坐着，而这里的女孩年纪不大却饱经风霜，没有利益的事绝对不干，连给生人指指洗手间的位置都嫌劳神，因为这类事都是端茶倒水的男侍应生做的。

猫咪的脸刷得跟墙一样白，近看很像日本艺妓的面具。猫咪说道："你还真看上青青小姐了？"

呼延鹏笑了笑，不置可否。

猫咪也笑了笑但意味深长道："我劝你还是省省吧。"

"为什么？"

"人家是有人罩住的。"

"那也不多我一个捧场的。"

猫咪也不争辩，道："那倒也是。"

隔了一会儿，呼延鹏忍不住道："到底是什么人罩住她嘛。"

猫咪斜了他一眼道："问那么多干什么？自然是有头有脸的，不是你这样的散客。"

又过了几天，猫咪终于说青青好像认识一个法院的人，不过我们都没见过，只是听说而已。她说这话时，"沈孤鸿"三个字流星一般在呼延鹏的脑海中呼啸着划过，他的心怦怦地跳起来，甚至感到冠状动脉的血流都变得铿锵澎湃了。

他再也坐不住了，多给了猫咪两百元钱的小费，打听到青青的住处，便搭上计程车直奔那里而去。

青青住的那条街是最早的一批房地产公司老板开发出来的，现在看起来缺乏大器的规划，幢幢楼房都透着小富时的眼界和气派。但是这一带的商业环境已相当成熟，凉茶铺、洗脚店、面包屋、租碟档外加各式的茶餐室、面馆可以说应有尽有。也许是台湾老板不少，还有卤肉饭和槟榔的招牌旗迎风飘扬。总之所有的商铺就像中学生早恋一样热热闹闹地挤在一起不弃不离。

呼延鹏找到青青住所的门口，刚想敲门，便听见屋里传来激烈的争吵声，不过明显的是青青声音大，而另一个女人的声音低沉。青青几乎是喊着说我叫你不要来找我，不要来找我，你儿子是杀人犯，又不是其他事，找我也没办法啊。低沉的声音说你都不收钱，当然没办法了，你收了钱自然会有办法的。青青说我办不了的事我干吗要收你的钱？低沉的声音说是很可靠的关系告诉我你能办事，关键是你肯不肯帮这个忙……青青突然截断她的话说，那就是我不肯帮忙行不行？低沉的声音又忙问她为什么？是不是因为钱少？青青烦躁地说你走不走？你不走我就报警了。

这时青青住处"哗"的一声大门洞开，正好青青跟呼延鹏碰了个脸对脸。青青着实吓了一跳，又正在气头上，不觉冲着呼延鹏吼道："你到底是什么人？一天到晚跟着我干什么?！"

呼延鹏一时不知说什么好，情急之下忙道："我叫阿明，我……"

青青哼了一声："阿明？好吧阿明，反正我也不叫青青，你到底有什么事？"

呼延鹏无话可答，下意识地看了一眼那个发出低沉声音的女人，那个女人五十岁上下，穿着、服饰、手袋都还体面，只是面容憔悴一看便知有着深重的心事，让人顿生怜意。那个女人见有生人来，忙说她有空再来便急着往外走。青青不由分说地把桌上的一个报纸包塞给她，那个女人死活不要，推让之间纸包掉在地上，露出来是厚厚的一捆钱。青青瞬间把它拾起塞回老女人的怀里，连推带扯地把她请出自己的房间，"砰"的一声关上门。

门外一下子没有了动静，老半天才传来隐忍的哭声。

青青的脸上铁板一样，毫不动容。呼延鹏有些看不过去道："你不想帮她办事，也该好好说才是。"

青青瞪了呼延鹏一眼。半晌，冷不丁道："你上次不是问我翁远行的案子吗？她就是江毅的母亲。"

呼延鹏傻了："真正的凶手江毅吗？"

"还有第二个江毅吗？"

这一次呼延鹏也是幸运的，正巧碰上青青心烦意乱想发泄一下，只见青青恨道："这样的铁案，又已经被炒得世人皆知，哪还有不死人的道理？！想都可以想得明啦，还跑到我这儿来说三道四，说可以能搞到江毅得过精神病的医生证明，我看她才真正是神经……她儿子连累了多少人？死多少次都天经地义！还想保她儿子，叫他出来再接着杀人吗?!这种愚爱孩子的人根本不值得可怜你懂不懂?!"

呼延鹏愣在那里，想事。

青青又道："你自然是不懂的……"随即自我泄愤道，"白白多活了六年，还不知足。以为有钱就能把这样的事摆平?!就能再活六年？做梦去吧。"

呼延鹏这时才回过神来，忙道："那她真是异想天开，谁的天下也不能让这种事得逞。好糊涂的父母啊。"

两个人又数落了一阵江毅和他的父母。也就是在这期间，呼延鹏扫视了一下青青的住处，估计是两房一厅，客厅里的陈设倒也清爽、整洁，猛一看没什么特别，但仔细一看却是实木家具、真皮沙发、挂屏式的等离子电视，看得出来青青的日子过得蛮殷实，这大概也是她不用在夜店拼杀的实力所在吧。

青青看出呼延鹏的心思不在说话上，这才想起此人也是来者不善，便放下脸道："好吧，你说你到底有什么事？"

呼延鹏想了想，道："青青你告诉我，你是不是认识沈孤鸿？"

青青一下就不说话了，神情严肃地打量呼延鹏，然后冷冷地说道："我不认识。"

"我怎么听说……"

"你听谁说的就找谁去。"青青不耐烦地打断呼延鹏道,并且动作幅度很大地起身,意思是让呼延鹏马上离开。

同样被赶出青青住所的呼延鹏,一路都在想这件事,他想,如果青青不是跟沈孤鸿有关系,深喉不会告诉他这条信息。而如果青青不是认识中院的要害人物,江毅重罪在身,他的母亲也绝不可能找上门来。

但是呼延鹏也知道,青青不会轻易跟他说什么。

令呼延鹏万万没想到的是,徐彤突然出现了。

本来,经过一段时间的思索,呼延鹏在从青青家走后就再也不去豪情夜总会上班了,因为他觉得如果对青青一味地死缠烂打,不仅不会得到什么有价值的消息,反而会使青青变成第二个徐彤。

人真是不经念叨,一想到徐彤,徐彤就出现了。

电话是徐彤主动打给他的,说是很久不见想聊一聊。呼延鹏当然二话没说就同意了,两人要约个地方见面,徐彤说了一个公园的门口,呼延鹏说两个大老爷们儿在公园里坐着不合适吧。徐彤说当然不是逛公园,我带你去个好地方。

呼延鹏准时来到某公园的门口,均是一些上了年纪的人出出进进,正待张望,忽听到一声汽车喇叭响起,他下意识循声望去,果然见到徐彤坐在一辆枣红色切诺基的驾驶室里,伸出头冲着他扬了扬手。呼延鹏走了过去,尚未寒暄,徐彤已发号施令道,上车,同时发动了引擎。呼延鹏便迅速地跑到切诺基的另一侧,也坐进了驾驶室。

切诺基转眼就上了公路,箭一般地离去。

两人在车上寒暄起来,呼延鹏问徐彤搬到哪里去了,最近这段时间怎么样?徐彤答非所问地说这辆车是借的。但是呼延鹏感觉到徐彤对车的熟悉程度不像是开一辆借来的车。但这无关紧要,同时他也感到徐彤的情绪明显的比在法学院见到他时好。

徐彤带呼延鹏去的地方叫做帽峰山,远远望去,群山的峰顶都是圆圆的像草帽一样。只不过苍松翠柏环绕山脉,不是黄草帽而是绿草帽。帽峰山在市郊,所以切诺基开了好长时间,路途上也是渐渐人车稀少。由于环保方面的原因,帽峰山不售票,但也不搞任何形式的商业开发,加上又不是双休日,山上山下均清冷得很,难见有一两个游客。

帽峰山看上去也比一般的山势陡峭一些,据说许多携家带口的人上不去山,便呼吸一轮新鲜空气,然后到山脚下的村庄里吃吊烧鸡,由于这边乡下的鸡又叫走地鸡,鸡种好肉又结实,比大白洋鸡的味道不知好哪儿去了。所以对于大多数游客来说,吃鸡比爬山重要,而且这一带的吊烧鸡几乎比帽峰山还要出名。

在山下停好车,徐彤便带着呼延鹏沿着山路往上走,这里的空气非常清新,还伴有泥土的气息和花草的芳香。呼延鹏觉得自己几乎要醉氧了，而且想好要跟透透来一次，再跟洪泽、柏青来一次。

两个人不知不觉走到了山顶，总之这座山不算高，山路也还和缓，山顶上孤零零的有一座小凉亭，亭角翘翘的像彝族女子跳舞时翻飞的裙裾，亭匾是一块长方形的花梨木，素黄的颜色，上书"补天"二字。山顶上既没有茶室也没有铺面，所以两人也只好坐在凉亭里，感受着一身两袖的山风，好不快意。

徐彤从拎着的黑包里拿出两瓶矿泉水，递给呼延鹏一瓶。之后便问起呼延鹏去沈阳时的情况，呼延鹏也一五一十地说了出来，只见徐彤一直微锁着眉头在听，一边听一边点头，不见得有多么强烈的反应。

呼延鹏说完，便对徐彤说："我想您那里一定有当年红酒卞和沈孤鸿在处理这件事时的许多原始做法。您能告诉我吗？或者说我需要您的帮助。"

徐彤沉默了片刻，这一回又是答非所问："小呼，你跟我说老实话，你准备把这件事搞到什么程度？"

"怎么是我想把这件事搞到什么程度？而是这件事的真相还没有出来啊。"

"有许多事情是没有真相的。"

"怎么可能呢？"

"怎么不可能？！小呼，别把事情想得太简单了，而且我记得我劝过你，缠在这种事情里面会很麻烦。"

"徐律师，你曾经是多少人的精神偶像，不是这么容易就向恶势力低头吧。"

徐彤的嘴角挂起一丝冷笑，道："小呼，有一点我想你可能搞错了，你我都不是正义的化身，你的工作需要离奇的新闻，而我既不是天使，也不是恶魔，我只是通过参与诉讼活动的整个过程来实现和体现法律的公正。"

"这件事的手尾这么多，你觉得不搞清楚对那些受牵连的人公正吗？"

"我让翁远行免于极刑，我做到了这种公正。"

"你到底想说什么？"

"我希望你适可而止，你既不是刑警队长，又不是纪检书记，你不觉得你太无所顾忌了吗?!"

呼延鹏深吸了一口气，同时极目远眺，只觉层层绿色扑面而来："我当然不是什么正义的化身，但也绝不像你说的那样只为报道一些离奇的故事。我觉得我必须坚持一种社会良知，不要以为年轻人都是行尸走肉，我们也有灵魂，而且我们也崇尚高尚的灵魂。"

徐彤笑道："那好吧，我能理解你的心情，并且我也曾有过少年意气、长歌当哭的岁月。人生的悲哀不就是同样的弯路每个人都得走一遍吗?!"

呼延鹏也笑了，他说道："徐律师，我们今天在崇山峻岭之上，又是在补天亭里谈论人生，实在也是太贴切了。"

徐彤道："你以为我是专门来跟你谈人生的吗？"

"还有什么事？"

"当然是重要的事,在这里谈也不会受到什么干扰。"

呼延鹏看得出来,徐彤的神态是相当认真的,自己不觉也变得严肃起来。

徐彤道:"想知道我为什么离开法学院吗?"

呼延鹏心想这还用问吗?忙说:"当然。"

"我跟院长闹崩了。"

"他不是你的朋友吗?关键的时候还帮过你。"

"可是任何帮助也都是有代价的。"

"那么……这个代价,大到你难以接受吗?"

"代价就是我在学院学术会上提交的论文一字不差地出现在他的专著里,当然是其中的一个重要章节。"

"有这种事?"

"你觉得很出奇吗?"

"司法界的腐败真是无处不在啊。"

"可你为什么两眼发光突然精神抖擞起来了呢?"

呼延鹏被人当场抓到了短处,不好意思地笑笑。徐彤笑道:"你们这些干记者的就是这个德性,走到哪儿都改不了。"

呼延鹏忙道:"我可以去采访这件事吗?"

"无任欢迎。"

"那你现在到底搬去了哪里?这么做会不会影响你跟他的关系?"

徐彤没说话,只是耸了耸肩膀,好像是没什么所谓的意思。

两个人不知不觉为这件事聊了好半天，转眼便过了吃饭的时间，呼延鹏觉得肚子很饿，提议道："不如我们下山，我请你吃吊烧鸡。"

徐彤看了看手表，面露难色道："今天可能不行了，我还有点急事，要不咱们下次再吃？"他一边说着，一边示意呼延鹏下山。

下山就比上山要快得多，呼延鹏道："你有什么事连吃饭都顾不上了？而且来到帽峰山哪有不吃吊烧鸡的道理？"

徐彤苦笑道："我这不是在人家的事务所帮忙嘛，现在真是体会到人在江湖身不由己的感觉了。"

"好吧，就算我欠你一个人情，等你有空我一定请你吃饭。"

"一言为定。"

这时两人已经来到山下，上了切诺基，一路快速地往回赶，而这一路上都是各种农舍里推出的花样翻新的吊烧鸡的招牌，看得呼延鹏觉得口水的分泌都旺盛起来了。

徐彤把着方向盘，突然问道："小呼，关于沈孤鸿的事，你还有其他线索没有？"

呼延鹏愣了一下，本来想告诉徐彤青青小姐的事，但不知为什么他说出口时竟变成了断然的"没有"这时，他的余光感觉到徐彤看了他一眼，于是他也迎着他的目光又说了一遍："真的没有。"

事后，呼延鹏觉得这件事很奇怪，因为他心里其实没有半点不信任徐彤的意思，而且即便是徐彤在翁远行一案上表现得讳莫如深，如避鬼神，他也完全能够理解他一朝被蛇咬的苦衷。那么他为什么不愿意告诉他有关青青小姐的事呢？呼延鹏想来想去觉得这也许出自一种直觉，而他为什么会有这种直觉，就连他自己也说不清楚。

法学院院长的名字叫屠兰亭，人也生得如同他的名字一样斯斯文文，瘦削的脸颊上有一对细长的眼睛，头发灰白但相当密实，是那种让人平生敬意的长相。当然呼延鹏见到他时并不是他接受了采访，而是在院长办公室里看见了他与某领导握手时的大幅照片，照片上的屠兰亭比那位首长还有风采。

院长办公室的秘书说屠院长出差去了，要下个月才能回来。

按照徐彤提供的信息，呼延鹏找到学院组织部贾部长，贾部长沉吟了片刻说，徐彤反映的情况的确属实，屠兰亭最近出版的新书《当代中外行刑制度比较研究》的某些章节是和徐彤一年前提交的学术论文内容完全相同。

不过贾部长神情暧昧地笑了笑，他说不过这种事就看你怎么说了。呼延鹏奇道，难道这种事还有什么不同的说法吗？贾部长说怎么没有？说得难听点是抄袭，可是说得好听点也是资源共享嘛。呼延鹏说有这么共享的吗？贾部长还告诉呼延鹏，屠兰亭现年五十五岁，但真正进入法学界还不到十年，在此之前的十八年只是一个中学的物理老师。就算是英雄不问出处，在这么短的时间内坐上法学院院长的宝座也十分地耐人寻味。

然而即便是在这不满十年的时间里，屠兰亭的专著就出了八本，著述文字在一百五十六万字以上，而且他所研究的学科横跨法学几大领域，其中包括刑事、金融证券、国际法、国际关系等等。同时，这一切学术成果都是在他担任学院主要领导职务的过程中取得的。有人给屠院长算了一笔账，说他的这些成就如果不是不吃不睡的超人是断然无法取得的。

最后，贾部长对呼延鹏说，因为各种各样的原因，你在写文章的时候可以把事写上去，反正这也不是什么新鲜事，学院上上下下的人都知道，但不要提我的名字。而且我这也是看在徐彤的面子上才跟你说这么多，你心里明白也就行了。

告辞了贾部长，呼延鹏又去监狱法系找到了系主任胡教授。胡教授自己有一间办公室，所以谈话也比较方便。他说，自从屠兰亭调到学院里来，我跟他的关系始终处于紧张状态，外面有人又风传我们两个人不和。为了缓和关系，我送了一本自己的专著给他，这本书的题目叫《分类改造研究》，当时是为了评正高职称时用的，所以只印了一千本，结果也就是不到两年的功夫，屠兰亭就出版了自己的专著《分类改造学》，不但大量的章节是抄我的，还有些内容抄自《犯罪学通论》《女性犯罪学》等国内外著述。

呼延鹏忍不住地说，这不是太无耻了吗？！

胡教授见怪不怪地说，还有更无耻的呢，我们学院有一个海归派的讲师叫高矛，人家还是加拿大大不列颠哥伦比亚大学的客座副研究员呢。至少有五篇学术论文写出来之后被屠兰亭看中，居然强冠上自己的名字拿去发表。

采访结束的时候，已经是下午四点多钟，直到这时，呼延鹏还没吃中午饭，于是在法学院门外的小吃店买了一碗兰州拉面。正在吃面时，天突然黑了下来，黑得像晚上八点多钟，一时间天空中乱云飞渡，狂风大作，只见当街当巷的尘土、纸屑、轻飘飘的塑料袋腾空而起，舞作一团。吃客们都说这是怎么回事？不是叫"耶利亚"的台风已经走了吗？呼延鹏也想起昨晚刮了一夜风下了一夜雨，早上的新闻就说摘掉了红色风球，怎么耶利亚小姐跟跳国标舞似的，甩头甩脑地旋转了一夜，都以为她消失在晨曦里了，结果是兴致未尽，还要接着来。

果然，"耶利亚"小姐再次发威，一场大雨没头没脑地倾泻而下，激烈的雨声伴有电闪雷鸣，不觉使得坐在那里吃拉面的呼延鹏，神色渐渐凝重、严肃起来。

想到刚才的采访，想到司法界最高领导在"大法官论坛"上坦率地承认，近年来司法制度和司法界存在不少问题，必须改革。呼延鹏心想，纵观整个司法界，有沈孤鸿这样疑点重重的法官，有屠兰亭这样可以为所欲为的法学院院长，出了翁远行这样比窦娥还冤的冤案实在也是不足为奇。想到这里，他虽然倍感寒气，竟也感到了肩上的担子和心中的压力，他想他一定要不辱使命，为司法改革尽一个记者的绵薄之力。

圣经上说："那门是窄的，那路是长的。"呼延鹏觉得自己此时的心情尤为神圣。他想，到底是法学院屠院长的所作所为还是耶利亚小姐的疯狂发作使他产生了这么强有力的社会责任感呢？这个问题他并没有得到答案，但他终于明白了，影视作品中那些陈旧老土的桥段，那些电闪雷鸣大风大雨时主人公的坚毅表情，的确是来源于生活的。

雨，越下越大。天地间一片浩淼，整个世界都被浸在了水里，雨水从天上来，却在地上汇集成河，远远望去便觉水天一色。

三天之后，呼延鹏的新闻报道《司法界还有没有"净土"？》登在《芒果日报》第二版上，自从呼延鹏对翁远行一案的追踪报道引发了热烈的讨论之后，可以说他的名字已经成为一个品牌。

九

过了立秋，天气虽然还是闷热闷热的，但是一早一晚已有了一丝不为人察的凉意，不再那么烦热得灼心，看来节气这个东西也不是没有一点道理的。然而，本地暗流涌动的报业大战却在不声不响中升温，进入了白热化状态。

先是戴晓明耗资一千七百万美金的两条从瑞士进口的印刷机生产线正式投产，作为一个市级报纸的印务中心，居然拥有国际超一流的现代化印刷硬件，生产线从头顶盘旋而过，报纸的清晰度前所未有的光鲜醒目。这使得每一个参观者以及国内外同行无一幸免地目瞪口呆，有一个美国报人直到离开时也难以置信这是在中国所看到的印务中心。

事实证明，戴晓明当年的圈地举动的确是有战略意义的，目前，他在城乡交接处开发建设的记者乡村俱乐部，因其山清水秀设施齐全已开始热火朝天地迎来送往，既能招待频密来往的同行，也是在城里呆腻了的中产阶级乐意前往的绝佳去处。

此外，"芒果"与香港某上市公司合作筹建的报业大厦已进入选址和建筑设计方案招标阶段。所有这一切都让戴晓明的辉煌扶摇直上，可以说他的人气早已盖过了某些省市领导。

始终保持心态平和的方煌还是有些坐不住了，尽管他并没有去参观《芒果日报》的印务中心，但他对国际一流的印刷设备怎么会不熟悉？又怎么会不垂涎三尺呢？可是他要养活一个部门齐备作风精良的不赚钱的母报，这不能不是一个巨大的负担。因为她是党的喉舌，方煌觉得没有任何理由不把她办好，尤其是在这个物欲横流拜金主义盛行的世风之下，保证把党的声音不走样地传达出来是他这样一个老共产党员责无旁贷并且无怨无悔的。

然而，时代毕竟不同了，大合唱的年代已经过去，当今的社会舞台业已是各路英雄尽领风骚。每当方煌看到他眼中的年轻人大展宏图的时候，内心中都会有一点廉颇老矣的悲哀，因为他深知无论是他的战略眼光还是开拓精神都已到了大限，这是客观规律，不以人的意志为转移。

他把洪泽叫到家里喝了一晚上闷酒，洪泽当然是醒目仔，他说，方总，我们的领衔大报是不可能打擦边球的，整个报业集团的队伍也是扶老携幼，所以先进的印务中心这样的硬件在我们这里永远是抓不着的那个晃动的金苹果，如果我们想别开生面只有一个办法那就是出奇制胜。

方煌叹道，强手当前，我就不知道还能有什么奇招。洪泽说，戴晓明好大喜功，只要是形式上的盛宴他都会一掷千金，但对于报纸的灵魂也就是它的思想容量是干不过方总你的。方煌不以为然道，那又有什么用？现在谁还注意有思想性的文章？洪泽说，不对，这是我们的优势，我们也要把它发展到极致。方煌说怎么个极致法？洪泽说这些天我也没闲着，我有一个想法，不知可行不可行，我们搞一个财经类的报纸，就在北京采编、出版，这是一种文化北上，我们在改革开放的前沿练兵，曾经在本地办过高质量的经济观察类的报纸，现在是杀出去的时候了。有人说中国真正的财经记者总共不过二十人，我想这里面必须有我们南报报业集团的人，这是经济领域里的制高点，我们必须抢占。

洪泽的一席话方煌觉得不无道理，于是两个人关起门来打造秘密武器，又拿到编委会上群策群力，最终一份高起点的财经类日报《京观察》进入即将面世的轨道。广告语颇为豪迈："联合强势伙伴，力邀精英加盟，打造北京新媒体。"

对于戴晓明来说，他从来不敢小看方煌的软件优势，但他的确没想到方煌能在洪泽身上挖掘出年轻的思路和冲劲儿，现在看来，收不收留洪泽的这步棋他走得是太草率了一些，等于拱手送给了方煌一对翅膀，在用人的问题上，他始终是不如方煌老辣的。但这也没有什么，戴晓明心想，虽说是"天下唯同类可畏也。势近则相碍，相碍者相轧耳"，但就他个人的人生而言，没有势均力敌的对手不是太寂寞了吗？

在此期间，晚报报业集团也不甘示弱，柏青的老丈人也调整了办报方针，在坚持格调的同时注入适合新市民口味的元素。同时，晚报的编委会干脆拉到郊区去狠开了几天神仙会，他们也是在软件上下功夫，决定建立一个"前沿论坛"，邀请全国各个领域的有识之士坐以论道，传播新思想，新观念。当然在传播真理的同时也反复强化了晚报历史悠久品位高尚的知名度。此外，他们还清理整顿了旗下不赚钱甚至难以为继的子报，并加大力度地寻找合作伙伴，希望吸纳更多的民间资本进入传媒。

表面看上去，报业集团三足鼎立的局面也仅限于各自使劲，不交手便难见雌雄，更谈不上什么白热化。问题出在做传媒的人全是狗鼻子，任何一点风吹草动都是引发大战的导火索。

洪泽从柏青那里得知晚报寻找合作伙伴的消息，连夜给方煌打电话，希望南报报业集团借此机会并购晚报的子报，因为南报只有把蛋糕做大才能够有效地钳制住戴晓明。方煌说，这可能吗？洪泽说，戴晓明办的哪一件事是可能发生的？在我看来，中国的媒体必将走向并购之路，那才预示着中国媒体大变革的时代真正到来。他的话让方煌少有地热血沸腾起来，于是委派洪泽通过柏青去试探他的老丈人。

结果是柏青的老丈人在柏青面前拍着桌子大骂洪泽，他说我了解方煌，他想破脑子也想不出这么损的招儿，一定是洪泽，这小子走到哪儿都是一只狼，逮到谁吃谁。柏青说您老先消消气，咱们平心而论晚报身上挂着那么多不赚钱的子报实在也是沉重的负担，必然影响到整个报业集团今后的发展。老丈人说柏青你糊涂，晚报最注重的就是形象问题，最值钱的也是这块金字招牌，做传媒首先是做公众形象你懂不懂？脸面都不要了还做什么传媒？我是宁肯玉石俱焚也不能把自己的家业卖给别人，这叫什么事啊？

消息终于传到了戴晓明的耳朵里，他再一次后悔当初没有接纳洪泽，事实证明洪泽这种人，他若不是你最得力的助手便必定是你最强有力的劲敌。

戴晓明毫不犹豫地出了一个天价并购晚报不赚钱的子报。他想他若不领这个风骚本地还有更合适的人选吗？并购这样的豪举肯定是传媒圈内的大新闻，大热而出的领军人物没有理由不是他戴晓明。所以他出手的价格高得惊人，以至于高到柏青的老丈人都发不出火来了，连夜开编委会讨论对策。

不过戴晓明一向都不是慈善家，他在开出天价的同时也开出了相当苛刻的条件，那就是只要壳，不要瓤，只要全国发行的刊号，不要编辑部的任何一个人。因为戴晓明觉得他招聘新人办报是一件太容易的事，何必拖家带口地领着一群别人的旧部，除了麻烦还是麻烦，报纸也办不好。

也就是说，有相当一批一线的报人面临脱岗，斯文扫地。要知道当年晚报精选的人，哪一个不是过五关斩六将的志士仁人？怎么到了戴晓明嘴里就成了垃圾？这实在是他们生命中难以承受之重。

戴晓明也知道这又是一件得罪人的事，不过以他的现状似乎已经不用再诚惶诚恐了。果不其然他招来的是一片骂声，在口口相传之中他变成了一个冷面黑心的恶魔。

这种时候方煌又出来做好人,他放话说他可以照单全收,看重的恰恰是经验丰富的采编力量。这也许是方煌的一句心里话,也许是无形中砸向戴晓明的板砖。到底是什么也只有方煌自己知道。但不管怎么说,世界上的事情就有那么奇怪,其实谁心里都明白做事必须像戴晓明这么做,但是真正落下好话的却是方煌。

关于并购的事后来还是不了了之了,但是对于三大报业集团来说,新一轮的平静中已是枕戈待旦,箭在弦上,因为每时每刻都有可能烽烟再起。

耶利亚台风登陆的那个晚上,柏青到一个高档小区去看一个朋友,朋友两口子搬进新屋不久便约他去吃饭小坐。他离开的时候已经将近十点钟了。

柏青从车库开车出来,风雨稍小了一些,他开车出小区大门口时,在车灯的照耀下,有一个盛装的女孩子打着烟紫色的绸伞往外面走,也许是他的车灯有些刺眼,女孩子侧脸观望了一刻。柏青立刻摇下车窗上的玻璃叫了起来,透透,透透。

透透彻底转过头来,见是柏青,着实惊喜万分。柏青忙道,赶紧上车吧,你去哪儿我送你去。

透透蹦蹦跳跳地躲开地面上的积水上了车,刚一坐进副驾位便长吁了一口气道,柏青,你可不知道下雨天打的士有多难,我等了差不多四十分钟,好不容易等来的几辆车还不够男士一窝蜂抢的。柏青急忙把车上的纸巾盒递给她,透透小心翼翼地擦着脸上的水渍,不一会儿抬起头来问柏青,我脸上的妆花了没有?柏青看了看说没有。

车在风雨中开上马路,柏青道:"这么晚了,又刮台风,你还上哪去?"

透透说了一个五星级酒店的名字。

柏青说:"不是时装发布会吧?"

透透笑道:"内衣秀也不会这么晚发布啊,是个应酬。"

"做个漂亮的女孩子也是真不容易。"

"柏青,还是你惜香怜玉,要是呼延鹏看见我十点钟化个浓妆往外跑,准又吵翻了天。"

"他在意你嘛。"

"这我知道,要不我会这么忍他?"

"你们俩真是好笑,都爱对方,又都说在忍对方。"

"说穿了爱不就是一种忍耐吗?"

两人一路说着闲话,很快就到了五星级酒店的门口。由于前面停了好几辆车,不知何故堵在那里,透透谢过柏青之后便撑伞下车。柏青的感觉是她一露面,便有两三个西装笔挺的高大男人撑着黑伞跑了过来,他们殷切地把透透迎进酒店大堂。

不知为什么,柏青心里有一种怪异的感觉,首先是透透今晚必须应酬的客人实在是有些高调,搞几个英武男人守在这里，正常的应酬也不至于这么夸张吧。此外透透说的也没错，一个女孩子晚上十点以后还要浓妆艳抹地往外跑，是什么应酬会这么重要？对于女孩子来说，男人都是陷阱，越是张扬的男人就越是深不可测的陷阱。但常常是这样的陷阱却是女孩子心目中的谜一样的梦幻。

柏青把车停在了正对酒店大门的露天停车场，他想反正他回家也没什么事，不如在这里等等看，这个晚上风雨交加，总让人有那么点不放心。

又是一阵紧锣密鼓的风雨袭来，车窗上的玻璃因为沾满雨滴立刻花了，望出去的景物也满是斑点。柏青拧开一瓶依云矿泉水，慢慢地喝了两口。他打开车上的音响，放了一曲约翰·威廉姆斯的小提琴独奏曲《辛德勒名单》，当丝缎般质感的弦乐流淌而至时，他情不自禁地闭上了眼睛。

连他自己都感觉到他的生活过分精致了，以至于他越来越不喜欢钢琴的激昂与雄浑，孤独纯美的小提琴声常常成为他心灵的慰藉。

其实，柏青曾经有过的激情早已烟飞灰灭，他的生活又恢复了原有的宁静。一方面，车祸中受伤的病人终于告别植物人生涯过世了，病人的家属要了一笔钱，算是一了百了。另一方面，他的大舅子仍不敢在当地露面，据说是在福州与人合伙做生意，柏青总算图到个耳根清净。

唯一有变化的是他回家的时间越来越晚，在家的话也越来越少。他发现原来高品质的生活都是有代价的，比如他就是这个家庭里的一件精美的摆设，而且优越的生活很黏人，可以把豪情壮志冲云天的感觉消解得一干二净。柏青也不是自甘堕落，他曾向老丈人提议自己重回采编部，老丈人注视了他良久，也并没有拦着他，老丈人说广告部是个肥缺这谁都知道，你以为这个位置这么好坐？哪天我下来了估计你的位置也坐不稳。不过他也觉得柏青没有沉溺于一种安逸生活颇让他欣慰，但一旦回采编部就没有退路了，那是一项非常艰苦的事业，叫他一定要想好。这么一来，柏青又有些犹豫，也就不再提这件事了。

时间在漫想中缓缓流过，柏青觉得他的生活中什么也不缺，缺的只是一些看不见抓不着的东西，譬如热情、兴趣抑或是理想，他内心深处的焦虑在于他离这些东西越来越远，而他又没有勇气孤注一掷。

宾馆的门口终于出现了几个靓丽的女孩子，不过柏青最先看到的还是米波小姐，因为米波小姐经常要用她那张年轻到与年龄不符的脸做广告，所以她的形象相当深入人心，见过点世面的人都知道她。而围绕在米波身边的女孩子不是模特就是明星，至少也是美女，所以那些有钱佬其实最给米波面子。

这时的风雨尚未歇息，女孩子们被风一吹简直成了江畔嫩柳，加上她们娴娜多姿的体态神情，着实令人陶醉。透透也在其中，她是这幅美丽油画的一部分，而且她有文化有见识，这就让她的笑容和姿色不同凡响。

有几辆好车开过来，她们开始道别分手，美女上靓车这似乎是天经地义的事。这时的透透便有几分不为人察的落寞，她知道自己恐怕要上米波小姐的车了。也就在这时，柏青的车滑到了宾馆门口，他按了一声喇叭。当透透发现柏青竟然没走时，满脸的惊喜全部变成了不可思议，她迅速地告别了米波小姐，坐进了柏青的驾驶室。

柏青是一个越施惠与人反而越平静的人，所以他几乎是没有什么表情地开着车。透透忍不住拍了他一下说："你干吗对人这么好嘛。你对人家这么好叫人家怎么报答你嘛。"

"你以后少给呼延鹏使那点小性子就行了。"

"怪不得呼延鹏总说你好，我看你们三个人还真是难得。"

"男人如果有友谊的话，是女人不能理解的，也是女人做不到的。"

"你是不是想说高山流水知音难觅是出自两个男人的故事？"

"那倒也不是，我只是觉得女人之间的铁必须具备一个前提那就是平等，男人不是，男人只要有深层次的理解和信任，永远付出也毫无怨言。"

"柏青我还真没看出来你是一个这么有层次的男

人。"透透说完这话，故意夸张地瞪大眼睛看了柏青一眼。

柏青都被她看笑了。

很快，柏青的车就开进了高档小区。时间已经很晚了，透透还是坚持叫柏青上去坐一坐，柏青说还是下次吧。透透说你在宾馆门口等我那么久，不上来坐坐我心里过意不去。柏青还在犹豫，透透又说反正我现在也不想睡，我知道你也是晚睡的人，是不是怕你老婆骂你啊？经她这么一说，柏青倒真的下了车。

柏青走进透透新买的房子，因为几乎跟他朋友家的房子格局一样，只是透透这里少了一间房，其他没有太大区别，柏青也就没有大张旗鼓地参观，只是坐在客厅的沙发上环视了一下客厅的陈设。透透拿了一罐冻可乐给他，柏青边喝边随意问道："你这种套型的月供是多少钱？"

"八千。"

"那也不少啊。"

"可不是，真有点喘不过气来呢。"

"叫呼延鹏多付点就是了。"

"他不知道这件事……你这么吃惊地看着我干什么？他真的不知道我买这套房子。"

"干吗不告诉他？"

"早就想告诉他，可是赶着付费越来越有压力，突然就不想跟他说了，你知道他这个人，肯定又怀疑这房子的来路，又会骂我贪心，我也承认我对好房子是情有独钟。如果为这件事吵翻了天你说多没意思。"

"那你一个人真能供下去吗？"

"我想我会有办法解决的。"

"什么办法？你能告诉我吗？"

"……刚才米波的那个饭局，她给我介绍了一个富豪朋友，那个人特别讲排场，每次外出旅游都要带着美女和他自己的丑狗，这回是去马尔代夫群岛，如果我答应陪他去，除去我的费用之外还会付给我一笔钱。不过你不要想歪了，这之中没有性交易，不属于'援助外交'，仅仅是这个富豪的怪癖以及他对外形象方面的苛求。当然我也可以写一些异国情调的时尚随笔。"

柏青平静地看了透透一眼："你相信这个故事吗？"

"刚才吃饭的时候我见到那个人，他很风趣优雅，绝对不是一个色魔。"

"人到了那样一个浪漫之岛，谁能预料会发生什么事……如果他在费用后面再加两个零，谁又能担保这种事不变成性交易？"

"我有自己的道德尺度。"

"道德本身就没什么尺度……万一你一时冲动爱上他了呢？我敢担保你跟他之间不会有任何结果。而且呼延鹏怎么办？"

透透的情绪突然变得很糟，她提高了嗓音道："我说了我不会！我爱的人只有一个，那就是呼延鹏，只不过我对生活有要求，有标准，问题是呼延鹏永远不会当我的配角。难道是我错了？"

"……其实你也不想去，你在说服你自己而已。"

两个人都不说话了，接下来是片刻的略显尴尬的宁静。

柏青站起身来说："透透，听我的话，不要去什么马尔代夫，也不要相信那些虚张声势的人。你需要多少钱，我先借给你。"

"耶利亚"小姐终于安静下来，是那种失聪般的无声，雨后的夜晚出奇的温存，落地窗外的月色清辉倾泻，如美人回眸时如水的眼神。柏青离去了好长时间，透透始终站在那里发呆，在这样一个夜晚，她想，她去马尔代夫会怎么样呢？她不去马尔代夫又会怎么样呢？明天会发生什么？以后又会发生什么？她真的会跟呼延鹏结婚吗？她跟呼延鹏之间还会有什么故事？她跟柏青之间又会发生什么？总之在那长长的一瞬间，她觉得她的世界里出现了无数的不确定性，以及无数的可能性。她应该如何应对呢？她不知道。

可是柏青知道，他必须阻止透透愚蠢而荒唐外加异想天开的举动。

深夜的环市公路上，明显比白天冷清了一些。柏青的车在高架桥上忽起忽落却丝毫没有减速，他平静地驾车，同时也平静地想道，人的欲望有时只是一个念头而已，但一个念头却有可能改变人的一生。

呼延鹏突然特别想吃川菜，只觉得嘴巴里淡出个鸟来。他打电话给柏青，柏青没空，说是要给他老丈人做生日什么的，反正就是他老婆家的那点事。呼延鹏又给洪泽挂电话，洪泽说不如你下午早点来，先陪我去拿上好了牌的新车，然后咱们再一块吃饭。呼延鹏惊道，你买车了？洪泽道，原来开车开顺手了，现在《星报》又不给我配车，我不是难受嘛，反正分期付款，我现在的工资比在部里的时候高，首期还是拿得出来的。呼延鹏说又是房子又是车，会不会扛得太辛苦？洪泽说不死就扛着呗，死了再说。

于是两个人敲定了时间，干脆直接在车场见面。

由于洪泽来到《星报》之后正式调整了办刊宗旨，那就是要办一份真正意义上的八卦报纸，以满足人民群众的知情权。所以他直接领导下的狗仔队也显得格外活跃，完全不像过去那样犹抱琵琶半遮面，而几乎是到处搜罗明星丑闻，尤其是最光艳的女演员的丑闻。洪泽的理论是任何事物的受益和负重都是双向的，没有理由娱乐报纸天天去参加新闻发布会然后写稿宣传影视作品和红星，他们想出名就仰仗我们，挖一点他们的隐私就那么大反应，那我们的报纸还怎么赚钱？

这样一来，《星报》的发行量是节节攀升，但同时肯定是劣评如潮。有人提出质疑说杂技团的空中飞人在国外得了金奖，连续三天想上《星报》的新闻上不去，因为洪泽说这算什么新闻？只有人从空中掉下来了才是新闻。如果非要说得金奖是新闻，那也是大报的新闻，跟我们小报没关系。中央芭蕾舞团来演《红色娘子军》也不是新闻，哪个过气的芭蕾舞女演员找了一个小自己十几岁的小女婿才算新闻，而且她以前还必须是白毛女或者吴琼花。结果演出公司为了推票只好花钱登了个有价新闻。

然而洪泽根本不以为意，他说名声越臭的娱乐报纸越有人看，俗话说是有劲料报，干吗去看那些挠痒痒的洁本？而且他并非一个傻大胆，他说他就是从雷区来的，太知道上面最烦的是什么，只要你拥抱八卦，保证你没事。

所以什么事有风险他就登什么，而且常常是先写好洋洋洒洒的深刻检讨之后再登。所以出了事会打桥牌的娃娃脸处长肯定要来找他，可是检讨书写得那么深刻你还真拿他没办法，你咬他啊？！娃娃脸处长只好去找方煌，方煌说一定要对洪泽严肃批评，对报纸彻底整顿，风头过去自然又是不了了之。

下午四点多钟，洪泽的忙碌总算告一段落。他看了看手表，便前往汽车交易中心。果然，呼延鹏已经等在那里了。洪泽买的是一辆丝缎银颜色的韩国现代牌跑车，俗称穷人的跑车。呼延鹏对他的选择颇感意外，便道，干吗要买穷跑？洪泽说我就是喜欢跑车，它会提示你生命所必须具备的状态，我不是只买得起穷跑嘛。上了牌的新车光可鉴人，两个人又在试车场上开了几个来回，希望发现哪怕是最细微的瑕疵，也省得以后麻烦，但车子的起步、刹车、运行包括发动机的声音都丝毫没有异样。洪泽遗憾地说，真他妈的是穷跑，看着就皮实。于是洪泽办完了一切剩余的手续，和呼延鹏并肩坐在驾驶室里，把新车开出了车场。

时间还早，两个人决定到市郊的一家新开张的川菜馆，名字叫做老妈火锅城，说是无比的声势浩大，蔚为壮观。所以他们把车开上了机场路，直奔火锅城而去。

现在的公路网越来越发达，车子开往市郊有一种鱼归大海的愉悦。洪泽当然也不例外，新车如新人，新鲜劲刚刚被吊起来，他不觉按下开关按钮，让穷跑呈现出敞篷状态，一路按着喇叭超车甚是拉风。

这时他的手机响了，洪泽只好减速，接听电话。

电话是一个狗仔队员打来的，大意是在明星家门口守了两星期，明星忍无可忍只好率领全家拿着棍子追打他，幸亏他跑得快，否则肯定倒在乱棒之下。

洪泽想都没想就破口大骂，他说你跑什么跑，叫他们打就是了，难道他们还敢把你打死不成？打完就去验伤，验完伤就上头条新闻，明星打人尤其是有儒雅之称的大明星打人不要太醒目。死蠢死蠢的，拜托你以后不要用屁股想事。洪泽骂完就收了线，根本不听对方辩白，还把手机重重地往驾驶台上一扔。

呼延鹏见状笑道："连我都觉得你不是你了。"

洪泽懒洋洋地回道："有什么不是的，我跟你不一样，从来就不是一个规矩人。"

"洪泽，其实我特别欣赏你。"

"是吗？"

"和魔鬼在一起的时候就是魔鬼，和天使在一起的时候就是天使。"

"我永远就不会是什么天使。总之别太信任我，也别信任什么友谊，我是那种逮着舞台就表演见到黑影就开枪的人。"

"可是你正应了恰逢其时、适者生存这句话，你活得总是那么痛快。"

"不能成王就做寇。活着不就是为了痛快吗？我不希望自己得失感那么重，其实得失怎么分得开？得中有失失中有得，实在是太简单的道理了。"

两个人一路聊着闲话，穷跑也如离弦的响箭沿着射程勇往直前。

事情常常是这样，如果洪泽和呼延鹏顺利地到达了火锅城，好酒好菜地叫了一桌子直吃到眼珠子都快被辣出来，那就连最蹩脚的故事都不是，而只不过是庸常生活中的一幕，如同他们也进洗手间，也给父母打平安电话一样。

在八车道的十字路口等红灯时，一辆格外炫目的奔驰跑车无声地停在洪泽的穷跑旁边，穷跑自然也就像十二点钟敲过之后的灰姑娘顿时变得破衣烂衫，惨不忍睹。

车比车是男人心中永远的痛。

洪泽和呼延鹏的眼光就像听到命令一样齐刷刷地盯着这辆天皇巨星般的跑车，它的款式、颜色以及流线型曲线之完美是那样的简单高贵。奔驰跑车也是呈敞篷状态，开车的是一个看上去十分纤细的妞儿，肌肤如雪，散落着一头瀑布般的秀发。更夺命的是她那种万事不以为意的神情，就仿佛她刚刚从火星到来。于是两个男人又保持一致地看着女孩，眼睛嘴巴张得一样大。

绿灯来临，所有的车如万箭齐发，只有洪泽的穷跑晚了十几秒或者几十秒。就当奔驰跑车从他身边加速擦过之际，洪泽看清楚了坐在女孩身边的男孩是歌手杰克。这不仅令他大为吃惊，甚至兴奋地涨红了脸，整个人像机器人一样全身僵硬地坐在驾驶室里直视着前方。

要知道，大众对于杰克的追捧绝不亚于球迷对待小贝的痴迷程度。

杰克自然是土生土长的本地人，他的原名小明小华或者小虎，总之很中国，简直就能闻到高粱米的芳香，杰克是他的艺名。不仅如此，他的背景资料也简直没有任何可以渲染发挥之处，他既不是从外国回来，自己又不会写歌，甚至只有高中文化，在酒吧乐队里做过小混混。这还嫌不够齐全，同时摊上父母早年离异，小学时的班主任几乎对他毫无印象，原话是那时他呆呆的，不多话，像是反应迟钝。而且杰克唱歌吐字含混模糊，给他写歌的音乐人全是些不清白的家伙，歌词前言不搭后语。乐评人对杰克的评语是要声线没声线，要长相没长相，还混什么混。

有人说，就是轮也轮不到这么泄气的人发家。

然而发生在杰克身上的奇迹至少证明了有一句话并非真理，那就是机会有时也会降临在没有准备的人头上而不是永远被人质疑你做好准备了吗。这或许也是近年来报考文艺院校的年轻人激增的理由之一吧。

没错，杰克绝对不是流行音乐中唱得最好的，他几乎没有代表作；长相也不是最俊朗的那一位，小眼睛，略显苍白的脸上因缺乏表情而毫无生气，可是就是这样一位乏善可陈的歌手，他就是莫名其妙地红了，有人说他是最具有商业价值的一位歌手。先是年轻人疯狂地爱戴他，男歌迷称赞他有特殊的曲风和音乐天赋，女歌迷见了他除了尖叫就是泪流满面。他的每一张唱片一经推出就褒贬不一，但销量总是硬道理。只要歌迷喜欢肯掏腰包，谁也没办法，而恰恰是这个被分析得一无是处的杰克创造了流行音乐销量第一的神话。

市场分析员说，杰克唱片的消费者大部分是高中生，很多人的家庭背景跟杰克相似，甚至如出一辙，这就拉近了他们之间的距离感，他们认同杰克并从他身上实现了自己的成功梦想。一个艺人过于完美，过于坚强，什么都不在话下会失去亲和力和平衡点，这一切在杰克身上你完全不用担心。他有些苍白呆呆的，惹人怜爱，有时还会有些不知所措，不仅孩子们喜欢他，大人们也不反对孩子们喜欢他，因为大人们会感觉到他便是自己那个孤独古怪学习永远也搞不上去的孩子。

其实,分析根本就是扯淡,人类社会就是这样,在成功的例子上分析成功,在失败的例子上分析失败,自然是怎么分析怎么有理。所有的人在这些分析面前点头称是,因为那些分析贴心贴肉地精辟,其实还需要分析吗?结果就是一切。

关键是杰克的确是成功了。

杰克星途的发紫还在于广告商不失时机地跟进。其实广告明星才是乐坛的真正赢家,尤其是历史悠久的名牌饮料,他们才是潮流先锋的排行榜,榜首肯定是最为当红的艺人,因为他们的影响力最大。还有就是手机,手机的变幻程度简直超过了流行色。杰克最新的一则手机广告"小到关你屁事",目前已经是年轻追星族的首选。

杰克自然也是各大媒体争相采访的对象,但是推出他的唱片公司坚持要他走半神秘路线,不要搞到满街满巷抬头睁眼就是他的形象,因为现在的消费者口味换得勤也是一大特征,当与偶像零距离接触时就会产生生理排斥。

可是杰克还真的是一块明星料子,他不负众望,没有在平淡生活中果然变成隔壁老张家的儿子,而是大爆冷门地和一位马来西亚超级富豪的女儿相识,这个富豪是个华人,据说有一个美若天仙的女儿,被富豪视为掌上明珠,可惜她十三岁时患有抑郁症,看遍了名医,求遍了仙草，时好时坏地治疗了七年，目前也只有二十岁。现在两个人之间是否有发展恋情还是天字第一号机密。此外，有狗仔队员拍到杰克在异地做宣传时有不明身份的发廊妹进入他的酒店、按响他的房门的照片，杰克解释说是来找他助手的，可是再完美的解释有人相信才行啊。这件事到底是巧合还是故意，杰克是表里如一的好男孩还是骨子里的街边痞子？如此有炒作价值的新闻早已让各大媒体打醒了十二分精神，于是杰克是否召妓又成为娱乐圈里的一大悬案。

在这种情况下，杰克好像也只能玩失踪了。

所以说，当洪泽发现杰克时他能不兴奋吗？尤其是驾车的女孩完全有可能是那个美丽的抑郁症患者，他们在同一场合出现几乎是没有可能发生的事，并且从奔驰跑车后座上的路易威登旅行箱上可以判断杰克可能是去飞机场飞往外地。

洪泽一手驾车一手从脚边黑色办公包里摸出数码相机，他将相机递给呼延鹏，他说："记住，你的任务就是一个，除了拍照还是拍照。"

呼延鹏接过照相机摆弄了一阵，他对这东西还算驾轻就熟。不过他想了想疑道："他们在机场会接受你的采访吗？"

"你是猪啊？你以为我会买一张头等舱的机票用报纸盖着脸坐在他的身边吗？"

"我想不出还有什么办法。"

"有些采访是可以在交通事故当中进行的。"

"你疯了?!"

"这是一个最冷静的决定。"

"我看还是算了吧,那个女孩有病,杰克也不可能召妓。"

"那没办法,娱乐新闻本身就很残酷,再说谁能保证杰克就一定不会召妓?没有采访你凭什么下结论?我告诉你人见人爱的脸本身就最有欺骗性。再说了,就算他没有召妓,让这个有点害羞的男孩子着急也他妈的是众望所归。谁都知道大泡泡是要破的,可是泡泡越吹越大的时候最诱人,人们宁可相信它会无限制的大。"

"那你又能怎么样?人家的车五秒钟加速六十英里。"

"会有机会的。"说这话时,洪泽诡谲地笑笑。

"你不要告诉我真的去追尾撞车啊。"

"难道还有其他的办法吗?"

"可是咱们这辆车的保险还没有正式起效呢。"

这时的交通灯已近在眼前,由于一路上的高速前进,洪泽的穷跑似乎是有点停不下来的意思,也就在他说出"顾不了那么多"的同时,穷跑已经穷凶极恶地冲向静如处子的奔驰跑车的车尾。

只听见砰的一声闷响。

呼延鹏不由自主地啊了一声,在他的身体猛然间向前冲的同时,还是按下了镜头如枪口般的照相机的快门。

这件事终于酿成轩然大波，尽管洪泽坚称是他的穷跑刹车失灵，但没有人相信他的鬼话。第二天下午，本地支持杰克的歌手也包括杰克本人和众多影视明星，以及艺人所在的公司从业人员，集体站在南报报业集团的大门口当"口罩党"——他们不化妆，不穿奇装异服，不苟言笑同时一言不发，每个人戴一只大口罩，表示对暴力媒体的抗议。

标语牌更是五花八门，最醒目的是"《星报》可耻""洪主编是黑老大""抵制无良报人""我们的人身安全谁负责"等等，引来大批的市民围观。

围观的群众当然不是出于什么正义感，对于他们来说手心手背都是肉，媒体明星都是他们的贴心人，因为在这么郁闷的年代，人民群众才是真正需要八卦新闻的人。于是他们看到处于一对微妙关系中的冤家打起来，这本身就是一件挺解闷的事。而且还能够不掏钱不买票地看到这么多明星的"写真"，那就更是一件令人心花怒放的事了。人们对照明星开始议论纷纷，明星不化妆怎么会跟我们完全一样呢？不戴口罩和墨镜或许还不如我们呢。他们哪有我们想象的那么美？

这回方煌没那么好彩，他被请到省委宣传部部长办公室喝功夫茶，"部长请你饮茶"的意思圈中人个个知道是"死定了"的正话反说。然而这时的洪泽却正在他的办公室里呼呼大睡，因为他通宵撤稿换稿，直到把最新的独家专访登上报端最醒目的位置。他几乎忙到凌晨，报纸终于可以按时出街，他才松了一口气。

可以想象这一期的报纸如何抢手，包括洪泽冒险加印的五万份，上午十点钟以前全部销售一空，一时洛阳纸贵。

洪泽在长沙发上四仰八叉睡得昏天黑地，睡梦中只觉得有一群黑口黑面的人没有缘由地追杀他，他没有办法只好拼命跑拼命跑，结果慌不择路竟然误闯到一条死胡同里，那帮人便像狼狗一样扑上来又是揉又是推……总算，洪泽睁开了眼睛，只见方煌正在一个劲儿地摇他，神情气急败坏。

方煌道："你还睡？你可真行。"

洪泽坐起来，神志还没有归位，整个人无比困顿地看着方煌。

方煌指指窗外，意思是让洪泽自己看。

洪泽踉跄了几步来到窗口，伏下身去往下看，没事人一样："他们在那儿干吗？"

"他们在那儿抗议。"

"抗议我啊？好事啊。"

其实洪泽在睡觉前已经风闻楼下可能发生大动作，但这丝毫也挡不住他的眼皮上下打架。不光如此，他心里还在想，这么多明星来给他做广告真人秀，那他的报纸还愁发行量吗？那他还有什么大觉不能睡吗？这样想过之后，他便拔了电话线关了手机，迅速地进入梦乡。

方煌突然勃然大怒道："洪泽！拜托你清醒一点行不

行！再怎么抓发行量，我叫你办的《星报》也是一张正常的报纸，不是流氓小报。"

洪泽算是彻底醒了，一脸无辜道："流氓小报也不是这个办法啊，那我就不用采访了，我就直接捏造。"

"放肆！你搞这种'打、砸、抢'新闻，你觉得你很得意是不是?!"

洪泽也火了，嗓音拔得老高："新闻本来就没有贵贱之分，只有真假之别。你可以认真地看一下我写的报道，我敢说是如实报道，既没有歪曲事实，也没有一点我的个人立场。至于拿到新闻的手段，我看不那么重要吧。"

方煌压低嗓门，五官却急切地挤在一起，他敲着洪泽的办公桌道："你这种做法完全是下三滥的做法你知道不知道?!"

洪泽白着一张脸道："做娱乐性的报纸还能顾脸面吗?!方总，我是从内心佩服你的，可是你们这一代人最喜欢强调的就是'正确性'，在任何事件里都能找出微言大义。可现在是什么时代了？要脸面就有可能没饭吃。"

方煌哑然，一时无言以对。

洪泽又道："方总，现在本地的报业集团之间竞争得那么厉害，我们总不能老是看着戴晓明唱主角吧。你仔细想想他有什么绝招，不就是玩出位吗？永远是第一个吃螃蟹的人。螃蟹现在都快被他吃光了，咱们连汤都喝不上。我们为什么就不能抢点风头？现如今风头可就是人气。老百姓可不管谁是谁，捧的就是个热场子，人气越旺就越有人买你的报。我估计这次发行量能上去十万份。"

直到这时，方煌心头的火气才渐渐有所回落。刚才在宣传部，部长狠狠地把他给批评了一顿，部长主要是从安定团结的高度来看待这件事情的。部长说今天的大好形势得来不易，我们作为党的媒体就更要维护好这个大环境，抢新闻没有错，万一出了事出了人命案谁负责？老百姓看到那么多艺人坐在省委机关报门口成何体统?！但是现在方煌听了洪泽一席话，虽然有些刺耳，但也觉得不无道理。

不过话说回来，方煌心想，他作为一个老报人也算是阅人无数，像洪泽这么另类的人也着实少见，他就像一个热山芋，吃着烫嘴捧着烧手，但是扔掉他你又绝对舍不得。

这一事件的最终收场，是方煌和洪泽下楼来面对艺人鞠躬谢罪，并在最新一期的《星报》头版刊登致歉声明。不过洪泽在接受其他媒体的记者采访时说，其实对于明星来说，被狗仔队围堵是一种待遇，没有哪一个明星是脱离媒体自己红起来的，希望他们不要过河抽板忘了自己是怎么起家的。

有人说，洪泽是一个中了枪应声倒下时还在骂人的人。但不管怎么说，经过这一事件的洗礼，《星报》的发行量上涨了三十万份。

十

厄运如山倒。而且厄运降临前通常是风调雨顺没有任何先兆的。

杰克事件虽然闹出一场风波，但除了穷跑和富跑一块进修理厂之外，人员方面基本没有大碍。尽管最让人担心的是杰克的女朋友是否会受到惊吓，但显然她是经受住了考验。也许由于她一直生活在国外，又被父母呵护备至，所以她始终就当发生了一场车辆事故而已，没有任何异样反应。倒是呼延鹏当晚在事发现场就感到胸部刺痛，为了防止意外，洪泽便陪他去医院照了胸透，结果是他断了两根肋骨。也许是穷跑冲上去的一瞬间对呼延鹏的震动力偏大，不知道，反正结果就是这样。

洪泽说道："真是中看不中用，纸糊的呀。"

"少废话，你赔我误工费。"

"那是自然，还有帮忙费，一块给你。"

呼延鹏苦笑道："我这回可真是害人害己。"

"说你脚小你就扭上了，你怎么不说拍电影都没有这么刺激啊？"

"我不需要这么刺激行不行？"

"可是读者需要啊，我也没办法。"

"洪泽，我看你都快堕落成黑社会老大了。"

"娱乐圈不就是黑社会吗？暴力、血腥、悬疑、性、你中有我我中有你外加一个大结局。你以为你搞政法新闻不是黑社会？仔细想想吧，还是这些元素啊。"

"那你说我们当年追求的东西……"

"别跟我提当年，我虽然不至于为今天的我而感到骄傲，但也绝不会留恋天真烂漫的过去。那时候我们懂什么？！以为有爱心就能治绝症。"

医生说断了肋骨并没有什么可治疗的，只有在家静养。

当洪泽扶着呼延鹏走下医院门诊部大门的楼梯时，天已经全黑了，两个人没吃成川菜，正在讨论到粥城去喝点粥。这时一个女人微低着头匆匆地上台阶，眼都没抬地直奔住院部而去，等她旋风一般刮了过去之后，洪泽才说："好像是槐凝。"

呼延鹏一看可不是嘛，便连叫了好几声："槐凝！槐凝！"

但是很奇怪，槐凝好像没听见有人喊她似的，毫不减速地消失在住院部大门口。

呼延鹏在家卧床休息时，透透买了好多东西来看他，并且一边削苹果皮一边骂洪泽不是人。呼延鹏说，你还没老吧？怎么这么唠叨？透透说，交朋友也要带眼识人，宗柏青那才是高质量的朋友，洪泽这样的人能交朋友吗？他是能把自己都当脏水泼出去的人。呼延鹏看着自己的红颜知己，心想她怎么说话越来越有水平了。随后又想，其实女人有脑才是最可爱的。

呼延鹏跟透透提起在医院碰到槐凝的事,透透说,她不理你这太正常了,最近好像是她先生得了什么病,住在医院里,你也知道他们是怎么恩爱的,所以她一点心情都没有,连他们组的人见到她她都跟没看见似的。呼延鹏心想,槐凝是一个挺经事的人,怎么这回一下子失去主心骨了,便问透透槐凝的先生到底得了什么病。透透想了想也说不大清楚,呼延鹏说那我们真应该一块去看看她。透透说行。

躺了一个星期左右,呼延鹏觉得自己的身体好多了,于是一天傍晚,他跟透透约好一块去看槐凝,结果那天透透分身乏术,呼延鹏便自己去了。他拎了一些营养品,敲开了槐凝家的门。还好,槐凝不仅在家,而且看上去心情不错。槐凝说,经过一段时间的治疗,她先生的病有了很大的好转,她那天其实也听见了呼延鹏叫她,但她实在没有心情一遍一遍重复先生的病,所以她没有理他,请他原谅。

这段时间,槐凝的孩子一直在奶奶家,槐凝说等到先生的病情稳定一些了,就把孩子接回来。

两个人说了一会儿闲话,呼延鹏就起身告辞了。临走时,呼延鹏说,那我就不问你先生的病情了,省得你烦,但是你也不要想太多,生命有时会很脆弱,但有时也会很坚强。没想到这两句话却让槐凝的眼圈红了,她看着地板说,谢谢。

呼延鹏回到住处时,有两个陌生的男人在门口等他。

进屋以后，他们说他们是公安局的，随后告诉了呼延鹏一个惊人的消息。

其中一个微胖的警官对呼延鹏说，昨天下午，法学院院长屠兰亭在家中自杀身亡。他留下一封绝命书，其中最重要的内容是他认为呼延鹏发表在报纸上的报道《司法界还有没有"净土"？》一文是对他的人身攻击，他将以死讨回清白与公道。另一个警官插话说，屠兰亭的家属已经正式向法院提起自诉，要求其追究呼延鹏的刑事责任。如果呼延鹏没有足够的证据证明自己写的报道属实，便有间接杀人罪的嫌疑。

毕竟是人命关天，呼延鹏当即就被吓傻了。

案情进入调查阶段，呼延鹏首先想到的还是徐彤，但是这一回徐彤又找不到了，他的手机虽未报停，但始终没有人接听。而法学院里在耶利亚台风登陆那一天见过呼延鹏的人，说话全部变换了口气。学院组织部贾部长说他接待呼延鹏只是正常接待，除了介绍学院概况之外，并没有提供有关院长屠兰亭的任何私人资料。监狱法系系主任胡教授说，他是跟呼延鹏说过自己曾经送书给屠院长，但他强调他当时已经做过解释，那就是他送书时已表示连同书里的内容一并送给了屠院长，也就是说如果屠院长自己的著作中引用过他的若干观点的话，他是完全认可的。

海归派高矛则是一个情绪化的人，他说呼延鹏他以为他是谁？为什么都不采访我就把我的事登了出去？我跟屠院长联名发表学术论文关他屁事？他有什么权利说三道四？我回国来的时间不长，在法学界毫无根基，身体不好患有慢性肝病，老婆又没有工作。屠院长虽说对我没有提携之恩但也算是处处照顾，他的死让我深感内疚。

办案人员还走访了其他相关人士，他们对屠兰亭的评价总的来说还是褒多于贬。也有人说得很实在，他们说即便是有人为屠兰亭做枪手，那也是心甘情愿的，因为每个人都面临着职称、位置、分房等一系列的问题，而屠兰亭处理这类问题算是尽了力，现在人都死了，谁还会去追究这些是非恩怨，也绝不会有人出面为呼延鹏做什么证人。然而，法律是讲证据的，没有人为呼延鹏说话，那他就真的是很麻烦。

这样一来，呼延鹏便把最后的一点希望寄托在徐彤身上，他这时已经做了最坏的打算，那就是即便徐彤本能地想推卸责任，至少他可以证明是他为呼延鹏提供了采访线索。

但是徐彤始终都找不到，似乎再一次人间蒸发。

最后，办案人员通过徐彤的手机号码找到了他，徐彤表示他在相当长的一段时间压根就没见过呼延鹏，根本就不可能跟他谈到任何人的情况。至于呼延鹏打着他的旗号去法学院采访一事，也许是出于记者的职业习惯，他不想评价。说到屠兰亭的新书《当代中外行刑制度比较》中有他论文的影子，徐彤的解释是这样的：该著作属于公共教材，既然是教材，那就有一个资源共享的问题，而且以屠兰亭法学院院长的位置出版这本书，会显得更有权威性。

呼延鹏在得知这一说法之后，惊愕得半响没有说出话来。徐彤的形象终于在他的面前轰然坍塌，而且直到这时他才意识到，他掉进了一个被人精心设计的陷阱里。

他反复跟办案人员说，他的确跟徐彤见过面，是在帽峰山补天阁。办案人员说你们文人就是大话多，又不是谈恋爱，哪有两个大男人跑到那里谈事的？你说出个茶馆酒楼来我倒相信。所以呼延鹏说的细节越多，人家越认为他在那里瞎编，呼延鹏说徐彤当时开一辆红色的切诺基，办案人员说我们分明看到他开一辆黑色的蓝鸟，徐彤说他一直开这辆车，从来没换过。总之办案人员的印象就是呼延鹏在讲故事，神乎其神。但徐彤给他们的印象很好，很稳重，又是资深的律师，每句话都显得很有分量。

而且办案人员说谁看见你们在一块了？呼延鹏说你们可以去电信局查我们的通话记录，至少这可以说明徐彤在撒谎。办案人员说我们为什么要去查通话记录，难道你还教我们办案子不成？退一万步说，就算你们通过电话也不能说明你们见过面，见过面也不能保证说过什么没说过什么。

令呼延鹏一时想不通的是，为什么徐彤要兜那么大的圈子把他装进去？

然而，现实是残酷的。此时此刻，没有人想知道呼延鹏的内心感受是什么，也没有人想跟他一起破译他心中的种种疑团。现实只有一个，那就是屠兰亭在他寓所的洗手间内割腕自杀身亡，还有比人命关天更大的事吗？

沈孤鸿是在他办公室的大班台前看到呼延鹏被刑事拘留的消息的，消息登在报纸的神州瞭望版上，标题是醒目的黑体字，并配有呼延鹏的一张正面免冠照片，照片下是关于他的简介。

看得出来，这个年轻人在他大学毕业之后就发展得一路顺风，无论是在学校还是在工作岗位都是一个精彩并且得宠的人物。在他的新闻生涯中也一直是以正面、积极、正义的形象出现的。

可以说，呼延鹏被捕的消息让许多人无比震惊，这也是没有办法的事。口无遮拦必然会导致祸从口出，这对于他来说是个很大的教训，或者对于他的成长也会很有帮助。

对于沈孤鸿来说，他并没有什么特别的感触，所以从他的脸上也看不出什么行之有效的表情来，他只是对着这一张年轻的面孔叹了口气，像是自言自语道："你终于可以闭嘴了。"沈孤鸿把报纸扔在桌子上，他想，这件事发生得天衣无缝，自然天成，而且跟翁远行一案毫无瓜葛，就算是呼延鹏明白这是徐彤有意坑他，他又能说出什么来呢？谁叫他这么容易就跳进陷阱的。

其实,徐彤跟他沈孤鸿之间是没有任何交易的。只不过徐彤是个明白人,他在法学院所过的憋憋屈屈的日子才是他真正的人生导师。为什么低调几乎是所有成功人士的座右铭?那就是因为任何好处包括名利在内的一切好处都喜欢闷声不响的人,这是常识。当年在翁远行的案子上,徐彤的风头也太强劲了一点,所以他付出了外人所不知道的代价。就算他无怨无悔,那种受人接济的日子他也过够了。所以当沈孤鸿派人去把徐彤的律师证还给他时,他就知道他应该怎么做了。

据说呼延鹏目前被关押在本市条件最差的一个看守所,沈孤鸿心想,这绝对不是他所能做到的,他还远不是一个一手遮天的人。要怪也只能怪现在的治安案件有回升的趋势,尤其是抢劫和黄赌黑案,抓了一大批人总得有地方安置他们。所以这回呼延鹏可能会受点罪,不过年轻人受点罪真的是没有什么坏处。

就在沈孤鸿坐在他的办公台前松了一口气的当口,徐彤也在他的律师事务所的落地窗前看到了呼延鹏被捕的消息,尽管是在意料之中,但他仍然感觉到他的心被什么东西用力地刺了一下。

他的新的律师事务所设在大都会大厦的八楼,这是本市价格最贵的写字楼之一。冲南的一面落地玻璃窗外是难得的一片绿地和一道气势磅礴的水墙,绿草茵茵,水流不息,虽然都是人造景观,但还是相当有气势,同样令人心旷神怡。新公司的业务业绩不错,经他细致挑选的七八个专业律师在业务上都挺拔尖,可以说这种久违的生活是他向往已久的。

那是一个寻常的下午,他的一个老同学到学院来看他,指点迷津地对他说,关于你律师牌照的事,不如求一下中院的沈院长,他在这类事情上说话总是方便一些,关系也直接一点。徐彤自然听得出老同学的话外之音,但普天下也没有不要钱的午餐。他被晾了这么长时间,不可能突然有人发善心,像老员外搭救落难公子一样地来搭救他。

老同学当然看得出来他心中的疑虑,便主动跟他交了底牌,老同学说,当年翁远行的案子是你经手的,现在此案翻了过来,又被媒体炒得甚嚣尘上,但就看这些现炒现卖的东西,便知道徐彤你出言谨慎,懂得不该说的就不乱说的道理。而且你也完全有能力让某些人安静下来。

徐彤考虑了一个晚上,他想,这也许是他改变现状的最后一个机会了。

终于,他尝到了苦尽甘来的滋味。他在高档小区买的房子,当然还是分期付款,但他已经有底气挑选自己满意的户型。他挑了临江的一套房子,也就是说,在家中的任何一间屋子里只要推开窗户,便可见到蜿蜒而来的滔滔江水,如诗如画。尤其到了夜晚,不仅长长的江畔灯火通明,就连游江的渡轮也是霓虹耀眼,在江中独领风骚。许多时候,徐彤只有睡着了才觉得尚在人间,如果他醒着反而深感如在梦中,并且完全置身在童话世界里。

他的女儿也顺利地去了英国留学。

然而,平衡又一次被打破了,先是屠兰亭自杀身亡,这是徐彤始料不及的。他没想到事情会变得这么决绝,尽管很多人都知道屠兰亭这个人心胸狭窄,对于这样揭短的事肯定不会善罢甘休,但至多也就是一个诽谤罪吧,就足够教训呼延鹏了。想不到屠兰亭会走得这么远。这让徐彤的心中充满悔意。

屠兰亭毕竟是帮助过他的人,尽管的确拿走过他的学术观点,但仍然是有恩于他的。所以说,屠兰亭火化的那一天,徐彤根本没有到殡仪馆去,只是独自一人在江边徘徊到半夜,心情当然是非常沉重的,但比心情更沉重的是他无法面对自己的伪善。

现在,由于屠兰亭事件的脱轨,呼延鹏又进了看守所。本来,他并不想做得那么绝,但是利益二字如同一只无形的大手,已经完全主宰了他。

徐彤的失眠症是在去了法学院以后落下的,他本以为逃离了法学院开始了新生活以后,他的失眠症会不治而愈,但事实是症状加重了,他现在不吃药简直就无法入睡。

有时候徐彤也会安慰自己,他觉得呼延鹏也太不听劝了,真是的,他以为他是谁?

徐彤回到他自己的办公台前,但他心里乱糟糟的,根本没办法集中思路，进入工作状态。他不知道这是一场噩梦的结束还是刚刚开始。

南方的天气会无缘无故地返潮，返潮的天气就像女人翻脸一样，原本是一颦一笑总关情，陡然间就一把鼻涕一把眼泪闹得面目全非。遇到这样的天气哪儿都是潮乎乎的，空气中不仅能攥出水来，还散发着一股挥之不去的霉味，让人的心里长草一般的发毛。

呼延鹏从来没有觉着夜晚会这么长，长得让他心里没底，长得让他感到这个世界其实什么都没有，什么都虚无得很，只有时间是一个格外具体的，同时也凌驾于万物之上的神灵。它可以变得那么长，那么让人没有指望，而且也足可以摧毁一个人的世界观。以往他加夜班、写稿子，不知不觉天边就翻起了鱼肚白。但是现在他站在看守所七号监仓的厕所里，在微弱的灯光下靠墙站着。

一个蹲式的茅坑是他白天反复冲洗过的，但是那么多大老爷们要上厕所，加上返潮的天气，气味可以想象。

夜已经很深了，他的胸部还在隐隐作痛，断了的两根肋骨并没有好利索，但他没有任何地方可以休息。七号监仓不到二十平方米，住着二十五个犯人，也就是说平均一个人还不到一平米，所以睡觉一定是轮流的，监头是个抢劫犯，他不参加轮流，剩下的人无一例外地排队，每人三个小时换班睡，旧人可以站在监仓里，新人只有站到厕所去。

呼延鹏忍不住对监头说,不是说看守所的环境已经大为改观了吗?其实他自己也做过这方面的报道。监头说报纸上说的话你也信?修两间供人参观照相的看守所,你以为你就能住得进去?

呼延鹏刚进来的时候,无数双恶狠狠的眼光都盯着他,他想这回他死定了,肯定全部的肋骨被人打断,还不知道能不能保全性命。这里是另外一个世界,是一个他完全不了解不知晓的世界,而且他做梦也没想到他会落到这样一个境地。在对峙了将近一分钟以后,监头问他犯了什么事?他把情况简单说了一下。监头说看你是个书生的分上,打就不要打了,但是规矩还是要讲的,那就是负责里里外外的卫生,干最苦最累的活儿。

站着的夜晚是绵绵无期的,厕所的夜晚是臭气熏天的,但更重要的是呼延鹏内心的夜晚可以说黑得伸手不见五指。

他是从云端落入谷底的,这之中什么先兆也没有。他进看守所的那个下午,天气因为下不出雨来很有几分闷热,闷热是坏心情的源头。他被带到一间四面见光的铁笼子里,全身脱光,前后检查,直到自己扒开肛门让管教看里面有没有藏东西。最后管教一剪刀把裤子扣剪掉,抽出皮带,他便可以提着裤子去监仓了。并不是有人为难他,他前面的嫌疑犯是这样,他后面的嫌疑犯也是这样,这是规矩。遇到案发现场被捕的嫌犯,有人身上太脏，铁笼子边上有一条橡胶管子，管教会像冲洗一件物品那样把嫌犯冲洗干净。

呼延鹏第一次领略到完全没有自尊是怎么一回事。对于一个没有露阴癖的正常人来说，光天化日之下脱得精光而且前后左右的转一圈，是一件让人终身难忘的事。而且管教的脸上无比冷漠，跟监仓中其他犯人的脸是一模一样的。

第一天晚上，呼延鹏一夜没睡。他睡不着是一回事，监仓里不够睡又是一回事，而他没有睡的原因是必须完成每个人分配到手上的手工作业，做一种纸的康乃馨，完不成的人第二天会受到处罚戴手铐。呼延鹏由于不熟练，自然做得很慢，别人做完之后根本不理他，该睡觉就睡觉，问都不问一句。那他就一直做一直做，做到手和脑子都变得完全机械起来。

除此之外，他还要负责打扫卫生，扫厕所刷碗等等。

当然他也不是没睡过觉，轮到他睡觉时他只觉得刚一闭上眼睛就被人推醒了，说是三个小时已经到了。

有时候，在漫长的深夜里，呼延鹏会把他自己的遭遇前前后后地想上好几遍，直觉告诉他，所发生的一切都跟翁远行一案有关系，尽管谁在幕后操纵着这件事他不知道，可能是沈孤鸿，也可能是其他人。所谓拔起萝卜带出泥，他不知道他的好奇心会惹来这么大的麻烦，但是他知道有人在警告他就此沉默。

他承认这一招很厉害，洪泽说得对，做政法新闻也是进黑社会，保不准哪天被暗算。他是要好好想一想前面的路该怎么走了。

有人迷迷糊糊地跑进来上厕所，热气腾腾的尿液伴着稀里哗啦的声音几乎令呼延鹏沼气中毒，一股恶劣的味道熏得他差点窒息。他想他可能真的是应该收着点锋芒了，否则真有可能死于"意外"。

最令呼延鹏没想到的是第一个来看他的是戴晓明，戴晓明只待了五分钟，但是呼延鹏会为这五分钟一生都感激他。戴晓明说，你放心，无论对方家属开出什么条件来我都无条件答应，一定能把你捞出来。戴晓明居然用了捞这个字，这再一次让呼延鹏联想到黑社会，那一瞬间，他觉得自己简直就生活在故事里。戴晓明其实是一个不怎么像领导的领导，他说这件事是个意外，不相信拿出一百万来还摆不平这件事。至于其他的问题那就等人出来了以后再说。

在回监仓的路上，呼延鹏忍不住鼻子发酸，两行清泪没有缘由地滴落下来，不知是因为自己委屈还是戴晓明仗义。

紧接着，是透透来看他，透透是柏青陪她来的，这种时候她便是一个彻底的女人，一见到他便哭得梨花带雨，泣不成声，一句话也说不出来。柏青递给她纸巾，又告诉呼延鹏他交给了管教一些钱，只要有需要就跟管教说。柏青看他的表情，就像一条哀伤的狗，还是呼延鹏反过来安慰柏青和透透，说戴晓明已经来过，情况或许没有想象的那么糟。

洪泽来看呼延鹏时的情景，依旧是他以往的风格，他埋怨呼延鹏道，早就跟你说过，现在满大街跑的都是坏人，你怎么就不长记性呢？为什么要随便相信人？尤其是知识分子，知识分子要是坏起来根本无可救药，绝对是卖了你还让你帮着数钱的那个人。呼延鹏本来想告诉洪泽自己其实是遭遇了陷阱，但转念一想这件事短时间内根本讲不清。所以他说自己采访不深入也是血的教训。洪泽也说，你是记者，不是枪手，怎么变成别人泄私愤的工具了呢？这跟你自己也有关系，你太自以为是，总把自己想象成正义的化身。

呼延鹏突然说，洪泽，那你说，这个世界上还有没有正义？洪泽想了想，说，当然有，但她是深藏不露的。呼延鹏听罢颇有同感，他觉得洪泽对这个问题的认识是深刻的，正义这个东西怎么可能流行得满大街都是？

在看守所的日子无疑是度日如年的，度日如年的呼延鹏几乎每天都在想着同一个问题，那就是还有比这更糟的事发生吗？这几乎成了他的一块心病，致使他在宝贵的三个钟头的睡眠时间里也睡得很浅，时有噩梦惊现。因为这里几乎是与外界隔绝的，在这里发生任何事都不出奇，而且随时都有可能发生点什么事，这让呼延鹏心里越来越没有底，因为虽然他在看守所，但他仍然是在明处，他不知道他的对手是谁，更不知道他的对手还会干什么。而假如他的对手果然是沈孤鸿的话，对付他不是太容易了吗？

最让他担心的事还是发生了，一天晚上，他被点名叫出监仓，有两个人押着他走，他问了好几遍去什么地方？没有人回答他。

直到七拐八弯地走到一排地下室，里面阴暗潮湿，天花板上是大片大片的发黄的水渍，有好些地方还像七星岩那样滴水，在一个房间的门口，他们停了下来，在其中的一个人开门的时候，呼延鹏看到了门边挂着"禁闭室"的木牌，于是他说，请问为什么要关我禁闭？我是没有完成手工作业还是跟人打架了？话音未落，身后的那个人已经猛推了他一掌，他一个趔趄冲进了禁闭室。呼延鹏一下子有点急了，满口学生腔道，你们不要乱来啊，我会举报你们的。

这一下才真是糟了，那个开门的人上来就是一记大耳光，扇得呼延鹏两眼直冒金星，紧接着，那两个人便开始对他拳打脚踢，剧烈的疼痛令呼延鹏难以大声地喊叫，他只是大口地吸着冷气，脑海里闪回的尽是他小时候顽皮的影像。他想，也许他是快要死了，因为据说只有死前才会有小时候不相干的片段在眼前拉洋片一般的闪现。呼延鹏闭上了眼睛，开始他还本能地知道用两只胳膊护着头，到后来就完全不省人事了。

显然，事情并不像戴晓明想象的那么简单，因为屠兰亭的家属已经放出话来，他们一分钱也不要，只要求严罚凶手。这使得谈判变得异样艰难。

在暗中掌控着所有情况的沈孤鸿不免有些得意,从屠兰亭的死到事态发展成现在这样虽说出人意料,但是对于他来说是相当有利的。毕竟翁远行一案引发的热点新闻成功地并且不为人察地转移了,现在报纸要闻版每天登的都是悲痛欲绝的屠兰亭的家属和身陷囹圄的呼延鹏之间的对手戏。

而且但凡人群,都是同情弱者的。就算是读者曾经对屠兰亭的所作所为甚有微词,当下也随着他的过世而深感呼延鹏当时的报道未免太草率了一些。更有一些研究心理学的人士大声疾呼生活在巨大压力下的人们不仅要有抗压能力,更要加强自身的心理承受能力。在这样一浪热过一浪的喧嚣和辩论中,人们几乎把翁远行一案完全遗忘并抛至脑后了。而沈孤鸿需要的就是这样一个结果。

只是人算不如天算。就在沈孤鸿以为随着时间的流逝,热点的转移,相关人员的沉默即将把他心中最为沉重的隐秘翻过去的时候,平衡再一次被打破。

看来失衡才是这个世界的绝对真理。

谁也估不到,这一次打破平衡的事件是:江毅在狱中被人杀害了。看上去,他是在某一天的凌晨吊死在监仓外灰蒙蒙的小天井晾衣服的铁丝上,但其实他是被人用安全刀片割了喉管死后挂到那里去的。

新闻媒体又一次抢先把消息捅了出来,现在的媒体已经到了八仙过海各显神通的地步，你越是想封锁的消息它就越是会以惊人的速度见诸报端。显然，这一消息立刻覆盖了屠兰亭一案带给人们的刺激，使翁远行结案之后的故事变得更加扑朔迷离。

这件事到底是谁干的？安全刀片是怎么进入监仓的？又有谁会有这样的能力和胆略策划了这件事？经过媒体的一轮翻炒，有关部门开始着手调查江毅被杀一案。

可以想象，沈孤鸿在得知这一事件之后大为光火，他第一时间用完全不会被查到的电话找到了红酒卞。第一句话就来势汹汹："你为什么要这么干？"

"我怎么干还要问你吗？"红酒卞的声音也是来者不善，而且相当的霸气。

沈孤鸿的气势陡然降了下来，他急切地告诉对方："江毅是板上钉钉的死罪，只差送到北京高院去核准了……"

红酒卞冷冷地打断沈孤鸿的话说："我现在再也不会相信任何人了，你不觉得你们做的事太搞笑了吗？连这样的杀人案都会张冠李戴！搞得跟肥皂剧一样首尾多多！怪不得我至今还在做噩梦，梦见丽莎成了孤魂野鬼仍然找不到回家的路。他妈的我红酒卞做一世人竟然了结不了这么一笔血案，岂不让人耻笑又怎么可能心安？！"

"你就是不相信任何人，总应该相信我吧。"

"我为什么要相信你？不贪财的人都不能相信，何况是你。"

沈孤鸿被噎得半晌说不出话来,脸上青一阵白一阵。

红酒卞反而平静道:"我听说江家已经找了最好的律师,而且搞到了什么精神病的证明,据说江家在证券市场上曾经狠赚了一笔钱,钱这个东西,它流到哪儿都会起作用,谁又能担保他在你那儿就不起作用?"

沈孤鸿更是无话可说,他突兀地挂断了电话。

他万万没想到的是翁远行一案又会峰回路转地绕了回来,沈孤鸿懊丧极了,刚刚恢复的一点好心情早已被搅得烟消云散。不过冷静下来之后,他还是存有一丝侥幸心理,他想红酒卞刚才的话虽然不好听,但他毕竟是老江湖了,只要是他决定要做的事情通常都不会留下什么把柄。倒是他自己,千万不能成了惊弓之鸟,这才是面临险境的大忌。

然而,事情并没有就此了结。

三天之后,沈孤鸿从会议室回到了他的办公桌前,只见桌上放着一个牛皮纸的大信封,封口十分严实,他打开信封,最先拿出来的是一方白丝绸包裹的两只翠绿欲滴的翡翠手镯,一眼望去,这两只手镯柔腻亭匀,气韵高雅,令人爱不释手。

沈孤鸿不解其意,便又从信封中抽出了一沓照片,他翻了又翻,确信的确没有只言片语,才戴上老花眼镜仔细地看照片,沈孤鸿年轻的时候视力很好,但他不到四十五岁眼睛就全花了。当他认真地看照片时,不觉大吃一惊。

照片上并不是他早年在香港时跟红酒卞等人在一起时的合影,更不是他跟什么年轻女子的艳照,而是极其普通的没有人物的旧厂房。

然而,只有沈孤鸿知道这些不起眼的旧厂房是红酒卞在大陆这边建立起来的专制假玉的地下作坊。而他眼前的这一对手镯,恰恰是利用混有铁质的铬盐类颜料染成的"马来玉",也就是说,用不了几周的时间,这对上好的翡翠手镯就会变得黯淡无光,毫无价值可言。

这个秘密沈孤鸿是完全知晓的。世界上没有只入不出的交易,何况是红酒卞,从一开始他的如意算盘就不是仅仅搞掂一个翁远行,否则他也不会投入那么多,同时又那么心甘情愿。这笔账他早已经算清楚了,只要有沈孤鸿在上面罩着,他的大手笔的造假行为也只能是积压甚久的呆案。

红酒卞本身就是做玉起家的,所以他太知道玩玉者的心态,更清楚古玉的真伪难辨是带给他无尽财源的一个先决条件。

人工仿沁是仿古玉的关键技术,通常是玉匠把玉件放在火上烧烤,使其颜色发白,以冒充古代的"鸡骨白玉"。将质地松软的玉放到乌梅水里煮,玉质松软处便被乌梅水搜空,再用提油法上色,以冒充"水坑玉"。更有甚者是将活羊腿割开,植入小件玉器,用线缝好,数年后取出,玉器表面上有血色细纹,如同传世旧玉上的红丝沁，冒充传世古玉完全可以达到乱真的程度。

总之，造假的方法不胜枚举，而红酒卞也正是看中了在大陆做这一营生的可靠性和成本低，外加沈孤鸿这把大红伞，可以说他做的是一笔一本万利的生意。用他自己的话说是化腐朽为神奇。

到底有多少钱通过这一渠道流入了红酒卞的腰包，恐怕是一个天文数字。

近一两年以来，红酒卞的胃口越吃越大，从而引起了有关方面的注意，所掌握的部分证据也的确是被沈孤鸿利用各种各样的借口按下不表。

沈孤鸿知道，今天的这个牛皮纸信封里虽然没有一个字，但已经清清楚楚地告诉他：并非只有呼延鹏一双眼睛在盯着他。这个信封到底来自何处？巨大的谜团几乎压得他喘不上气来，他不觉如芒刺在背，现在，他真的有点像惊弓之鸟了。

呼延鹏出看守所的那一天，是洪泽和柏青来接他的，说是透透在呼延鹏的住处准备饭菜。呼延鹏心里想，透透会做菜吗？转念又想，现在大型超市到处都是半成品，把半成品弄熟应该不难。

呼延鹏在看守所呆了九天，九天的时间不长，但在呼延鹏的记忆中相信有九年甚至九十年那么长，尤其是最后的几天，他一直趴在禁闭室的地板上，晚上阴湿水冷，可他全身痛得动弹不得。以前他挂在嘴上的一句话就是"你讲不讲理""不信没有说理的地方",现在他知道这是一句多么多余的话。

一路上,三个人都没怎么吭声。这是他们三个人之间的默契,没话说的时候就不说话,反正一切尽在不言中。后来还是洪泽首先打破沉默,他说戴晓明这个人还是够意思,听说是花了一百二十万才压着对方撤诉,这个家伙办事就是有气魄。柏青说,那也是呼延鹏在他手里是一张重要的牌。两个人为这件事你一言我一语地议论了一番,其间呼延鹏一句话也没说,两眼只是眨也不眨地看着窗外,好像他们在说别人的事。窗外其实也没什么好看的,无非是人流和车辆,还有就是一成不变的街市。洪泽碰了碰呼延鹏道,不至于九天就把你关傻了吧?呼延鹏没头没脑地说了一句,自由真是可贵啊。

柏青租了酒店里的一个房间,他叫呼延鹏在这里先洗个澡,换下的衣服全部扔掉,也不至于把晦气带回住处。他很心细,给呼延鹏带来了换洗衣服。

洪泽说,柏青你不是变得这么八卦吧,不如你在我的《星报》上就开一个专栏,叫做"八卦阵"不是挺好吗?柏青认真道,不可信其无嘛。呼延鹏佯装轻松道,人家宗柏青冰清玉洁,谁会在你的流氓小报上开专栏。洪泽笑道,那倒也是,我已经想明白了,我的宗旨就是办一份中国的《太阳报》。

洗澡的时候,呼延鹏看见自己身上青一块紫一块的伤痕,老实说,这一次无言的教训令他颇有挫败感,现实的皮肉之苦和精神压力早已把他心目中那点空泛的英雄主义消灭得一干二净。而且他也知道,他的对手放他,根本不是一百二十万起的作用,只要想叫他死,多少钱也买不回他的命。对手是在告诉他,让他今后放聪明一点,从此保持沉默,也可平安无事。但是今天,这些历历在目的伤口却是冷眼看着他,仿佛在说,呼延鹏,你要是就这么算了,还是不是一个有血气的年轻人?!

呼延鹏心想,我是不是一个愤青那还是次要的,关键我是一个法制新闻的记者,我真的能做到麻木不仁,无视责任吗?我真的能在丑恶真相面前闭上眼睛吗?我不讲正气,不讲真话,那我讲什么呢?!

回到呼延鹏的住处,透透已经准备好了午饭,果然大部分是半成品,热热闹闹地摆了一桌子,她还从冰箱里拿出冰镇啤酒。透透和呼延鹏的目光相遇时,她的眼圈就红了。柏青忙说我们吃饭吧,我真有点饿了。洪泽也说,对,先吃饱喝足了再说。他们都以为呼延鹏会像从饿牢里放出来的一样,非得大吃一顿不可。然而出乎意料的是,呼延鹏并没有什么胃口,他说他困乏得很,想先睡一会儿,你们吃你们的,千万别理我。洪泽和柏青互相望了望,洪泽说,呼延鹏你没事吧?呼延鹏说没事,说完就自己进了卧室。

一觉醒来的时候,呼延鹏发现已经是深夜了,因为四周一片漆黑,他自己也在黑暗中不知身在何方。他醒了醒神，才伸手打开台灯，柔和的灯光下，他看见透透睡在他的身边，透透熟睡的样子犹如闭月羞花，呼延鹏忍不住想伸出手臂把她拥在怀中。但似乎他刚已有了这个念头，全身的筋骨就痛得钻心，伤筋动骨一百天，这还不算，他想他这回的地狱之旅无论如何会是他心中的一片阴影。

他以后也会有家，有孩子，他会像徐彤那样彻底地改变自己吗？

有些问题是没有答案的，正如有些事情没有真相一样。呼延鹏突然觉得有些心烦意乱，这些问题每天盘旋在脑海里又有什么意义呢？一个人怎么活是由性格决定的，性格决定命运，命运又会反过来影响性格。一个人真的能主宰自己吗？还是他的人生道路本身就是注定的？而他怎么走也是注定的？

至此，呼延鹏终于摆脱了所有的精神负担，他想，所有的事，还是等身上的伤口好些了再说。他轻手轻脚地下了床，跑到厨房去找东西吃。他让食品包围着自己，开始狼吞虎咽地吃起东西来，过了好一会儿，有人递给他一杯冻啤酒，他接过来喝了一大口，才抬起头来，发现递给他酒的是披衣而起的透透。

透透在他的对面坐下来，看着他吃东西。

呼延鹏道："你这样看着我，我就要注意吃相了。"

透透笑笑，没有说话。

呼延鹏又道："小时候我妈也是这样看着我贪吃的样

子,原来全世界的女人都一样。"

透透点着他的脑门说道:"爱你才会这么看着你,懂不懂?"

"心疼我了?"

"我不心疼你谁还会心疼你!"

呼延鹏终于吃饱了肚子,便又涌现出无限柔情,他盯着透透看了一会儿,道:"说句老实话,我真的以为这回再也看不见你了……"

"乌鸦口,人都出来了,还说这么晦气的话。"

"柏青也跟你一样八卦,我看你们俩倒真是天生的一对儿。"

透透回望着呼延鹏,突然说道:"呼延,我们结婚吧。"

"你是认真的吗?"

"当然。"

"你不是还没有准备好吗?"

"……你进去的这些天,我觉得天好像塌下来一样,我没想到我会那么担心,那么六神无主。这也许就是爱吧。"

"我怎么听出了一点无可奈何的味道?"

两个人一时无话,他们在安静之中感受到一种温馨的默契。

隔着餐桌,透透伸出一只手来抚摸着呼延鹏额头的伤痕,颇为难以置信道:"……在里面真的会挨打啊?"

呼延鹏点了点头，随后他认真地想了想，决定什么也不说，何必让透透为他担心呢？再说整个事件如同乱麻一团，他又怎么能说得清楚呢？

戴晓明给了呼延鹏两周的假期，叫他调养好身体之后再上班。

生活似乎又恢复了原有的平静，呼延鹏每天睡到中午一点，晚餐一定要透透陪他下饭馆，他现在的口味有了一些改变，首先是不吃辛辣的菜肴了，他突然狂热地喜欢吃家常菜，而且即便是温和可口的家常菜里，他也不吃牛肉，他对透透的解释是他希望自己变得驯良一些，可能会对一生都有好处。其次是他几乎是在一夜之间就不听费玉清了，他把费玉清所有的带子、歌碟都送给了报社热线组的一个女孩，因为他们原来同是"费党"。呼延鹏现在改听黑人摇滚了，他每晚泡在把黑人摇滚放得震天响的酒吧里，晚晚耽搁到深夜，透透第二天还要上班，根本坚持不下去。呼延鹏就一个人挺在那里，他想，原来无所事事的日子也是需要毅力来坚持的。

同时，他还在烟尘滚滚的酒吧里悟出了一个道理，那就是人，一定是怕死的，但是人活着也是一定需要意义来支撑的。

十一

在采编部门外的走廊上，呼延鹏碰到了槐凝，槐凝依旧是以往的风格，她并没有大呼小叫地感慨呼延鹏的遭遇，还是那么安静，就像没有发生过任何事情一样。

"回来了？"她说。

"回来了。"

"没事吧？好像还胖了一点。"槐凝的口气甚是轻描淡写。

呼延鹏不快道："拜托，我可不是去探亲了。"

槐凝笑道："不就是去了趟'学习班'吗？"

呼延鹏有点急了："我遭人暗算，你还笑？你怎么笑得出来呀！"

槐凝忍住笑，想了想道："那好，晚上你有空吗？我们去喝一杯。"

一时间，呼延鹏倒有点不相信槐凝会约他去喝酒了，便问她丈夫的病情怎么样了？槐凝回说还比较平稳。

晚上，两个人去了一个相对僻静的酒吧。

说了一轮闲话之后，槐凝问呼延鹏："下一步你打算怎么办？"

呼延鹏当然明白她的此话何意，不觉叹道："你觉得我还有坚持下去的必要吗？"

槐凝无言，只是慢慢地转动着手中的酒杯。

呼延鹏也觉得很奇怪，他这个人在谁面前都有假象，包括在透透面前，却唯独会对槐凝袒露一切。"槐凝，"他感慨道，"我实话对你说，在里面真不好玩，即便是我现在想起来也还是后怕。你知道吗？我差点被人打死。"

槐凝略显忧伤地看着呼延鹏，语气温和道："那就选择妥协，其实人的一生就是一个妥协的过程。"

呼延鹏足足看了槐凝半分钟，像不认识她一样："你是认真的吗？"

"当然，因为去冲锋陷阵的不是我。"

"那好吧，让我反过来问你，如果你是我，你会怎么做？"

"我会把这件事做到底。"

"为什么？"

"人生需要高峰体验。在我看来，选择了做记者就是选择了挑战，当然干这一行只有简单的激情肯定是不行的，因为过程中充满沮丧、枯燥和打击，也很容易被对手击垮，所以我说我追求的是人生的高峰体验，与表面的虚名和成功都没有关系。"

槐凝的话令呼延鹏沉思良久，同时也深感不解：她显然不是他最亲近的人，但却是了解他最透彻的人，而且她的话总是能如春风甘露一般深入到他的心田。只是，呼延鹏心想，他前面的路已经全部被封死了，好几个夜晚，他面对白纸或电脑，竟然不知从何说起，无非空有一腔热血而已。

槐凝再一次捕捉到了呼延鹏的所思所想，她从包里拿出了一叠照片，递到了呼延鹏面前。这照片跟沈孤鸿在办公桌前看到的一模一样，但是槐凝并没有说什么，她只是告诉了呼延鹏这便是红酒卞在本地郊区最大的制假窝点，如果想继续调查可以从这里重新开始。呼延鹏震惊槐凝一直在关注着这件事,槐凝说因为这件事值得关注。

呼延鹏有些好奇地问槐凝:"你是怎么知道这个线索的?"

槐凝回道:"我有我的线人。"

呼延鹏看了槐凝一眼,突然问道:"槐凝,你知道深喉到底是谁吗?"

槐凝想了想道:"我想也许就是我们自己吧,因为无论碰到什么样的困难,深喉的声音是绝对不会消失的。"

呼延鹏的眼睛陡然一亮,他说:"槐凝,我想拥抱你。"

槐凝笑了,但是她的笑容里有着一丝不为人察的忧郁。

"你看上去很累。"呼延鹏关切地说道。

槐凝叹了口气道:"是的,除了上班以外,每天都要往医院跑。"

"那你就别硬撑了,有些事我一个人去做是一样的。"

"你错了,我现在恰恰需要工作把每天的时间填满……因为只要一静下来我就会胡思乱想,我也不知道为什么我的心会这么累,总觉得有什么灾难即将降临……"

"别这么说槐凝,相信我,一切困难都是暂时的。"呼延鹏下意识地抓住了槐凝的手,他心里暗暗吃惊的是槐凝的手是如此的冰冷。

槐凝自然接收到了这一份无以言说的友情，她说："谢谢你，呼延。"

两个人约好了进一步深入调查的计划，正准备离去，这时呼延鹏的手机响了。

是洪泽打来的，他问呼延鹏在干什么，呼延鹏说在跟槐凝喝酒。洪泽以为他在开玩笑，呼延鹏说真的，并且还告诉了他在哪个酒吧。洪泽忙说那你一定要把她稳住，我马上过来。不一会儿，他就真的跟柏青赶过来了。

柏青显然是无辜的，别有用心的是洪泽，所以他不好意思自己来，呼延鹏心想，这家伙到底怎么回事？难道真的疯了不成？

见到他们两个人，毫不知情的槐凝大方地说道，早就听说你们是铁三角，那你们聊吧，我先回家去。

不等她起身离去，呼延鹏一把抓住她的胳膊道，槐凝，你可不能走，你一走不是阴阳大失调了吗？再说，今天晚上你就好好轻松一下嘛，你又不是铁打的。拗不过他，槐凝只好又坐下了。

洪泽看了呼延鹏一眼，颇为赞许地冲着他直点头。不过呼延鹏还是第一次见到洪泽对一个女人这么上心。柏青当然明了洪泽的心意，又急忙去叫了一瓶上好的红酒外加小吃。

这个晚上，洪泽特别希望自己能够超常发挥，妙语连珠，但可能是情绪紧张的缘故，他显得笨嘴瓜舌的毫无风采，几乎没有给槐凝留下什么特殊的印象。

直到他们三个人把槐凝送上一辆计程车，并且目送着计程车绝尘远去。呼延鹏才严肃地对洪泽说，洪泽你也太不地道了，你这么做是乘人之危你知道不知道？见到柏青站在一边笑，呼延鹏又忍不住针对他道，你也是没有原则，人家槐凝的丈夫在生病，你也不说劝劝洪泽别这么胡闹，反而陪他一块来。

洪泽笑道，呼延鹏，你现在不光是正义的化身，还成了传统道德的卫士？可我一直就是乘人之危的小人，我可不想当什么英雄，英雄气短，而我现在需要的是儿女情长。

戴晓明现在有两处办公室，部里的和社里的。不过他大部分时间还是喜欢在社里面办公，这可能是个习惯问题，也可能是他工作侧重点的下意识倾斜。

最初的兴奋早已烟消云散，对于干惯实事的戴晓明来说，他深感部里的工作虚无缥缈，既没有指标，也不能量化。戴晓明不是官员出身，想当初他是一颗汗珠砸八瓣干出来的，所以他总是把工作安排得非常具体，总是对比报社的人是怎么干活的，而那些无所事事被养着的人又是怎么干活的。尽管林越男叮嘱过他，到了部里当领导只记住一条，千万不要乱说话。因为位置不同，身份也不同，当领导首先是要有水平，其他的一切都不重要。

但是戴晓明还是忍不住拿他看不惯的事情开刀，别说乱拨经费，就连以往年年拨的创作经费也扣住不拨，而且他放出话来说，原创人员本来就应该自生自灭，应该比工人农民更先于推向市场，否则他们怎么反映市场经济下的社会生活？

这无疑是一句得罪大多数人的话，各个剧团、研究所都养着一批专业写手，都指着那点钱发奖金、下生活、采风什么的呢。何况行行业业都有通天的人物，也就有人告状告到市委书记那里。市委书记找戴晓明谈话，狠狠批评了他。戴晓明说，宣传部的工作也要讲效益。市委书记说，讲什么效益啊？难道讲经济效益吗？戴晓明你脑子里还有没有政治？如果没有那我就提醒你，宣传部的工作就是要讲政治。

北京方面，与他关系密切的首长秘书，也多次打电话提醒戴晓明，不要总是对负面新闻情有独钟，《芒果日报》在起家的时候重视针砭时弊肯定是没有错的，但是它毕竟还是一份希望有所作为的报纸，尤其是当今社会，它更是要起到正面歌颂、树立党的威信的作用，从而成为一块让党放心的思想阵地。首长的秘书还说，你走到今天这一步很不容易，不能让人家说领导上提拔了一个"刺头儿"对不对？

所以，在既做领导工作又要具体办报的情况下，大的思路一定要清楚，不能像以前那样，仅仅是一个普通的报人，只重视原始的情绪，只重视发行量。你现在的目标是进市委常委，真正地进到权力中心，说话办事就一定要谨慎。首长的秘书最后还这么说。

有时候清夜静思，戴晓明觉得当官这件事真不轻松。

不过话又说回来了，当官也不全是赔本赚吆喝的事，当官的好处人人心知肚明。至少戴晓明是在当了官之后才发现，不管他过去多么业绩显赫，罢免他就如同掐死一只臭虫那么容易。可是现在，一切都不同了，虽然烦心的事情多一点，但是他的"一哥"地位的确得到了强有力的巩固，谁也不用再惦记着他一手打造出来的"金芒果"了，那个曾经让他头痛的姓胡的"二尺半"，听说他一直都想调离报社，不过他现在是一只死棋，走不走都无关紧要了。

所以说，权力依旧是戴晓明的第一至爱。

戴晓明就是在这样一种复杂情绪的笼罩下读完了呼延鹏写的最新报道《坚冰下的隐秘》，文章仍旧是翁远行一案的后续报道，但是笔锋毫不留情地指向了市中级人民法院院长沈孤鸿，而发生在沈孤鸿身上的许多不正常现象是值得人们严肃思考的。老实说，这是一篇好文章，真正起到了舆论监督的作用。戴晓明甚至可以想象自己的报纸在登出这样一篇文章之后的轰动效应，而且可以说这篇文章是在他的催生下出笼的。

但现在的情况已经完全不同了。

这篇稿子在戴晓明的桌子上压了三天，这三天并不平静。虽然他早已风闻有调查组在调查沈孤鸿的事，可是他也同样听说沈孤鸿有可能直接调到省高院当副院长，准备接班。每一种消息都以貌似权威的姿态出现，让人真假难辨。一个干部被调查来调查去，似乎证据确凿但又不了了之的例子实在是太多了，在没有尘埃落定之前谁又敢下结论？更重要的是为沈孤鸿说情、打招呼的人多到完全出乎戴晓明意料之外，有北京的，有上面的，也有纵向的，这就为沈孤鸿其人又蒙上了一道神秘的面纱。

有一点戴晓明是听进去了，沈孤鸿曾经是强书记的红人，而强书记现在已经确定在中央负责组织工作。就算强书记难得的为人正派，两袖清风，但在强调干部失察将追究领导责任的今天，扳倒沈孤鸿无疑也是往强书记脸上抹黑，分明是用事实在说强书记有眼无珠。这是许多人在感情上过不去的。并且青天干部就真的那么有容乃大？这也是戴晓明很怀疑的一件事，稍微有一点政治常识的人都知道任何时候都不要开罪组织部门的人，在他们那里的"印象分"很重要，稍有闪失便会断了自己的仕途前程。

而且据说沈孤鸿在北京也有靠山，直接跟戴晓明打招呼的人就已经很有来头了，单凭这一点戴晓明也应该心照不宣了吧。

其实现在的问题只有一个，那就是怎么跟呼延鹏谈。戴晓明承认他是一个贪心的人，他需要权力，需要建功立业从而有成就感，需要来自非家庭的异性关怀，同时他也不愿意放弃在年轻人心目中的偶像地位。

戴晓明最终是把呼延鹏请到了部里的办公室，因为这边相对来说清静许多，而且他把秘书打发走了，自己亲自用"随手泡"煮水，泡一两难求的极品猴魁，茶水清澈浓香。

这种少有的举动让呼延鹏有些不知所措。

戴晓明道："我先定个调子，咱们今天就是朋友之间的谈话，不是上下级关系，想怎么说就怎么说。"

呼延鹏忙道："那我不是太受宠若惊了？"

戴晓明笑道："别来这一套了，你们现在的年轻人眼里有谁呀？"

呼延鹏也笑了："我还不是那么目中无人吧。"

屋里的空气一下子变得活跃和自然起来，戴晓明这个人喜欢跟有能力的人交手，这种时候他反而超凡脱俗没架子。两个人扯了几句闲话之后，戴晓明把话题转到正道上来。戴晓明说："《坚冰下的隐秘》我看了，老实说的确是好文章，但是现在不能发。"

"为什么？"

"咱们每天收那么多红头文件，为什么还用说吗？毕竟是负面新闻嘛。"

"我也想过我们自己的报纸可能不好用，毕竟言词太激烈了，那我也只好拿到《精英在线》上去发表了。"

"不行，我明确告诉你不行。"

"这又是为什么？"

"你哪来那么多为什么？我不能给方煌提供炮弹你懂

不懂？我花的人力物力他却在那里坐享其成，他还真以为他谈笑间樯橹灰飞烟灭呢。而且我跟你这么说吧，《精英在线》也不会用你这篇稿子。"

"我不相信谁真的能一手遮天。"

戴晓明叹道："你不信，就只能证明你见的世面太少了。"

呼延鹏想了想，说道："那你的意思是……怎么办？"

"我想我特批一个数目的稿费，就算报社把这篇文章买断了。……你不用解释，我当然知道你不是为了钱，但这篇文章本身是有价值的。"

"然后呢？"

"没有然后，但是你也没有损失。"

呼延鹏看着戴晓明，半天没回过神来。如果不是亲耳所闻，他真不敢相信这是戴晓明做出的决定，如果说徐彤让他对人性有过一次深刻认识的话，那么戴晓明此刻的一番话，给他的是一种彻底的幻灭感。

沉默良久，呼延鹏觉得他的味觉也出了毛病，本来虽苦但是回甘的猴魁茶，在他嘴里已全是苦涩之味，了无生机。但是呼延鹏还是尽可能地平静道："戴总编，我能不能把我们今天谈话的基调改一改？我的意思是我们既不是朋友也不是上下级的谈话，而是男人之间的谈话你看怎么样？"

"有什么话你就说吧。"

"这篇稿子的事我们姑且不谈，我想说的是其实我特别想做一个放任自流的人,因为这是一个谈责任便会让人耻笑的时代。但是很不幸,我碰上了翁远行的案子,由这个案子引发的一系列事件让我明白了什么是责任,我肩上有责任,办报纸也有责任。而你,一直是我们年轻人心目中的榜样,你什么也不怕,敢办一份有责任感的报纸,一份人们自掏腰包愿意看的报纸。你打破了许许多多的禁忌,让文化人挺直了腰杆说话。包括你在报社强化自己的个人领导,在外面大肆兼并好大喜功,到北京拉关系、送礼让自己的仕途更顺利这我都能理解,因为做一个改革者实在是太不容易了。可是现在……这一切算什么呢?你跟那些毫无作为的人一样,开始自保,开始做一个平庸的人,办一份平庸的报纸。这只能说明你以前的所作所为,无非是要建构好一个你自己满意的土围子好在里面当山大王。那你就不是什么改革者,也不是什么优秀的报人,充其量是一个会赚钱的能人,一个让自己的利益最大化的商人。那么我们这个全国第一家成立的报业集团,这个红红火火万人瞩目的基业其实只是一个空壳,是根本没有一点希望的。"

这些话真的是让戴晓明有些坐不住了,他没想到现在的年轻人看问题会这么尖锐,每句话都踩在他的七寸上。这些年来他春风得意,如坐云端,听到的都是赞扬和佩服的话,他已经太不习惯这种不恭敬了。但是他知道他不能发火,因为他的失态会证明呼延鹏的判断力是对的,可是他对这些直捅他心窝的话又怎能善罢甘休?

他觉得呼延鹏也太狂了一点,你以为这个世界上就你明白?你现在年轻,当个小记者,知道什么轻重?还是那句话,如果你觉得委屈,那就是你受的委屈太少了。如果你愤世嫉俗,那你就根本没受过委屈。

戴晓明的心里开始不平衡,是谁把呼延鹏从北京招了过来并且一手培养了他?远的不说,就说花一百二十万元把他从看守所捞出来这一件事,他也不应该这样跟他说话。

怪不得有人说,现在的年轻人都是狼崽子,无论你对他多好他都不会知恩图报的,只觉得自己是天地英雄。洪泽是这种人,呼延鹏也不例外。

想到这里,戴晓明冷冷地说道:"那你可以走啊,你可以去办一份有希望的报纸嘛。"说这话的时候,他是想吓唬一下呼延鹏,目前本报业集团的效益实在是太好了,像呼延鹏这样的一线记者,年薪可以拿到二十多万元。不是吗?所有的义愤最终都要言归正传,除非你压根儿就不想过好日子。戴晓明这么决绝是想让呼延鹏明白,就算你有一双透视眼,也应该懂得在什么时候要变得蒙查查。

令戴晓明没想到的是呼延鹏略带一丝冷笑地回望了他一眼,呼延鹏比刚才更加平静了,他说:"我会走的,因为你已经不是我的偶像了。"

呼延鹏走了以后,戴晓明很为他自己刚才的一时冲动而后悔,无论如何呼延鹏是一名优秀的记者,他的思想、他的文笔包括他的为人尚属难得，而戴晓明的骨子里又是一个极其爱才的人，可是覆水难收，以他的位置，以呼延鹏的性格，他们两个人都不会再说反悔的话。看来，那种看上去极其牢不可破的关系实际上是相当脆弱的，一碰就碎。

猴魁茶冒着最后一丝热气，它的名贵已经在一番冲泡之中变得黯淡了。人又何尝不是如此呢？戴晓明想。

年轻是年轻人恃才傲物的本钱。

呼延鹏第二天就递交了辞职报告，在这之后他并没有觉得天灰地暗太阳是黑的，尽管他也感到这种做法不够冷静，但是他好像也只能这么做了。从上大学的时候开始，呼延鹏就是一个内心极其骄傲的人，何况他现在多多少少有了点名气，他想，他就是要在《芒果日报》最红火的时候离开这里，因为戴晓明的办报理念已经从根本上发生改变，而他要坚持自己的理想就只有离开。

同时，他也不相信以他的品质和才华会没有地方要他。

透透说："你太冒失了，你这么冲动地做出这个决定会后悔的。"

呼延鹏说："我做事不犹豫，做完不后悔。"

透透说："这么大的事你总该跟我商量商量。"

呼延鹏说："商量不商量结果是一样的。"

透透说："你知道现在是什么形势？多少人找不到事

做，人家也不是没有学历和能力……而且谁敢说自己一辈子都不向现实妥协。"

呼延鹏说："我知道我早晚有一天会被招安，但是我不希望这一天来得这么快。"

透透盯着呼延鹏看了一会儿，终于无话可说。

呼延鹏又故作轻松地说道："你如果害怕没有保障，我们可以不结婚的。"

透透火起道："不结就不结！我说害怕了吗？我只是说你做这件事欠考虑。"说完这话，透透扭身离去。

呼延鹏决计辞职，其实最受打击的是透透，因为本来透透的如意算盘是说服呼延鹏放弃他现在的住处，两个人合力供新楼，正在她不知该怎么说服呼延鹏时，呼延鹏竟然逞一时之豪气放弃了眼下这么好的工作。这就等于彻底堵住了透透的嘴，现在别说供新楼，就是呼延鹏现在供的住处都可能朝不保夕。

透透的担心果然不是多余的，令呼延鹏没想到的是他的自认为沉甸甸的个人简历在周游列国之后，竟没有半点回音。也就是说没有一家大报肯接收他，而他自己又不愿意到那些乌龙八卦的小报去。

现实是残酷无情的，俗话说：手停口停。直到这时呼延鹏才知道一怒抗强权、铁肩担道义也是需要成本的。没爹没妈当大侠，江湖上若是一片扶老携幼儿女情长，那还是江湖吗？还怎么踩着竹尖拼剑？还有什么千古文人侠客梦？那么，谁又见过供楼供得天昏地暗一旦断顿便大叹其忧的英雄豪杰?

呼延鹏在他的住处日夜颠倒地昏睡,现在终于躺不住了,他看了看手表,正值下午上班时间,他决定自己去找方煌,哪怕是中规中矩地做报纸,他也希望在这样的前辈手下工作。

他打开门,意外地发现正要敲门的宗柏青。柏青手里提着两大包从超市买来的食品,他说我先过来看看你,洪泽说下了班他就过来。

柏青的表情是缺乏表情,他现在真的有点变得喊救命和说我爱你是一个腔调了。他进屋放下东西才问呼延鹏准备上哪儿去?呼延鹏想了想说,也是去超市买东西。柏青说那你就不用去了,能想到的我全都买了。

呼延鹏去找来两只玻璃杯,又从冰箱里拿了一些冰块,便和柏青坐下来喝啤酒。

酒过三巡,呼延鹏叹道:"柏青,你说怪不怪,怎么洪泽倒成了香饽饽了?我听说还有不少报纸出高价想把他给挖过去呢。我反而变成了箩底橙,人家像验尸官一样地验我,然后一声不吭就走了。你说这叫什么事啊!"

柏青道:"这也没有什么可奇怪的,成败论英雄,洪泽能把发行量搞上去这也是事实。连我的老丈人当年没要洪泽现在都直后悔,可是我跟他提你,好歹你也是明星记者了,他说做一个好的大报记者光有胆量是不够的,首先是要听话。不光做报纸,做其他工作也是如此,没有一个领导喜欢刺头下属。所以我估计,方煌不请你也是这个原因。"

"那我可以进《精英在线》啊。"

"《精英在线》是头羊，死都死过几回了，上面一双比一双雪亮的眼睛盯着它呢。现在你的稿子在哪儿都发不出来，他哪还敢要你这个人？他还混不混了？"

呼延鹏不说话了，的确，方煌看完《坚冰下的隐秘》之后便给他打了一个电话，连说这是一篇好稿子，会尽快安排。但这之后便泥牛入海没有了消息，作为周报的《精英在线》又出了两期了，既没有呼延鹏的文章，也没有文章预告，不用说是方煌那里遇到了极大的阻力。

柏青又道："说句老实话，这三家报业集团里胆子最大的还是戴晓明，他不要你就没人敢要你。"

呼延鹏心想，再回到戴晓明旗下是无论如何没有可能了，别说他没有给他搭下台阶的梯子，就是有，他也不能下。大不了就是落草为寇，他就是沦为一条野狗，也不能尾随在戴晓明身后做一条走狗，或许会受到宠爱和器重，但这不是他想要的，也是他根本不可能接受的一个结局。再则，正是因为戴晓明曾经是他如此仰慕的一个人，他才不愿在他面前输得这么彻底。

老实说，目前的状况才是令他最绝望的，他想他可以坐牢，可以做流浪记者，但是他现在要放弃的是他内心中最后的一点光明。

呼延鹏突然对柏青苦笑道："柏青，你是不是也觉得我很傻？"

柏青很肯定地说道："当然没有。"

"我知道你是在安慰我，你的心跟女孩子的一样细。"

"我为什么要安慰你？说句老实话我其实挺羡慕你跟洪泽的，你们活得有快乐也有痛苦，有高峰也有低谷，哪怕是一败涂地那也是一种值得珍藏的记忆。我的确是衣食无忧，可是你们觉得我活过吗？"

"别这么说柏青，活得好并不是罪孽，至于活法又有什么高下之分？无非是被一种无形的力量推着走。"

"可是你并没有改变啊，而我，却又没有勇气改变。"

呼延鹏没有说话，啤酒多少让他的心底升起一股畅快之意，除此之外还有些许的满足与感动。哪怕是透透不理解他，至少柏青是知道他的，其实人生有柏青这样的朋友足矣，他就像风，像水，像空气，难以觉察却又无处不在。

此后的几天，呼延鹏开始自毁前程地去各种名目的小报自荐。有一家挂靠在出版社但是自负盈亏的小报名叫《劲爆》，据说是有社会上的财团支持的，办公环境也相当不错。主编见到呼延鹏时看着手表说只能跟他谈二十分钟，可是一谈起来竟谈了两个小时不止，大有相见恨晚知音难觅的感觉。之后呼延鹏便去行政办公室办手续，这时才意外地得知报社的每个工作人员必须自销每期的《劲爆》三百份。《劲爆》也是周报，每个月的自销量就可想而知。呼延鹏忍不住说道，我不可能站到街上去卖报吧。财务说,谁也不可能站到街上去卖报,好多人是直接把报纸送到废品站,但是三百份报纸的钱是要从工资里扣的。

呼延鹏丢下一句"岂有此理"之后便拂袖而去,根本没有再跟主编照面。

成为流浪记者看来已成定论。呼延鹏始知,社会精英和边缘文化人之间并没有什么清晰的界限,如同从一间房子走到隔壁的另一间房子。就这么简单。

透透决定跟呼延鹏结婚。一个男人突然莫名其妙地进了看守所,又风卷残云地一无所有,可是这种时候你还是不想离开他,这说明什么?那你还等什么?就应该立刻跟他结婚对不对?

她决定把新房子卖掉,然后结婚,搬到呼延鹏那里去住,这样勉强还能把呼延鹏的那套房子留着,供下去。做出这个决定的时候,透透哭了,她一个人坐在客厅的紫檀木地板上默默地流眼泪,就像失去了自己的亲密爱人一样。她太爱这套房子了,她曾无数次地幻想她跟呼延鹏结婚之后住进了这套房子,从此过上了浪漫和体面的生活,被许许多多的人羡慕着,成为金玉良缘的现代版。

现在这一切即将化为泡影,因为靠她一个人的力量是不可能支撑这么高额的房款的,就算现在有得借,借款总是要还吧。而呼延鹏的处境突然从云端落入谷底,说不定吃饭还要靠她的工资呢，他们怎么可能再背负着这么沉重的奢侈品？

透透的闺房女友也劝过她：你想清楚没有？真的嫁给他？从此做一对算算豆腐账的柴米夫妻？透透仍旧坚持她旧时的豪言壮语：金钱和爱情在一起的时候，我一定选择爱情，如果没有爱情，再选择金钱也不迟。女友笑她：等嫁了你就知道了。透透也知道自己有可能后悔，但是没办法，她喜欢呼延鹏，包括他那股九牛拉不回的倔劲儿。

谁年轻的时候不犯错？年轻的时候就要拼命犯错，年纪大了以后也就不后悔了。

透透来到仓边路最大的房屋中介公司，这里的房屋买卖相当活跃，各种地段各种户型的房子被写在花花绿绿的招贴纸上，引诱着满眼饥渴持币待购的买房者。

招贴纸上写着卖房人的广告语，有些是心情的写照。笋盘——本地人对最物美价廉的房产的称谓。招贴纸上便写着大大的"笋"字；有些则写着"生意失败，黯然离场""爱人失嫁，新郎非我"等等真真假假的为吸引更多目光的句子。

透透手中握着自己的房产文件，她想她的卖房理由应该是激情购买，无力支撑吧，或者是爱人正在为真理而战，无暇顾及小资生活。想到这时，透透又在心里十分埋怨呼延鹏，更气他竟然跟戴晓明反目，这不仅是一个蚂蚁对大象的不对等较量，同时也让他们的生活陷入了尴尬的境地，并且报社还有不少人认为呼延鹏是不懂得知恩图报的白眼狼。老实说，在这个世界上，有多少人会从心里希望了解真理有多真？又有多少人会跑到邪恶势力面前与之抗争？就像一张报纸，看一版二版难免不惊心动魄，可是翻到时尚版还不是照样歌舞升平？而且对于普罗大众来说，他们除了把所有的问题庸俗化，还会有别的价值取向吗？所以透透觉得呼延鹏在有些问题上未免太认真了。

她突然决定不卖房了，晚上再好好跟呼延鹏谈一次。

透透正要转身离去，只见一个奇瘦的男中介出现在她面前，他说："小姐，我有什么可以帮到你吗？"

透透也不知道自己是怎么想的，居然把手中的房产资料递了上去。

于是她跟男中介重新回到销售大厅，在一个玻璃台面的圆桌前坐下。大厅里的人很多，有些在看招贴，有些也是和中介坐下来谈具体的房产买卖。远远望去，犹如一个餐厅那么热闹。

男中介很熟悉透透的那个楼盘，马上就问了她是哪种户型，他对若干种户型如数家珍，并且一个劲儿地夸这个楼盘金贵，又问透透为什么出让房子。透透因为心情不靓，一直也没怎么认真回答他的问题。男中介似乎十分善解人意，急忙表示："小姐你放心，我一定帮你谈个好价钱。"

透透冷冷地回道："你们还不是两头压价，捞一个最好的中介费。"

男中介笑道:"小姐,我们也要吃饭嘛。"

透透没好气道:"你们何止是吃饭?简直就是喝我们的血。"

男中介真是天生的一个好脾气,也是天生的一块好中介的材料,他合上房产资料和颜悦色地对透透笑道:"不如小姐再冷静地想一想,好楼盘留在手上也不吃亏,过一段时间再决定卖不卖如何?"他把房产资料退到透透面前,准备离去。

透透再一次把房产资料递到他手上,只坚定不移地说了一个字:"卖。"而后头也不回地走了。

透透走出房地产中介公司,她以为自己一定会伤心地去泡吧,或者再一次双泪长流。没想到竟是前所未有的轻松。钱去心安,这句话一点没错。卖掉房子可以还债,背着债务的滋味总是不好受的,就算宗柏青是个好人,也不能为了自己的虚荣心让他这么为难。呼延鹏那边,就当这件事没有发生过,没发生过的事也就不用解释了。这想一想,透透又觉得天没有塌下来,事情并没有她想象的那么糟。

就在透透去中介公司挂牌卖房的当口,出了一件大事。

这件事是谁都没有想到的,那就是纪律检查部门在没有任何先兆和铺垫的情况下,突然同时把三个报业集团的广告部主任请到指定的地点"双规",同时封了这些部门的全部账目，等待审计查账。

芒果和南报两个报业集团被请去的人，都是本报业集团广告部的"一哥"，只有晚报报业集团请去的人不是宗柏青，而是宗柏青的副手马达。原来在广告部柏青是万事不理，全由他的副手马达上上下下打理各种烦心的事。马达给人的印象是醒目，能干，鬼精灵一般的小个儿，脑袋瓜反应出奇地快，这一切都是柏青所缺乏的，同时也让柏青省心。

马达也就三十多岁，但这家伙真是人小鬼大。纪检部门发现他同时供着六套房子的房款，每查到一处都有一个他的婚外相好，一个广告部的副经理居然有六个二奶，被他吞掉的与广告有关的款项可想而知，也算是报业圈内的惊天大案。

但是马达只承认他有五个相好，原因是其中的一处楼盘他是奉宗柏青的指示月月交供楼款的，里面住的是什么人他并不知道，也没见过，账目全都挂在宗柏青的名下。

这件事终于摊在了阳光之下，那就是宗柏青也在婚姻之外替美丽的透透供楼。

消息像原子弹爆炸一样四处扩散，人们对风化案只比腐败案感兴趣。

反应最快也最大的是宗柏青的老丈人，他在办公室里突发脑溢血，整个人伏在巨大的办公台上，幸亏被人及时发现，被送进了医院的急救病房。人们当然是一边倒地同情他，想一想都替他伤心，一手栽培和提拔的女婿，寄注了他多少心血与情感？可是他背叛了他的女儿，也背叛了这个家庭。

宗柏青的爱人搬到了病房去陪父亲，终日一言不发，以泪洗面。

透透在得知这一消息之后，疯了一样地寻找呼延鹏，但是呼延鹏关机了，他的住处也是任你怎么敲门里面全无动静。

透透坐在呼延鹏楼下的花坛处等待着他的归来，急于表白的心情一旦冷静下来她反而意识到有些事情她还真是讲不清楚。譬如她买这处房子呼延鹏就不知道，谁在借钱帮她供楼呼延鹏也不知道，现在她说她跟宗柏青是清白的，又有谁会相信呢？普天下也不可能有这样的事情吧。

而且透透也十分了解呼延鹏是怎样一个人，尤其是在男女的问题上，呼延鹏绝对是没有度量的。就算宗柏青是他的好朋友，他也愿意相信宗柏青，但是他根本战胜不了他自己的疑神疑鬼。

此时的呼延鹏的确是坐在酒吧里喝酒，他辞职的时候天没有塌下来，然而眼前的这件事却让他体验了什么是灭顶之灾，可以说他是在一分钟之内同时失去了他无比重视的爱情和友谊。与许许多多的年轻人一样，事业对于他们来说固然重要，但聊以为寄的到底还是鲜花雨露般的爱情和友谊，不夸张地说它可能是呼延鹏的全部。可是这一切看似非君莫属的东西，居然可以在一个早晨全部溶化。

呼延鹏心想，他如果知道自己有今天，绝对不会为了什么正义和真理而战，还是先救救自己吧。他就像一个傻子一样活在自己的世界里，根本不知道外面的世界可能发生任何不可思议的事。徐彤说的没错，永远都不要以为自己知道了事情的全部。

他们之间的艳情故事不算没有萍踪吧？他曾经向透透求婚而得到的回答是没有准备好，守着这样一个天大的秘密她怎么会嫁给他呢？往事像潮水一般地涌到了他的眼前，种种迹象都印证了柏青和透透是琴瑟相投的一对，呼延鹏记得不止一次，透透在他面前情不自禁地夸奖柏青，几乎用尽了所有的溢美之词。还有他在看守所的时候，是柏青陪透透来看他的，透透的眼泪一流出来，柏青用的那种最贵的纸巾已经递到了她的面前，当时他当然是没有多想，现在看来他们的和谐怎么那么像关系密切的两口子？怪也只能怪自己太粗心了。

成长是最痛苦的，呼延鹏心想，只有被你最信任的人深刻伤害过，你可能才知道人生到底是怎么回事。

洪泽和宗柏青逐个找了以往他们常去的酒吧，终于找到了呼延鹏。

呼延鹏喝得半醉地站起来，他指着宗柏青的鼻子，舌头打挺地说："……你喜欢她干吗不跟我明说？我让给你就是了……"

话音未落，脸色铁青的柏青上去就是一巴掌，不爱发火的人发火是很可怕的，柏青盯着呼延鹏眼睛冒血道："就凭你说这句话，我们根本就不应该做朋友。"

呼延鹏不甘示弱道："就，就凭你这一巴掌，我就知道你是真心喜欢她的……"

洪泽在一边劝解，一边也急了，大声吼道："你们吵什么？他妈的我告诉你们，女人永远都不是主题！"

呼延鹏也拍着桌子跟洪泽喊："洪泽！你他妈的还有没有是非观念？是他睡我的女人，他妈的他以为自己有几个臭钱有什么了不起？他何德何能就可以随心所欲？说白了他的钱还不是靠他卖身挣来的！"

被指责的宗柏青一言不发地看着呼延鹏，下巴微微抖动了几下，他咬住了下巴。

洪泽恨道："这种事有什么是非观念？睡了没睡都不重要，重要的是我们之间的友谊，男人之间的东西女人是不可能理解的，这种事情根本就不值得你们先打起来。"

这时候的柏青又转过头去看洪泽，看了一会儿，他用鼻子哼了一声，似笑非笑地自语了一句："荒唐。"然后头也不回地走了，算是对这一段兄弟情谊的了结。柏青心想，在这个世界上谁会更了解谁呢？谁又会真正相信谁呢？包括他自认为可以信赖的友谊，不光是可以随时土崩瓦解，而且还相当粗俗，他所渴望的那种高贵的情感只不过一厢情愿地倚存在他的心底，是他不愿意放弃的一个梦而已。

柏青走了,洪泽怎么喊他也喊不住,只好坐下来陪着呼延鹏喝闷酒,后来两个人都喝得烂醉,根本回不了家了。于是洪泽便在附近的宾馆开了一间标准房,进屋的时候,呼延鹏已经不大清醒,但他坚持说要洗一洗便进了洗手间。

洗手间里面有一股淡淡的茉莉花的香味,这香味让呼延鹏觉得有些刺鼻和醒脑,他伏下身去打开浴缸的水龙头,热水散发着滚滚的蒸气流了出来,被香味和热气一熏,呼延鹏只觉得两腿发软一个头两个大,于是扑通一下坐在了浴缸前的地板上。热水很快漫延了浴缸的缸底,清水如镜,晃来晃去之间闪出了一张花一般容颜的笑脸,"秋水为神玉为骨",呼延鹏想起古龙形容白飞飞时的这一句,再看水中的透透真是痛彻心扉地不舍,他所有的不容所有的小气不全是因为"在意"这两个字吗?!

呼延鹏信手把水龙头的水调到最大,哗哗的水声在小小的洗手间里有着瀑布奔泻般的动静,在这巨声的掩护下,呼延鹏伏在浴缸边上失声痛哭。

透透几乎等了一夜也没有等到呼延鹏,凌晨四点多钟,晨露的寒意已经让她彻底地冷静下来。她想,也许她现在最应该做的不见得是痴痴地守在这里,而是应该想尽一切办法把钱凑齐还给柏青,以免让他不但要背黑锅还要背上严重违纪的罪名,如果真是这样的话,那就对柏青太不公平了。

可是她到哪儿去找那么大一笔钱呢？卖房子不是说卖就能卖得掉的，所以房子不是钱，只是砖头和水泥而已。

每个人都是被自己热爱的东西改变一生的。

十二

凌晨四点多钟，沈孤鸿突然醒了，而且醒得一点也不拖泥带水，是那种雨过天晴般的醒。一时之间，他搞不清自己是睡了一会儿，还是根本就没有睡着。

这些天，他一直失眠。

卧室的床头灯还亮着，灯下便是呼延鹏的新闻稿《坚冰下的隐秘》。至于这篇稿子是怎么出现在他这里的就不必深究了吧，这是真正的中国特色，所有的重要部门都充满着无间道，发生任何事情都不足为奇。

只是沈孤鸿不得不担心，尽管这篇稿子在他的影响下没有一家报社敢登，但是难保呼延鹏不把它寄到省反贪局去，或者直接捅到北京的法制类报纸。这样一来便是一个大麻烦，对于有个一官半职的人来说，没有人是不怕查的，而泛泛的查和有如此翔实依据的查就又是两回事了。沈孤鸿真是后悔当初因为一念之差，他没有把呼延鹏在里面弄死，因为这样一来事情可能会搞大，他担心最后收不了场，但看来所谓政治的确是你死我活的。

真正让沈孤鸿失眠的是，他不知道呼延鹏到底是通过什么途径知道了他的隐秘。为这件事他问过徐彤，徐彤说呼延鹏从看守所出来以后的确是找过他，由于律师事务所现在是开门做生意，找到他不是太容易了吗？呼延鹏当时说了一些负气的话这也在情理之中，徐彤说他们并没有谈到什么实质性的问题。

那么剩下的一个怀疑对象就是青青了。说起青青来，沈孤鸿倒是有一点一言难尽之感。他知道有很多人说他在女人的问题上没什么品位，这就让他越发地搞不懂什么是有品位的女人。所谓沙漏身材的性感女人就是有品位吗？还是洁白如雪的精致女人有品位？女人就是女人嘛，只要自己觉得好，不就是最爱点的那一道菜？管他是鱼翅还是白菜，爱吃才是最重要的。

白韵琴走后，沈孤鸿的生活显然是不正常的，但是正常的生活为积累财富让道这也是人之常情，所以他们两口子之间完全有这种默契。

只是时间一长，沈孤鸿的确觉得自己的生活贫乏单调，工作开会之余他就只能看看报纸或者到健身房的走步器上快走半个小时。也就是在这样的情况下，他身边那些奉迎他的人便开始给他介绍女人。沈孤鸿给自己立的规矩是他绝对不包二奶，大好的前途葬送在这种事情上实在是不值得。另外他也不想真的在什么人身上投入太多，因为投入得多麻烦就多，他的原则是解解闷而已。

沈孤鸿在跟各类女人相处的时候，一直号称自己是环保局的张副局长，较为阔绰地请她们吃饭，再多给一些费用他觉得很应该。他现在不比当年了,白韵琴给他弄了一张金卡,还鼓励他说在外面花销要有点气派,钱就是男人的胆。所以沈孤鸿在心里还是觉得老婆和孩子都是自己的好。

青青谈不上是姿色最好的女人,但是她比较安静。沈孤鸿是在一个偶然的机会认识她的,当时对她的印象平平,时间长了发现她总是若有若无的不那么讨厌,有的女人只要跟她上过一回床马上就纠缠不休,但是青青是你不找她,她好像永远也不会来找你,这样就会让沈孤鸿有一种他所需要的安全感。

所以不知不觉之中,沈孤鸿跟其他的女人都是三五回合一拍两散,只有这个青青竟然交往了七个月没有腻烦的感觉。在这之后的某一天,沈孤鸿和本单位的另外两个领导去一家豪华宾馆看客人,无意间在大堂里碰上了青青和她的小姐妹,她们好像是来喝下午茶的,从餐厅出来有说有笑,穿着好像也不是那么妖艳。可是沈孤鸿的心当时就提了起来,不知是做贼心虚还是其他缘故,总之他很紧张,他也不知道青青应该怎么对他才是他满意的,这个瞬间或者十秒或者二十秒,或者更长,但他的脑袋里一片空白,他们两人当时的反应都只能是本能,是不假思索的。

然而青青就像不认识他一样离开了。

沈孤鸿当场松了一口气。事后他问青青是怎么想的,青青淡淡地说,我怕影响你呗。沈孤鸿得了便宜卖乖地说你跟我打个招呼怎么会影响我呢？青青说我们这种人身上有烙记。沈孤鸿奇道，有什么烙记？青青说披着麻袋片人家也知道我们是做小姐的。

沈孤鸿的心里就有一些些感动，觉得青青是个相当懂事的女孩。从此之后关系就好像更加稳定了。

当然，所有蜜汁一样的交往都只能是前戏，普天下就不可能有彼此毫无需求的男女关系。终于有一天晚上，青青突然说：张局长，你认识法院的人吗？沈孤鸿当时心里一惊，他不动声色地说你有什么事吗？

青青说有人托她问一件案子的事。沈孤鸿说不是你的事你千万不要管，你一个小姐哪能管得清这种事。青青就不说话了。

隔了几天，碰上沈孤鸿的心情不错，他想，他既不能给青青什么名分，也不可能给她多少钱财，那人家一个小姐图你什么呢？再好的小姐也是小姐，总不能要求人家默默奉献吧。于是沈孤鸿旧话重提，他想若是能帮上青青一点无伤大雅的小忙，想必青青就能收到一定的酬金，就算是给她的一点经济补偿，这样他们也就两不相欠了，交往起来会更加默契。这样想过，沈孤鸿便在青青面前承认他在法院有个把熟人，大忙帮不了，小忙至少是有些事可以过问一下。

青青也坦言说，别人托她过问的案子是翁远行杀人一案。当时翁远行刚刚刀下留人，还在不停地上诉。提起这个案子，沈孤鸿颇感心烦意乱，他想这到底是怎回事？一边是颇有势力的红酒下，一边是除了老婆之外与自己最亲近的女人，都在翁远行这个案子上纠缠不休，这是巧合还是不祥之兆？

以沈孤鸿的城府，他是不可能在脸上流露出表明心迹的神情的，反而笑道：人家答应给你多少酬劳。想不到青青也是直言道：十万块钱。沈孤鸿说，什么要求？青青说，从轻发落。沈孤鸿想都没想就说，这是绝对不可能的，翁远行一案是铁案，半点余地也没有。

这时两个人都沉默了，青青也没有再说什么。

其实这件事让沈孤鸿心里很不舒服，倒不是其他原因，主要是他觉得可能他的身份早已经暴露了，只是青青没有点破而已。

沈孤鸿考虑了一个晚上，他觉得自己现在唯一应该做的就是抽身离去。于是他换掉了自己的手机号码，他想，即便是青青过去没有主动找过他，也不证明她永远都不会主动找他。万一两个人通了话，自己保不准会有意志薄弱的时候，那样的话就很难办。换掉号码是一劳永逸的事，如果他的身份没有暴露，青青到环保局也是找不到他这么个副局长的。岂不是就此了断了一段令他不那么放心的情感？

平静的日子足足过去了半年，生活既没有变化也没有波澜。只是让沈孤鸿不解的是，为什么时间过去得越久，青青的影子反而是越发频繁地出现在他的眼前，如影相随。

在这段时间里，他结识过不少的女人，人其实最害怕的就是比较，这些女人有姿色超过青青的，也有不及青青的，但是能够让沈孤鸿那颗烦躁的心安定下来的，却是没有任何一个人及得上青青。

沈孤鸿平常的工作很忙，他可没有闲工夫陪着女人打情骂俏，可是招之即来、挥之即去的女人实在是少而又少。

一天晚上，偶尔闲下来的沈孤鸿给白韵琴打长途电话，接电话的是一个男的，后来白韵琴又把电话打过来，沈孤鸿没好气地说：你怎么把手机都放在小白脸那里了？白韵琴说你别把话说得这么难听好不好，我刚才在桑拿，电话交给手下也是很正常的。沈孤鸿说那个人的口气可太不像你的手下了，你要不给他胆子，他能那么蛮横吗？白韵琴叹道：孤鸿，我们现在都是很体面的人了，我们有共同的利益，说严重一点是生死相依。其他的事也只好宜粗不宜细，你说是不是？

沈孤鸿哑然。放下电话他发了好一会儿怔，他想，钱，真他妈的不是一只好鸟，为了它得牺牲掉多少东西？还要过非正常的日子，人人都在这种人不人鬼不鬼的日子里变异、分裂，最终变得面目全非。可是穷日子又太可怕了，他看到过太多曾经显赫一时的人物下来之后，陪老婆买菜还要跟人讨价还价，可以说这种日子他一天都不想过。

也就是这个晚上，沈孤鸿微服还架了副平光眼镜来到了一家门口停满靓车的夜总会,他独自包了一个单间,真的就有这么巧,妈妈桑给他带来一个三陪女,推门进来的便是青青。沈孤鸿当时就傻了。妈妈桑走后,沈孤鸿说青青,你怎么会在这里?

青青的神情还是一如既往的平淡,她说有人用钱来挖我,我干吗不来。

沈孤鸿一时无话,青青像招呼任何一个客人那样,她问沈孤鸿要不要叫酒,是唱歌还是松骨抑或是玩骰子。

沈孤鸿说:我知道这段时间你生我气了,你给我打过电话吗?

没有。

真的没有?

真的没有。

为什么不找我?

你不想让我找到你我能找到你吗?

……怎么样,你过得还好吗?

好,当然好。

……不如我直接买你的钟,我们到你那儿去好吗?

算了吧,我呆会儿还有约,而且我也搬家了。

一股醋意在沈孤鸿的心中油然而生,在这个世界上没有一个女人是可靠的,尤其是从来没有拒绝过他的青青也对他意兴阑珊,几乎到了应付他的程度。沈孤鸿心想,他这辈子真是拿女人没有办法。

最终,两个人在夜总会的门口分手,各自上了一辆计程车。

前后行驶了一段,本来沈孤鸿是应该右拐的,不过他神使鬼差地让司机不要拐了,跟上前面的那辆计程车。

青青的车是在一家吃海鲜的酒店前停了下来,透过酒店宽大的玻璃窗,沈孤鸿看见在一张餐桌上有两个与青青年龄相仿的女孩在等她,她们已经叫好了菜,桌上还放着一个生日蛋糕。这时沈孤鸿猛然想起今天是青青的生日,一种难以言说的感觉让他对她竟然产生了一丝愧疚之感。望着那一张淡淡笑意的脸,他想这是一个怎样的女人呢?她究竟是不是那个注定要在他的生命之中停留一段的女人呢?

此时他又想到了青青千般的好,他想白韵琴对他也不过如此,他还能对一个风尘女子有多高的要求呢?人家也没要你的钱财,就是过生日也没有索要礼品,而且没给他找过任何麻烦。沈孤鸿觉得他对青青有意无意的考验可以终止了。

这是一个月朗星稀的夜晚,沈孤鸿突然冒出一种冲动,一种一定要在这个夜晚和青青在一起的冲动。于是他大步地走进酒店,他来到青青的餐桌前,不由分说地从兜里拿出一把钱来放在餐桌上,他对那两个女孩说,你们慢慢吃,我要找青青说点事。

他不由分说拉起青青就走,这种举动出现在他身上实在有些不协调。

他们来到了江边,沈孤鸿想反正他戴了平光眼镜,不信就会在这里碰到熟人，也不信就会被熟人一眼认出来。沈孤鸿倚着江边的锈石砌的齐腰高的围栏，江风习习，很是惬意，远远望去他们的确像是一对恋人。但实际上他们的对话却是直指命穴的，沈孤鸿问青青道：你是什么时候知道我在法院工作的？青青说：在你离开我之前的两个月。沈孤鸿说是谁告诉你的？青青说没人告诉我，是我有一天挂你的裤子，你的皮夹子掉了出来，里面有你的工作证。接下来沈孤鸿问了一个十分愚蠢的问题，他说，你不会把我们俩的关系说出去吧？青青反问他，说出去对我有什么好处吗？

从这个晚上之后，他们又恢复了原有的关系。

可是啊，智者千虑，必有一失，沈孤鸿心想，他到底还是栽在这个女孩子的手上了。

这个想法虽然还没有完全得到证实，但是沈孤鸿的直觉非常不好。

那一次复合的结果是他的秘密便像挤牙膏一样，一点一点地被青青掌握了。人不可能那么理性，或者说你在办公室理性但在女人面前就难以理性。而且，沈孤鸿的内心其实也是相当孤独的，他非常明白在他这个位置上不可能跟任何人说心里话，并且为了共同的利益他跟千里之外的老婆也不可避免地生分了，那么，他总得有一点自己的私人空间吧，在他的私人空间里他不可能对着墙壁说话吧。

当然，他跟青青之间也不可能没有交易：青青虽然还是坐台，但是不卖钟也就是不陪人上床；遇到收缩性比较大的案子，沈孤鸿会行个方便让她挣点人情费。

两个人位置的悬殊，本来是让沈孤鸿很放心的。现在看来最不可能发生的事其实都是可以轻易发生的，沈孤鸿当即把电话打到豪情夜总会，他必须马上见到青青，可是青青不在，妈妈桑说别的女孩子也相当不错。沈孤鸿单刀直入地问她青青是不是认识一个报社的记者？妈妈桑说还真有这么回事，因为那个记者进过局子，上过报纸，也算是个名人了，有段时间他的确是天天到这儿来等着青青。

放下电话之后，沈孤鸿一直想不通为什么青青会把他们的事告诉一个记者，就像她自己说的这对她有什么好处？然而自古嫦娥爱少年，想必是青青对这个小白脸情有独钟，那么发生什么事都是顺理成章的。

整整三天的时间，沈孤鸿居然找不到青青，这太出乎他的意料了，这一回玩人间蒸发的居然是青青，她住的地方人去楼空，所有的高档夜总会都没有她的踪迹，而且她的手机号码也成了空号。

在这样的情况下，沈孤鸿也只好暗中派人去了解一下呼延鹏的行踪，得到的消息是他已经辞职。看来这两个人是双宿双飞了。

常言说得好啊，戏子无情婊子无义。沈孤鸿觉得他所有的预感都得到了证实，是青青出卖了他。而且青青玩花活儿只比他玩得好，靠着他挣钱，挣够了就找小白脸然后远走高飞，完全不理会他头上顶着多大的雷。

他花了很大的工夫使自己冷静下来。

青青已经不见了，呼延鹏的文章就锁在他的抽屉里，现在说什么都晚了。沈孤鸿想来想去，真正能救他的只有一个人，那就是强书记。

强书记目前在中央负责组织工作，只要他跟省里说一句话，相信他就没事了。

中国的政治极具人为色彩，这是众所周知的。沈孤鸿心想，有些人位置坐得比他高，干的事比他出格，还不是平平安安的，这就看关键时刻有没有人帮你说话。

第二天是周末，沈孤鸿下了班推说自己要去医院做理疗，事实上他一个人去了飞机场，登上了最近一班的波音飞机飞往北京。他两手空空什么都没有带，因为强书记是一个对钱没有感觉的人，他唯一能做的便是在老领导面前痛心疾首。

呼延鹏从看守所里出来以后，的确是去找过青青，他对青青说你还记得我吗？青青说你不就是那个卧底记者吗？你的照片登在报纸上，估计本市有一半的人知道你。

呼延鹏说，我进看守所是被人陷害的，所以有些事我必须搞清楚。

青青说，我现在知道你想问我什么了。呼延鹏说实不相瞒就连我自己都不知道问什么才能问到点子上，你怎么就知道我要问什么了呢？青青说你不就是想知道沈孤鸿是怎么一回事吗？想知道他在翁远行一案里担纲什么角色吗？

不过这一天青青倒没有说什么，她说她需要一周的时间处理一下自己的私事。

一周之后，她便主动约见了呼延鹏，并向他讲述了她所知道的沈孤鸿。老实说沈孤鸿的事并没有让呼延鹏格外吃惊，他也完全不是官员中间最腐败的那一个，让他吃惊的是青青对他的态度为什么会判若两人？她有什么可能放掉唾手可得的利益而断了自己的财路甚至生路呢？

呼延鹏说，你为什么跟我说这些？不要告诉我你是卧底的警察啊。

青青似笑非笑地说，跟你说自然有跟你说的道理，不跟你说的就是与你不相干的事。这个世界上哪有那么多的为什么。

于是呼延鹏把他记忆之海浮在上面的东西写成了文章，而把这个无从解释的谜沉入了心底。

从那以后，他再也没有见过青青。

这段时间，经历了一番寒彻骨的呼延鹏并没有变成梅花吐芬芳。他现在在一家《食神》报纸做美食版，这家报纸是饮食公司出资办的，也算是财大气粗。呼延鹏的工作便是每天出没各大餐厅，与戴高帽子的大厨切磋厨艺，然后大肆渲染这些菜如何色香味俱全。

此外，他也帮房产版的报纸写一些吹捧各种楼盘的文章。

他现在觉得自己轻松极了，他没有朋友，没有爱人，没有偶像，并不奢望扳倒什么大人物，更没有理想和追求，虽然不快乐但也不至于苦闷地嗑药。

他唯一满足的是他成长了，成长就是这么朴素，这么残酷，这么一无所有。他再也不是那个浑身上下没有四两沉的毛头小伙了，尽管他付出了很大的代价，然而付出也是这个世界的绝对真理。

透透不是没找过他，有差不多一个星期的样子，透透每天都来找他，可是他们好像是在一夜之间变得无话可说。见到他，透透就掉眼泪，不知是因为委屈还是悔恨，但这一切似乎都不重要了。他对她说你不用哭了，我给你解释的机会。可是事实上无论透透说什么他都是听不进去的，就像两耳失聪一样。

最后透透哭着说，呼延，你可以不相信我，但是你一定要相信柏青，他是你在这个世界上永远不可能再找到的朋友。

呼延鹏一点也不生气，他微笑着说，是吗？

至于和洪泽的友谊，失去了柏青做润滑剂他们其实是不融洽的。洪泽是一个没有耐心的人，他看不惯呼延鹏身上的颓废之气，认为他的许多做法是自甘堕落。他说，你看看你现在像一摊泥一样糊不上墙，怎么劝都是不死不活的样子。你要不然就去跟柏青决斗，要不然就去跟害你的人拼个鱼死网破，你他妈的这算什么？把自己搞得跟现代派似的，你干脆把头发留起来扎成马尾巴得了，至少还像个文艺青年。柏青又不知道去了哪里，找都找不到，好不容易找到他又不肯解释，一句也不解释。看来真是没有不散的宴席，我们三个人还是就此散了吧。

他说这话本来是想激一激呼延鹏的，他认为呼延鹏会痛苦，会伤心，哪怕是破口大骂，想不到呼延鹏漠然道，不是已经都散了吗？哪来那么多的话。

现在呼延鹏唯一的娱乐便是跟一班南下的流浪记者在他们的出租屋里打"拖拉机"和"斗地主"，这些人有出来混的也有有才华的，有"老油条"也有新鲜的"青橄榄"，相同的是他们都消费不起酒水、女人、迪斯科，更不可能用崇高的情操来装点自己。他们上网、写稿之余便是打牌，在这种场合里可以尽情地抽烟说下流话，饿了就派一个人去买几斤馅饼。

呼延鹏也说不清楚为什么这里的一切会如此这般地吸引他，也许人的口味都是会变的，不管是多么不堪的经历有经历总比没经历好。他在这里常常能遇到一些奇人，其中就有一个特殊的厨子，他以前是个正儿八经的高干子弟，后来不知怎么混得好像挺潦倒的，于是没事的时候就翻菜谱解闷，他还真做着一手好菜，说好并不是他做的菜多么珍贵稀有，而是无比的家常，健康，他总是买菜市场最便宜的菜，用油也极少，但是他不能没有冰箱，有冰箱有灶台他就能做出可口的饭菜来。这个人做菜是毫无理论的，全凭感觉，而且哥几个吃的时候要不停地夸他，直夸到口干舌燥搜肠刮肚都没有词了他还嫌不够，任凭你多么处心积虑地改变话题他都能扯回来讲他的菜有多么高明。

还有一位枪手因为接不到活儿，便与人合伙每年到某重点高校卖两季时令水果，每次去都能招着数学系或法语系的女孩上身，爱得惊天动地，发誓要伴他同行横枪跃马打天下，当然最后都是不了了之被哥几个拿来开涮。

呼延鹏是真的堕落了，他跟他们在一起的时候觉得生活很有质感。

一天晚上，大约十点多钟的时候，呼延鹏才拖着筋疲力尽的躯壳回到他的住处。令他颇感意外的是，槐凝居然站在他住处的门口，她望着他。

很奇怪，呼延鹏看见槐凝时，倒像喝了还魂汤一样表现得比较正常。

他说："怎么是你？有事吗？"

槐凝道："没事，就是过来看看你。"

"干吗不打我的手机？"

"打了，可能你没有听见。"

呼延鹏没有说话，老实说他现在根本不接手机，听见了也不接，因为基本上都是些他不想面对的人。"等了很久吧?"他略显歉疚地说。

"还好。"

他们进了屋,屋里自然很乱,尽显主人没有心机的生活。呼延鹏现在一点都不爱惜这套住房,反正哪天没钱了银行就要收楼,谁会对注定不是自己的东西百般呵护?他把沙发上的杂物搬到了桌上去,他让槐凝坐,他自己则坐在窗台上。

因为许久没见,两个人一时不知从何谈起。但是两个人心里又都十分明白,他们是那种互相知道和懂得的朋友,有着彼此都珍惜的经历,那种牵挂不具体,但是始终都在。只是呼延鹏现在最讨厌来劝解他的人,可是槐凝显然是来劝解他的。

果然槐凝说道:"呼延鹏,记得你曾经跟我说过的话吗?"

"什么话?"他摇动着两条腿,他让腿表示他的不以为意。

"你说生命有时候很脆弱,但有时候也会很坚强。"

"那时候我说话太幼稚了,你真的不要放在心上。"

"可是这句话一直是对我有帮助的。"

"槐凝,你真的觉得这种文艺腔在生活中起作用吗?它们真的比玩世不恭高明一些吗?"呼延鹏的语气里充满了讥讽和自嘲。

槐凝不说话了,好长一段时间他们就这么默默枯坐,谈话显然是进行不下去了,也没有任何意义,槐凝只好起身告辞了，她在临走的时候说："我能理解你现在的心情，但是呼延鹏，请你相信你绝对不是最不幸的那一个。"

呼延鹏也不知道自己为何会勃然大怒，他冲着槐凝声嘶力竭地喊道："难道你是最不幸的那一个吗？你这话是什么意思？我还要怎么不幸才会让你，让全世界的人满意？！"他从窗台上跳下来，把桌上那堆凌乱的东西统统扫到地上，说道："槐凝，别总是那么居高临下的，我告诉你我现在对任何忠告都不感兴趣！如果我叫你失望了，那也是你从前错看了我，其实我他妈的屁也不是。"

槐凝默默地看着呼延鹏，一言不发。

这件事过去就过去了，呼延鹏并没有把它放在心上。打牌是一件消磨意志的事，时间会走得很快，除了糊口其他的事情他可以什么都不想。

突然有一天，洪泽来找呼延鹏，神情是少有的严肃，他说："我已经决定了，我要到西藏阿里去，去把槐凝给背回来。"

这句话对于呼延鹏来说真是不着边际，他惊道："槐凝去阿里了？"

"是啊，她丈夫过世以后，她……"

"什么？她丈夫过世了？"

"我的天啊，呼延鹏，拜托你醒一醒，就算是老婆走路无人赏识找不到合适自己的位置也还不是世界末日吧？你还是做新闻的呢，怎么什么事都不知道？"

望着一脸茫然和惊骇的呼延鹏，洪泽只能跟他从头说起，他说早在他跟呼延鹏撞车之后去医院的那一天，由于在医院的大门口见到了槐凝，随后洪泽就想办法找到了槐凝丈夫的经治医生，得知槐凝丈夫的病是一种脑血管基底动脉畸形的病症，发展到一定程度就会造成脑动脉破裂出血进入脑室直至昏迷和死亡，已经毫无治愈的希望，所谓的病情好转只能说明情况更糟，唯一的解释是最后的回光返照。但这一切槐凝全然不知，依旧等待着奇迹出现。奇迹当然是不可能出现的，槐凝的丈夫死了，谁都知道他是一个优雅的迷人的疼爱妻儿的好男人，他们的孩子也还只有三岁。槐凝当然接受不了这一现实，由于报社有一项去西藏阿里采访本地援藏干部的工作和生活的任务，槐凝主动要求去完成这一集采访摄影报道于一身的专题特写，于是她飞去了四川，再从四川进藏。

洪泽说，谁都以为槐凝是为了换一个环境，以便调整自己的心情，所以报社同意了她的要求。但是我觉得，洪泽沉默了片刻说："我觉得她这一去是不打算回来的。"

呼延鹏只觉得脊背一阵发凉，他小心翼翼地说："洪泽，你说这话有根据吗？"

"她丈夫过世以后，我几乎每天都到她家去，看看有什么要帮忙的，就是没有也想陪陪她，你知道我跟她虽然不是太熟，但是以她当时的心态是没有精力拒绝好心人的……"

"你算什么好心人，你是别有用心的人。"

"就算我别有用心，始终如一地被一个女人吸引总没有错吧？"

"你说吧，你怎么知道她不打算回来？"

"谁在这种季节进藏？而且是去阿里？这是摆明去送死的……再说临走的那天晚上我去看她，她很晚才回来，说是去看一个朋友。那天我就有一种很不好的预感，因为她整理出来的行李出人意料的少，而她家里却收拾得就像是有些人出国那样，所有的东西都用白布单盖上了，这是去出差吗？这就是永生永世不再回来的无言写照。"

"可是我觉得槐凝是一个内心坚强的人，我不相信她会被一次的人生变故打倒，至少她比我要坚强。"

然而，说什么都是言不及意的。槐凝已经去了拉萨，她一到了那里便出现了严重的高原反应，在短暂的休整之后，她还是坚持跟着兵站的车队前往阿里。洪泽在槐凝走后的每一天，都通过当地报纸的朋友了解槐凝的行踪和近况，但是意想不到的事情还是发生了，在去往阿里的路上，在六千三百米的高度，车队遇到了特大雪灾，槐凝严重冻伤并且患上了肺气肿。

洪泽走了，他说他要立刻飞到成都准备进藏，他要把他爱的女人给背回来。

屋里重新恢复了寂静，一种久违的情愫也重新回到了呼延鹏的心里，在槐凝身上发生的事对他不是没有震动的。他想，那天晚上，槐凝并不是如他所想来劝解他的，她一定是希望向他倾诉一点什么，记得槐凝曾经说过，太过相爱的夫妻总有一天会发现他们各自的朋友其实早已少而又少，于是他们又会像失恋一样渴望友谊。

可是他呢？他不但没有问一问她丈夫的病情，还冲着她大喊大叫，以发泄自己心中压抑多时的郁闷，他脸上的那种拒一切人与千里之外的神情，一定是让槐凝无话可说的仅有的理由。

这让他深深的自责，他觉得他真是太不可救药了。

事实上，洪泽是一个人人都不觉得他好但人人又都羡慕他的人，可能就是因为他把极其沉闷的日子活出了滋味来吧。他真的是不顾一切地飞往西藏了。

然而人生便是一系列的错过，就在洪泽走后，戴晓明通过一切关系，使远在阿里的槐凝被抬上了空军为营救进藏部队伤员的直升机。槐凝终于没有死在昆仑山脉，被送回了风调雨顺的南方沿海城市。

也就是说，其实呼延鹏比洪泽还先一步见到了槐凝，这实在有些不公平。

病房是洁白安静的，槐凝住在一个单间里，床头柜上盛开着含露的鲜花，更衬出她脸色的苍白以及嘴唇毫无血色，她很瘦，人都脱相了，手上缠着厚厚的绷带，同时还输着液。槐凝虽然脱离了生命危险，但是严重的冻伤使她被截去了两节手指。她见到呼延鹏的时候看上去很平静,是那种死后返生的平静。

倒是呼延鹏不知为何悲从中来,眼中有泪。也许因为他知道痛,便知道痛是怎样地难以克服。但是他还是轻声地说:"为什么呢?为什么要这样做呢?"

想不到的是槐凝的泪水突然奔涌而出,完全失去控制的恣意流淌,她闭上了眼睛,无尽的忧伤仿佛等待的就是这一句询问的闸门。呼延鹏一时乱了方寸,因为他还从来没有见过槐凝如此的无助和软弱,她在他的心目中一直是那个枕戈待旦随时出发的战士,所以,他不知道该怎么办才好。

这时护士走进来换输液瓶,见病人的情绪起伏这么大,非常不快地瞪了呼延鹏一眼,压低声音但十分严厉道:"你还不快出去?出去!"

呼延鹏只好起身离去。

躺在病床上的槐凝始终没有睁开眼睛,在她的脑海中深深印刻并且挥之不去的是那条通往达巴兵站的安危莫测的路。

……这条路是十七年前由部队施工修筑的公路,后来因为某种原因不常用了,地方政府又未设道班,所以这条路年久失修,路况险恶复杂。果然,车行到一半,本来宽展平坦的公路突然断陷,半边坍塌,也就是说盘桓在五千多米的达巴山上,山路时常一面承绝壁,一面临深渊,每时每刻面对的都是令人目眩的幽黑谷底。

然而，险境才刚刚开始。

天色渐晚时分，天空遽然阴暗得令人惊悸，不知从哪里涌来的雨雪冰雹，霎时间倾泻而至，雹粒砸在车篷上嘭嘭作响，犹如战鼓轰鸣。两三分钟间道路和山野化作一片白茫茫的世界，山和路已无从分辨，可以看到的只是便道上依稀尚存的车痕。车灯光柱投射的地方，不是路，而是人生的绝境。

车上安静极了，所有的人都不说话，车上除了阿里军分区的几个战士和干部，还有一个画家，一个西藏广播电台的记者，中国藏学中心的一个主任陪同美国加州大学人类学教授，以及她的两个助手，还有就是槐凝。因为发生意外很可能就在短暂的几秒钟内，或者说死刑已经宣判，人们默等的只是临刑前的千钧一发的瞬间。

而所有的人当中，只有槐凝一个人是第一次进藏。

槐凝坐在颠簸的车中，仿佛置身于巨浪滔天的大海里，而她这条风雨飘摇的小船，不仅不知道命运将把她抛向何方，更因高原反应的折磨使她在奄奄一息之际，体验到一种涅槃之境的宁静澄明。

是的，槐凝这次出行的确是抱着必死的决心，只是她希望自己死在岗位上，也算是功德圆满。老实说，槐凝的性格来源于她特殊的家庭环境，她的父亲曾经是高官，但后来因为一系列的变故最终失去了一切。而她的母亲没有留下一句话竟然投河自尽，这巨大的阴影带给十五岁的少女槐凝的是永远抹不去的伤痛，更是一种选择刚强意志的考验。后来她碰到了一个深爱她的人，有了家和孩子，苦尽甘来的感觉为她根深蒂固的悲悯情怀蒙上了一层温馨而从容的色彩。

但是一切都因一个人的离去而结束了。

就在这样一个惊心动魄的夜晚，车终于停在原地，人们取出一切可以御寒的东西盖在身上坐睡，等待天明。夜色深沉，雪雾迷蒙，刺骨的寒风从临时堵起的窗洞灌进来，渐渐地，槐凝只觉得通体冰凉，整个人都失去了知觉。

这时她想，这回她真的是要走了。人从虚无中来到世间，生息于此，经历着欢欣与痛苦，对一个女人来说，与其说是激情守候着一个理想，不如说是为着一份情感，一份令自己的内心不再像孤魂野鬼般游荡的情感。正可谓情为何物，可是情为何物呢？难道它最终还是要归于虚无吗？

她觉得她一点力气也没有了，她再也没有能力重新超越痛苦、虚无和绝望，死就死罢，这一路遇到的白森森的骨骼还少吗？无论是动物还是人类，风化的归向虚无，留下的又守住了什么呢？

只是，她并不是为了她的丈夫而死，很遗憾，她并没有遭遇到以生死相许那么伟大的情感，她只是觉得天理人道中其实并没有什么永恒，当你坚守的东西变成云烟，当你认为不会改变的东西速朽，你就会觉得你的人生活完了，看透一切的人还有什么可活的？

这个晚上，槐凝便没有醒来，她完全不知道她是怎么到达达巴兵站的。

似乎是在梦境里，达巴兵站孤零零的一个院子就坐落在一片大而无当的荒漠平坝上，不见草场和牛羊。据说从狮泉河去普兰的过往行人会在这里落落脚。这里仿佛就是天边，人所能感受到的仅仅是无边的寂寞。槐凝心想，以这样的环境配合自己的死去也算是一种契合吧，她可以走得漠然、宁静。

有一个姓齐的军医为槐凝输了液，还打了庆大霉素。但是槐凝的情况却越来越糟，直到直升机来把她接走，她的神志都没有清醒过。

此时，呼延鹏正在病房外的走廊上徘徊，在长椅上呆坐。终于他认为槐凝应该平静下来了，他才再一次地来到病房。这时天色已近黄昏，病房里不再显得那么敞亮和刺目，就像这里的一切被砂纸重新打磨了一遍，所有的陈设都变得缓和了一些，整个病房里弥漫着一种油画中固有的鹅黄。

槐凝业已冷静，她尽可能不带感情色彩的说："……我不是不能接受他的死，我只是不能接受他欺骗……他死后我整理了他的遗物，看到了他四年零八个月以前的诊断书，他完全知道他得的是什么病，同时也知道他的存活时间是十九个月至最多不会超过五年。他什么都知道，却和医生一起瞒着我，世界上竟会有这样的事情……他死了以后我一直都在想，他真的爱过我吗？他想过仅仅五年的幸福生活对我来说意味着什么吗？如果他真的爱我他至少应该提出来不要孩子，可是他什么都没说，直到他死都没有对我忏悔过……可是这五年我对他的感情已经在心底扎了根，他是我生命的一部分，我无法割舍和忘却的一部分……呼延鹏，你能理解这种痛苦吗？你所有的爱和恨都顽强地产生在一个人身上，可是他已经撒手离去……我不能接受的是这种被幸福包裹的自私，这是多么残酷的自私……所以我再也不想面对眉眼依稀像他的孩子和今后无数苍白寂寞的日子……呼延鹏，你真的不是最不幸的那一个，可是我是……我不知道该怎样活下去……"

呼延鹏木然地听着槐凝深藏在心底的故事，他默默无言，同时他默默无言地把靠在床头的槐凝轻轻地揽在怀里，他希望她能毫无保留地哭出来。

他说："槐凝，你这不是回来了吗……别去想那么多，活着，总是好的……"

也就是在那一瞬间，他感到了被人需要的安慰，感到了他自己还真实地活着，他的心还在，他的伤感、他的忧郁，他所受到的震动，他的悲天悯人的情怀还在。生活从来就没有改变过，改变的只是我们心中细致入微的体验。

十三

她觉得这一切都跟做梦一样。

可是这一切却真实地发生了,透透跟龟田闪电般地结婚了,新婚之夜他们并没有大办酒席,而是请米波和几个闺中密友在流金岁月餐厅吃了一顿精致的上海菜,其中的大闸蟹真是鲜香可口。米波说,你看你们俩多般配,今后和和美美地过日子就行了,什么事都不用发愁。米波说这些话时是由衷的,她这辈子保的媒男方不论长相,第一就是要有钱,她的观点是女人过没钱的日子必定金贵不起来。在座的几个美女也是由衷地羡慕透透,因为作为结婚礼物,龟田已经给透透买了一辆黑色的日产佳美车,而且还按照透透的意愿在顶尖级的社区买了一套住房,从此透透自然是进入了流金岁月。

眼下,透透就躺在她本来准备卖掉的这套房子里,确切地说是躺在卧室的床上,此刻的龟田正在卧室的洗手间里洗澡,哗哗的水声让透透的心里有一种说不出的失落。

本来,透透一直寄望能尽快地卖掉房子,以解燃眉之急。然而普天下的事情就是这样,越是心急如焚的事情越是难以如愿解决。具体到房子,倒是便宜一些的好流通,越是好房子越是要等好买主,这就不是一天两天的事。

不管多么心痛,透透也只好一个劲儿地降价,但是更奇怪的是降价也没有等来买主。

透透不能等了,她做出跟龟田结婚的决定以后便去跟他谈条件,龟田觉得这些都不是问题。于是透透便又一次去了房屋交换中介公司,她找到那个极瘦的男中介,她说我不卖房子了,同时拿回了自己全部的资料和文件。男中介是个天生的好脾气,他说不卖了也没关系,这么好的房子自己不住还真是可惜了,但是为什么又不卖了呢?透透说我决定卖自己,所以就不卖房子了。男中介说这位小姐真会讲笑。透透没有说话,她想,她这么做算不算卖身救友呢?

严格地说,当然不算,因为只有透透知道在整个事件中宗柏青才是最无辜的。由于他不肯解释。他的老婆终于提出跟他离婚,好在两人没有孩子,他老婆的哥哥也从福建赶了回来,全家人在病房里抱头痛哭,好像果然是宗柏青这个外人搅得他们骨肉分离似的。

在这个世界上,道理其实是最不可靠的,血亲才是原则。

紧接着,晚报报业集团公司做出了对宗柏青除名处理的决定,只是他挂的账还没有还清,所以他还不能离开。

在这样的情况下,透透还有其他的出路吗?

所幸的是,透透在还清柏青名下的欠账后,他受聘于一家过去因工作来往熟悉了的广告公司做文案。他从家里出来的时候只带着换洗的衣服,而后在广告人稠密的街区租了一间房子暂且安身。

事情本应就此了结,但情况远非如此。促使透透跟龟田结婚的另一个理由是她觉得自己在报社根本没办法待下去了，所有人的目光都是异样的，就像她的额头刻着"二奶"两个字，透透第一次感受到她就是有一千张嘴，也说不清自己到底是怎么一回事。她生这些人的气，更生自己的气，是虚荣害了她，是美貌害了她，也是攀比心和不甘心害了她。

她决定离开《芒果日报》，而早在她初识龟田的时候，龟田就有意她到他的化妆品代理公司来帮助他打理业务，但是透透当时根本没有当一回事。她想，龟田的意思已经昭然若揭，她怎么能离开报纸的时尚版呢？那她的美艳都会大打折扣。

人需要平台，一个在街上游荡的美女，她的光芒怎么跟影视红星相比？

可是出了这么大的事，她再待下去就永远是人家的谈资，她只有彻底离开这个圈子，人们才会把她的事忘记。

再说，既然她跟呼延鹏的缘分已尽，那她嫁给谁不都是一样的吗？与其嫁给穷鬼那还不如嫁给龟田，至少嫁给龟田可以把物质生活进行到底，她现在穿香奈儿的时装，钻戒单颗有黄豆那么大，一双细跟的名牌鞋也要三千五百块钱。而且，龟田所在的公司的写字楼非常气派，刚刚买下来还不到半年，不仅装饰得金碧辉煌，就连雪白的地毯都有两寸那么厚。透透对这里的工作环境可谓一见钟情，事情也就这么定下来了。

结婚之前，透透还是把房子彻底地装修了一下，换上了华美的墙纸，买了挂屏式的电视，窗帘是英国进口的布料，除了沙发是意大利真皮，家具是清一色的花梨木，品质极其名贵，一盏水晶吊灯就花了几万块钱，其实她未必喜欢水晶灯，而花梨木配水晶灯也不是最佳的境界和品位，但是她报仇一样地花钱，有人说花钱最能治疗心理创伤，花到了一定数量你自然就不痛苦了。

透透躺在床上，她开始环视自己最热爱的卧室，整个卧室在床头灯柔和的光线下，呈现出梦幻一般的粉紫格调。她的梳妆台，上面布满了贵重的护肤品，她的贵妃榻，包括榻上扔着她的闲书和真丝披肩，所有这一切无不让人眩晕和沉醉。

她想，她一直以为呼延鹏是她的人，不管他们怎么争吵这一点是绝对不会变的，他们的情感永远是他们手中紧握的东西，即使沧海桑田也不会逃走。可是她错了，看来不会离她而去的只有这套房子，它千回百转地回到她手上，山都挡不住成为她的亲密爱人。透透心想，人的得与失是多么地不可思议啊。

不知什么时候，龟田已经洗完澡走了出来，他上身光着，一条白浴巾围在他的腰际，他点着一根烟，又拿起电话叽里咕噜说了一堆日本话。这使得透透想起了武士这个词，看来她这辈子是要跟武士白头偕老了，也许今后她还会去日本，谁知道呢？她闭上了眼睛。

透透至少有这点好，面对自己的选择，绝对不做出悲苦的样子。何况是她并没有做对不起呼延鹏的事，他要误解她她也没有办法，看来接受误解也是生活的一部分。

蜜月以后，透透便到龟田的公司上班了。

生活本身就是一首交响乐，在经过了华彩乐章以及激昂与沉重之后，总要回到平稳的慢板上去。透透本来以为她很难适应新的生活，但事实证明她适应得很好。

突然有一天，正在上班的透透突然想起了宗柏青，她觉得自己很应该去探望一下他。他为了她可以说是彻底毁了，无论如何她应该去关心一下这位仁兄。于是透透对龟田说她有点不舒服，想到医院去开点药。龟田很关心地说要不要我陪你去？透透说很小的事，你完全不必担心。

透透离开的时候，发现公司有小姐在暗笑她和龟田。没办法，龟田尽可能地把他所学会的中国话讲得像中国话，但还是奇奇怪怪的，而透透则把自己的国语说得尽量像日本话，所以好好的一句话不是倒装句就是反问句。透透知道，她其实跟龟田是没办法沟通更谈不上交流的。

不爱加上不能沟通和交流是不是双重的灾难？

透透面无表情地离开了公司，她觉得自己现在活得像一个坚强的战士。

透透驱车去了那个布满各类广告人的社区，这个区域的地段不错，但大都是旧楼，规划得没有什么章法，所以租金不贵。据说做行业是不聚不旺,所以大家往一块堆挤。透透很快就迷失了方向,她打电话给柏青,柏青便指点她左拐右拐,终于找到了柏青的住处。

柏青站在门口等她,他微笑着,穿着棉布的白衬衣,肤色是健康的蜜色,完全不像他过去的苍白,他比原来胖了一些,看上去匀称性感,很像经典广告里的那类不食人间烟火同时魅力四射的男人。

他们熊抱了一下,柏青笑道:"你说巧不巧,我昨晚刚从新疆回来,今天就接到了你的电话,你看看咱俩的缘分。"

透透忙道:"你去新疆干什么?"

"在塔克拉玛干拍一个矿泉水的广告,意想不到的顺利。"

"看得出来你现在心情不错。"

"当然,一切都挺好的。"柏青笑笑。

两个人进了屋,房间不大,但是是柏青一贯的整洁。见到柏青就会想到有福之人不用忙这句话。世界真是按照他的格局设计的,离开了晚报根本不是世界末日,立刻有一双温暖的手把他接到了广告公司,而且他干得还挺得心应手。

就连透透也想不明白柏青是怎么回事,当年只听见呼延鹏和洪泽为他担心,可是现在看来真正需要担心的倒是他们自己。

不过透透还是忍不住道:"柏青,想起来还是觉得对不起你。"

柏青道:"这是什么话？中国的男人，都自比管仲和鲍叔牙，或者高山流水，友亡焚琴，但其实我们什么都不是，只是恶俗中的微尘，就是这么回事。"

柏青站在窗前，动手给透透泡茶:"喝红茶好不好？号称是英国的。"说完他不自信地自己先笑了。

透透道:"柏青，你还是那么贵族。"

柏青笑道:"别骂我了，哪有贵族喝袋装茶的？"

就在那一瞬间，透透被柏青迷住了，他的随意，他的干燥的头发，他的细长的手指，包括他身上散发出来的那种令女人着迷的气息，无不铺天盖地地向她袭来。她想，真不如当初跟他做了点什么，倒也不枉背了名声之累。

"柏青，"透透温和地说道，"我以后还能经常来看你吗？"

"当然。"

"我也就剩下你这一个朋友了。"

柏青没有说话，他笑笑。

这时房门被人用钥匙捅开，进来的女孩一眼望去就知道是模特。柏青向透透介绍说:"这是我的室友，我们合租这套房子，一人一间，厅和厨房共用。她是个模特，外号沙漠之狐，人很爽。"

女孩向透透伸出手来，她们握了握手，女孩的眉宇间的确有一股狐仙之气。

女孩进了她自己的房间，但是没有关门，不一会儿传出隐隐的音乐声。柏青和透透又聊了一会儿，便决定出去吃饭，想来想去却没有想吃的地方，透透笑道："怪只怪我们两个人的嘴都太刁了。"

柏青道："不如我给你下点意大利通心粉吧，挺好吃的，是我看家的菜。"

不等透透说好，沙漠之狐突然从房里伸出头来："拜托柏青，下多我一份。"

柏青道："想得美。"

女孩说："不给我面子是不是？不记得你还吃过我的水果沙律是不是？"

柏青道："好吧，你赶紧出来打下手。"

女孩体轻如燕地跑了出来，他们在灶台前训练有素地烧水，开肉酱罐头，准备通心粉，他们有商有量，配合默契。有时头顶着头，发丝几乎交错在一起，他们看上去快乐极了。透透陡然间感到自己的多余。

好在这时候她的手机响了，是龟田打来的，他关切地问："你的，没事的嘛？"

透透回说没事，她关机的时候，看见柏青就站在她的对面。柏青说："是他打来的吗？"

透透说："是。"

柏青说："他好像挺关心你的。"

透透仍说："是。"

柏青又道："找到一个关心自己的人也很不错。"

透透笑道:"谁说不是呢。"

透透最后没有吃意大利通心粉,她推说有事必须马上离开,离开时柏青和沙漠之狐都出来相送,依依惜别的样子。

黑色的佳美车离开了广告人社区,看到柏青的现状透透很是安心。可是不知为何,忍了很长时间的泪水终于在这一片刻流了出来,它尽心尽意地小溪般的流淌。透透觉得汽车的前挡风玻璃模糊一片,可是天空万里无云,骄阳似火。

透透觉得她并不悲伤,也没有什么可难过的。可是她终于告别了她的青春时代,并且,她没有跟她相爱的人结成婚,没有跟她喜欢的人发生任何故事,也许值得庆幸的是她毕竟找到了一个金矿,然而唯有找到金矿之后你才会发现它是怎样的黯淡和无趣,你会更加深切地感觉到你其实一无所有。

戴晓明是突然被"双规"的。

当时他正在部会议室开会,传达市委常委会的会议精神,他是在三周之前成为市委常委的,一切都再顺利不过了,真是到了要风得风要雨得雨的人生境界。

谁会想到风云突变呢?反正他是一点思想准备都没有。因为在这之前由于传言满天飞,他便试探性地去了一次香港,过海关时还真是有些紧张,唯恐自己上了黑名单,但实际上什么事也没有发生,他干脆在香港呆了两天才回来,跟若干个大老板吃了饭,讨论报业集团的千秋大业,回来的时候感觉人很轻松。

来的人是三个男人,过目就不会记得长相的那种,平实、和蔼,毫无气势可言。他们在戴晓明的办公室里等他,走时委婉地告之不许回报社,也不许回家,于是戴晓明就提着那个黑色的公文包跟着来人走了。

据说是芒果报业集团的广告部长,这次查账期间同样发生财务问题,随即被双规,但是他在里面始终不开口,拖了很长时间。后来专案组专程去请来他的父亲,父亲说,芒果报业集团的问题太大了,你一个人根本扛不住。广告部长不相信,父亲又说,这不明摆着的吗?商业交易超常活跃,签单的那支笔高度集中,可以说就是一个人说了算,怎么可能不出事呢?

广告部长泄了胸间的那口气,就开始什么都往外说。

另一种说法是,从部队下来的那个胡姓的"二尺半",无论如何不肯受戴晓明的气,暗中做了许多调查研究,最终把戴晓明告了。

最后一种说法是外汇监管局发现一笔达六千万的港币从国内流向香港,结果是芒果报业集团所为,戴晓明当然是难逃干系。总之无论哪种说法更具权威性,也不必深究,反正戴晓明是确切无疑地被"规"了。

戴晓明进去之后的事情人们不得而知,但是知道林越男在戴晓明出事的当天便连夜赶往了北京。不过这次首长的秘书在电话里明确表示他不会出来见她,而且还有些气急败坏地说，如果戴晓明真有什么违法乱纪的行为，你叫首长怎么帮他说话？林越男在举目无亲的北京遭此冷遇，心情可想而知。然而，就在她还没来得及飞回南方时，便已传出戴晓明在里面供出了他跟林越男关系的信息。这在领导干部身上叫做腐化堕落不正当男女关系。

很多人替林越男不值，觉得她出生入死地搭救落难的情人反被毫不足惜地抛了出来，而林越男只是用沉默回答了人们同情的眼神。

林越男从北京回来以后也被请到专案组协助调查，所有的事她都以不知道、不清楚作答。专案组的人最后急了，说戴晓明已经什么都说了，还承认了你们的不正当关系。你揭发他还有什么心理障碍吗？林越男的反应是相当镇定自若，她说戴晓明说什么是他的事，我反正没有什么可说的。

据说专案组有人背后说林越男才是真正好样的。

尽管，人们对戴晓明的"双规"众说纷纭，但有一点是有共识的，那就是戴晓明最终并非吃亏在违法乱纪上，这年头当一把手谁不违法乱纪？要为自己的员工谋福利操正步怎么行？尤其要做改革的急先锋不违规操作那是根本不可能的事。问题是戴晓明太嚣张了，所以到了关键的时刻没有一个人肯出来帮他说话，就算是跟他没有过节的领导和同事，被他长时间地占着风头，至少心里也不会好受，更不要说与他矛盾重重的那些人了，总之他是被大伙万众一心地推到绝路上去的。

戴晓明的受贿案其实是毫无悬念的，包括他的严重违纪也是预料中事。多或少，人们重视的不是这个，而是他必须在政治舞台上消失。

方煌就是在这段时间盛赞戴晓明是一个战略家的，他说，戴晓明堪称一个优秀的新闻工作者，可以说他不仅引领了本地报业事业的积极竞争和全面发展，就是对全国的报业改革也起到了难以估量的推动作用。对这样一个改革维新人士你要求他同时是一个无欲无求的苦行僧，这不公平，而且在我们的机制中从来都缺乏一项对改革成果的量化过程，一份濒临倒闭的报纸变成了全国广告量第一的大报，这到底值多少钱？总不能永远用默默奉献一语带过，在我们现行的体制下，戴晓明只能是极少数，所以他活不成。

然而谁都知道，夸一个人是不可能把他从看守所里夸出来的。最明显的是，无论是南报报业集团还是晚报报业集团都在暗中松了口气，因为挡在他们前面的大石头和顶在他们头顶上的雷，瞬间便烟消云散。用他们自己的话说是"天都光晒"！三足鼎立的戏在短时间内是不会收场的。

有人说一直卧床不起的柏青的原老丈人当即就可以下地走路了。

可以说，谁也没想到戴晓明会以疯狂过山车的速度倒下，包括他自己，也难以相信这个事实。目前戴晓明住在模范看守所里等待发落，据说是有崇拜他的人愿意行此方便。

当然，更多的人是不买账的，大人物的沦落总会给常人一种难以言说的快感。尤其戴晓明这样不可一世的人物，管教就可以喝斥他，为什么不吃饭？嫌我们这儿的伙食不好？那是，我们这里可没有珍珠翡翠白玉汤，不吃就饿着吧。

但其实对戴晓明来说，住进看守所比起双规来是一种解脱，双规的时候他住在一间只有床的空房间里，每天面对的是一叠白纸。专案组的人只是反复叫你交待问题，并不会打人或高声训斥，只是永远有人坐在你的身边，不跟你说话，看一本书或者杂志一类的东西。他们是三班倒，走马灯似的川流不息。不变的是你，桌上除了白纸甚至连一本字典都没有。房间里有洗手间，解手的时候必须开着门，解大手也是如此，据说是防止自杀，如果你觉得别扭，那就克服你的别扭。

这种囚禁是会让人发疯的，时间一长，没有人扛得住。

专案组有步骤地叫他交待了几件事，一副其他事情就不必细究的架势。很明显地，这几件事足以让他一撸到底。

他现在什么都没有了，权力、业绩、金钱、女人，所有他认为重要的东西其实很轻而易举地就能从他的身边溜走了。这使他整个的思维方式全部瘫痪，他不知道该怎样应付这个局面。

直到他进看守所，至少这里面还不乏人气，是人气令他渐渐苏醒的。

他现在可以在阅览室里读书、看报，每天还可以看两个小时的电视，他也终于能静下心来，听听人们关于他的各种看法，尤其是《芒果日报》的人，他相信总有人会公正地评价他。不过直到现在他也才承认他以前是听不到任何声音的，也可以说他根本就不想听到。

戴晓明对方煌的言论毫无兴趣，这种大而化之的便宜话说了等于没说。对手之间保持沉默永远是上上策。

最令戴晓明不能接受的现实是，在他的新闻生涯瞬间消亡的今天，他几乎找不到任何一个盟友，即便是他自己的部下，对他的所作所为也是讳莫如深。一个《芒果日报》的资深编辑说：我对戴总编一直是很尊重的，可是他太过于相信自己的脑袋，他手上其实没有真正的"内阁"和团队，一切都是他说了算。所以中国百年以上的事业很少，因为他死，我们就一定得跟着死。如果我们讲究团队精神，情况可能会大不相同。

事实成为这个观点有力的佐证，尽管有关方面的领导及时调整了芒果报业集团的领导班子，但是现成的灵魂人物可以说根本没有。仅仅是有关报纸改版的一些小小问题，久议不决到了让人啼笑皆非的程度。有人提议，不如就到铁窗之下开编委会，至少戴晓明能马上告诉我们该怎么做。

《芒果日报》也有人对戴晓明横冲直撞加快马加鞭的管理风格提出质疑，他说这种无情的管理方式对编辑产生的压力是巨大的，在重大的新闻事件面前，大批量使用记者进行洪水式报道无疑是必要的，但是把一线的记者全部换成青瓜蛋子会使老资格的高级编辑觉得自己无关紧要，它所造成的直接后果就是所有的报道只有石破天惊的标题，而有深度的、层次清晰的文章可以说是凤毛麟角。

如果不是宦海沉浮，戴晓明恐怕一辈子也听不到这么多关于他的赤裸裸的评价。有人称他是一代媒体天才，各种举措会让同僚们眼花缭乱，或者震惊甚至想杀了他，但是没有人会用"乏味"来形容他。

有人形容戴晓明是个赌徒，没有人知道他下一步会怎么走，也有人说他是个海盗，遵循的只是他自己的游戏规则。

一位年轻的记者说，我是被戴晓明的魅力吸引到芒果来的，坚信他是一个新派人物，但他骨子里却是沉渣泛起，每次看到他像走亲戚似的跑到北京去朝拜，听说还带着厚礼，我就恶心得作呕。也许当官必须这样，但我无法再尊重这样的人。

事业和权力到底哪个更重要？毫无疑问的是戴晓明在事业有成之后彻底地迷失了，比起充满艰辛朴实无华的事业，他肯定更爱权力的说一不二君临天下。所以他把报业集团的钱就当成自己的钱花，这一点都不奇怪，他脑袋里早就没有"违法乱纪"这类词汇的概念了，芒果在不知不觉地走向家长制。

政治就是变戏法，你必须在一整张网里游刃有余，而不是简单到吊死在一棵树上。但显然这不是戴晓明的强项，他做得毫无章法，也可以说破绽百出，其结果是改革明星迅速政治化的必然结局。

更有人对他的倒下无比惋惜，抛开荣辱不说，谁都知道戴晓明把所有的精力都花在建构新闻集团的过程中，在此期间，他把一切人、一切事抛在脑后，包括一切想法以及任何朋友，为了自己下一步的计划，他可以做任何他必须做的事。然而，他并不知道，同样是在这一过程中，一个巨大的人言陷阱已经形成。

当各种说法如同乱箭一般向戴晓明袭来时，他的内心也受到了极大的震撼，他曾独自一人在狱室后面的小天井处对天长啸，长歌当哭，发出的声音犹如野兽的哀鸣，令人毛骨悚然。有人说他疯了，也只有他自己知道他是怎样的不甘心——一个有着孤胆英雄气概的人不可避免地走上了过客之路。

戴晓明在进了看守所之后，除了他老婆之外，再也没有人来看过他，他仿佛被整个世界遗忘了。世态炎凉是每一个人的影子，其实也是另一种公平。

林越男也没有来看过他，甚至林越男都很少在人前提到他，谁都有三个亲的两个热的，他们问林越男，你不去看他，到底是因为还爱着他，还是恨他？林越男想了想，回答了四个毫不相关的字：棋到终盘。

十四

青青的神秘失踪始终是鲠在沈孤鸿心头的一根刺，常常会像魔咒一样地跑出来令他寝食难安。这使得沈孤鸿频生悔意，如果当初他的消失没有后继，他们从此再不见面，事情也就不会演变成今天这个局面。

而实际上，他对青青到底知道多少呢？她说她的家在东莞，由于家境贫寒便出来做小姐，听上去也是顺理成章，沈孤鸿便从未深究。

如果青青从此寂寞江湖倒也罢了，但是她的举动太不可思议，又无从解释，这就让沈孤鸿感到她是一个极大的隐患，而不消除隐患，人就像坐在火山口上一样，随时有可能化为灰烬。

前段时间去北京沈孤鸿无功而返，不是他见不到强书记，也不是强书记冷落了他或不愿帮他，而是他在离强书记家不远的什刹海公园门口徘徊了整整一夜。北京的街头人海茫茫，所有的面孔都是那样陌生，从他身边走过的人没有一个人多看他一眼。当他离开了他所熟悉的环境，离开了前呼后拥的部下，在北京的街头犹如农民工一样怅然若失时，他变得异常冷静。

往事如烟，他想起当年强书记力排众议把他作为一个好干部提起来，如果没有强书记，以他的锋芒和咄咄逼人，他恐怕根本没有做正职的机会。此后，强书记大力支持了他提出的司法改革的若干尝试，给他提供了一个长袖善舞的平台。

强书记经常说：沈孤鸿同志的组织协调能力很强，他写的调研报告我看过，言之有物，而且很少空话，这样的干部虽然不是四平八稳，但是有潜力有素质，提拔起来对党的事业有利。而且强书记是一个有口碑的清廉干部，但是对于给他暗中送礼的人他也决不当面给人难堪，反而耐心地询问他的难处，能解决的问题尽量解决，但他绝对不收受钱财。他的理由简单得出奇：你不能要求我每回见到你都笑吧？可是我收了你的礼我能不笑吗？

而且强书记还是一个长情的人，他经常叫秘书联络本地的省市干部，叫大伙有机会去北京到他家去吃炸酱面。

对于这样一个好干部，沈孤鸿真是没法为自己的所作所为开口，他怎么说呀？

难道叫他跟强书记说，你当年瞎了眼，我其实就是一个利欲熏心、难戒女色的干部，请您再给我一次机会！

每想到这里，他既张不开嘴也迈不开腿。最终沈孤鸿离开了北京。

事实上，最终强书记听了关于沈孤鸿问题的汇报，他长时间没有说话，深感自己在干部失察问题上的责任，据说痛心得还掉了眼泪。当然这已经是后话。

沈孤鸿从北京回来以后，发现所有的问题依然如故。他决定自己动手解决这些问题。

他有一个亲侄子名叫世冬，是通过他的关系送进公安局工作的，小伙子表现还不错，虽然负责内勤，但是单位配给他一辆三菱警车。沈孤鸿打电话把世冬约了出来，递给他一张青青的照片，叫他不要声张地把这个人的来龙去脉调查清楚。

调查结果很快就出来了，而且这个结果令沈孤鸿大吃一惊：青青的本名翁海燕，她是翁远行的妹妹。

沈孤鸿根本就不知道呼延鹏每天都在醉生梦死地打拖拉机，他始终坚信呼延鹏和翁海燕在一起，他们正把他一步一步地逼向绝境。

这一天晚上，呼延鹏正在流浪记者的出租屋里打牌，这两天，他们这里来了一个侃家，要说这个人是真能侃，知道的事也多，早年也是写诗，疯了，在精神病院住了三年，病好了以后一直在底层混，干过爆米花、装卸工、收废品、看手相、倒卖银元，同时也吃过摇头丸嫖过娼，所以他知道的事情特别多，都是些奇闻。大伙一边打牌一边听他侃，全被他给侃懵了。

这时呼延鹏的手机响了，本来他是不接手机的，但是这回却神使鬼差地下意识接听了，一个陌生的声音几乎是用命令的口气对他说："你马上到翁远行家去一趟，告诉他，他的妹妹有危险，叫她务必小心。"

呼延鹏心想，翁远行的妹妹有危险关我屁事？我又不认识他妹妹，再说了，我有危险的时候怎么没有人通知我呀，害得我进看守所。

对方见他不吭气，追问了一句："你听见了没有？"

呼延鹏忍不住反问了一句："你是谁？"

对方说："我是深先生。"说完就收线了。

这是深喉最后一次出现，令呼延鹏老半天才反应过来。他手中的扑克牌撒了一地。

很长时间以后，呼延鹏都想不出深喉是谁。深喉到底是谁呢？有的时候他觉得是天眼，无处不在，飘浮在空气里，有的时候他又觉得这有可能是他认识的任何一个人，尤其是他的线人，可以说他们每个人都具备做深喉的条件。

这个人为什么不愿意露面呢？他守着的还有多少秘密？他是怎么知道这些秘密的？呼延鹏按照来电回拨把电话又打了过去，得到的回答是一个女电脑的声音：您拨的号码是空号，请查证后再拨。

人心如古巷，幽深不可测。母亲的话再一次穿透了呼延鹏的心底。

呼延鹏来到翁远行家的时候，天已经全黑了。街巷里倒是极其热闹的，不少人用临街的外屋做点小生意，摆一些花花绿绿的小吃和饮料在卖，也有做快餐盒饭的，有人卖花，洗头妹穿得清凉在门口说笑，招揽着男客人按摩松骨，她们略显风情地说，好舒服的。让人觉得意味深长。

翁远行的父亲不在家,据说是走亲戚去了。

呼延鹏在翁远行的家里意外地见到了徐彤,两个人全都愣住了。原来徐彤还是在为翁远行处理国家赔偿的案子,两个人正在一块准备文件。

呼延鹏想起他从看守所出来之后,曾经去徐彤的律师楼找过他,去时一直控制着情绪,但是一见到他豪华的大办公室,呼延鹏立刻就窜儿了,他深知他被愚弄了,他用他的傻为徐彤换来了不少东西。这使他怒火万丈,他现在已经不记得他都骂了徐彤一些什么话,反正是慷慨陈词,还把徐彤桌上的东西全部扫到了地上。

当时他是被两个保安架出那座大楼的。

现在,他们俩又在这里见面了,徐彤是西装革履,领口和袖口洁白如雪,皮鞋也是光可鉴人,相比之下,呼延鹏的一身装束显然是不着四六。但是他们彼此都没把对方放在眼里,这在他们的神情中暴露无遗。

在翁远行到厨房去泡茶的当口,沉默良久的呼延鹏突然说道:"徐律师,有一个问题我一直想亲口问问你,你对我下那样的黑手,你晚上睡得着觉吗?"

徐彤坦然道:"年轻人,我劝你出了问题还是多在自己身上找找原因,你为什么不采访高矛,为什么不等屠兰亭从国外回来当面采访他?为什么不做深入细致的调查研究就随便发言?你不觉得这件事发生得太偶然吗?同时也是完全可以避免的。问题就出在你自己身上,你总是以为只有你一个人有良知。"

呼延鹏恨道:"你是施害者,难道你还有理了?"

徐彤笑道:"这个世界就是这样,江湖凶险,冷暖自知。我再说一遍,出了问题,只能怪自己不小心。而且呼延鹏,你什么时候站在别人的角度想过问题?别人为什么就不能胆小,就不能爱钱,就不能选择沉默?你为什么就不能体谅和包容别人?远的不说,就说翁远行的案子,当年也是我不顾一切地奔走争得一个刀下留人,如果不是这样还有后面的故事吗?你再仔细地想想你所经历的一切,离开过别人的帮助吗?不管别人是出于什么心,你总是借了力的,这就是事实。你内心狂野、骄傲那是你自己的事,但是我告诉你,你从来就不是什么当代英雄,从来都不是。你就记着这句话吧。"

陡然之间,呼延鹏仿佛遭遇雷劈一样地惊了一下,一个巨大的问号电光四射,难道徐彤就是深喉吗?他会不会就是深喉?!

等到呼延鹏回过神来,徐彤早已不见踪影,只有翁远行微笑地站在他的面前,手里捧着一杯热茶。呼延鹏接过茶来不解道:"徐彤呢?"

翁远行道:"他先走了,叫我明天上午到他的律师楼去。"

呼延鹏哦了一声,身上的感觉是恹恹的,像是久病之后的那种疲乏。

翁远行又道:"你们刚才聊什么呢?聊那么热闹?"

呼延鹏道:"没聊什么。"

翁远行道:"徐律师这个人真是个好人。"

呼延鹏道:"他帮你做这个案子收多少钱?"

翁远行道:"他说是免费的。"

呼延鹏想了想,放下茶杯道:"那就好……"说完他准备离去。

翁远行笑道:"呼记者,你来了这半天,还没说有什么事呢。"

呼延鹏猛然警醒过来,没头没脑地问道:"你妹呢?"

"还没下班。"

"她什么时候下班?"

"差不多就是这时候。"

"她在哪儿做?"

"在一家小公司做文秘,有时候也加班。"

"她叫什么名字?"

"翁海燕。"

"能带我去她房间看看吗?"

"当然可以。"

海燕房间的门虚掩着,刚一推开门,呼延鹏就被墙上挂着的特写照片惊呆了。

上午开完主编例会,洪泽并没有马上离开,而是跟在方煌的身后进了大伙戏称的旗舰办公室。"你还有什么事吗?"方煌问道。

"也没什么事。"洪泽含糊道。

方煌并没有看他,随意道:"坐吧。"

洪泽坐下来之后顺势伸了个懒腰。"前辈,"他说道,"听说晚报报业集团也调整了领导班子,老主编看来身体真的是不行了,老也出不了院,现在的新主编是上海调来的,听说够老辣。大伙都说三个报业集团又开始重新洗牌了。"

方煌不动声色道:"洪泽,你到底想说什么?"

洪泽泄气道:"算了,还是瞒不过你,那我就直说了,我想调走。"

"调到哪儿去?"

"晚报报业集团的《经济参考》,他们还许诺我兼北京记者站的站长。"

"你答应了?"

"答应了,我不能总是当狗仔队队长吧?"

"我也可以把你调到《精英在线》啊。"

"前辈你一开始没把我放在《精英在线》,以后就绝不会把我给调过去。"

"如果我不同意呢?"

"您会同意的。"

"洪泽,再有才华的人,做人都要讲良心,当初没有任何一个报纸收留你,至少你也应该懂得什么是知遇之恩。"

"我当然懂,所以我把《星报》的发行量提升了整整一百万份。我觉得我对得起你了。"

方煌突然放下脸来,用训斥的语气大声说道:"对得起还是对不起我那也应该由我来说,而不是你。"

"前辈……"

"你不要叫我前辈,你才是我的老师,今天又给我结结实实地上了一课。"方煌余气未消地说道。说句老实话,他也没想到自己会失态,以他身经百战的素质,对一个年轻人发火实在有失风度。但是让他心平气和无论如何又是难以做到的。洪泽是一把好手,怪只怪自己低估了他,以为他会像所有得到过帮助的人一样知恩图报,但这是何时的古曲,今人又怎会翻唱?洪泽他们这一代人,是最实用的一代,你跟他说洛克菲勒是他爸爸他都不会嫌人家头发黄眼睛蓝还有体味。他们就是再可怜也是冻僵了的蛇,一旦苏醒就会想尽一切办法咬人,哪会想到什么养育栽培之恩。

洪泽默不作声地坐在长沙发上等待方煌消气,但是他其实已经完全读懂了方煌的心灵密码,等到沉闷的空气缓和了一些,洪泽才道:"前辈你也知道,我从来都不是一只菜鸟。但是几代人之间是没有可比性的,我们今天面临的生存环境只比你们更加风雨飘摇,我们无论遇到什么问题都要自己面对,生存、吃饭、房子、疾病、内退、下岗,'组织'这两个字对我们来说只是一张白条,谁又会真的给我们解决这些问题?换句话说,如果我是你儿子,是不是我所有的做法你都能理解?"

方煌突然悲从中来，他摆了摆手道："你什么都不要说了，你走吧。"

洪泽犹豫了片刻，还是决定离开，他走到门口时回望了一眼，只见方煌一直微低着头，没有看他。他想起他曾经看过方煌写的一篇随笔，他说，我总是很难面对伤感的事，因为坚强始终是敌不过伤感的，所以才有俗话说，卖孩子，不摸头。

其实洪泽的内心也不是不伤感的，他说："前辈，别太认真了，你这么投入地工作，万一以后退下来得承受多大的失落？你什么兴趣都没有，每天有将近十四个小时呆在报社。你培养了我和许多像我一样的年轻人，我们都心存感激。可是报纸是什么？时效性的国情咨文加街谈巷议，第二天就被拿去包鱼或者直接进废品站；说得再露骨一点，报纸就是洗脑剂，它把事实和想象混淆到无法察觉的程度，是格式化了的好莱坞，一块翻云覆雨的梦幻之地……前辈，你不了解一件事情的无聊，你就没有办法干好它……"

方煌被洪泽气得面无人色，他拍着桌子骂道："你给我滚！马上滚！我干了快五十年的报纸，我用你来跟我讲报纸是什么吗？我告诉你洪泽，'生活的目标应该是比生活更重要的东西。如果不投入到比你自身更伟大的事业中，你就看不到生命的意义。那是找到自我的唯一途径'。这话不是我说的，是保尔·柯察金，曾经被无数的伟人引用过，这才是我们在患得患失之后的大彻大悟。也许你现在不会懂，但是你一定会在生活中慢慢理解的。"

后来洪泽才知道，方煌唯一的儿子有终身残疾，这才促使他终身为新闻事业奋斗不止，以至于有人说南报报业集团才是他真正的儿子。洪泽很为自己的失言后悔，他说方煌打动他的从来都不是才智和勤勉，而是他完全知道自己的悲剧角色却还是踏上了他的悲剧人生——他其实什么都不图，只求尽心。

然而，谁的人生又不是悲剧的呢？

下班之前，洪泽很想晚上出去喝酒。他先给柏青打了电话，他说："怎么样？聚一聚吧。"

柏青想了想说："何必勉强呢？"

"没什么勉强的啊，你离了婚，但是透透跟别人结了婚，这不是明摆着你们之间没事吗？呼延他也不介意跟你一块喝酒。"

"他不介意我还介意呢，而且没有信任，为什么要做朋友？"柏青说完这话就收线了，干净利落。

晚上，洪泽跟呼延鹏一块到江边泡吧，这是一个高居在二楼的露天酒吧，一楼是一个恒温游泳池，里面有一些妙龄女孩在跳水上芭蕾，一个个出水芙蓉般水灵。让人联想到现在的人做生意，手段无奇不有，所以这个酒吧也是晚晚爆满。

两个人要了两扎生啤，喝到微微上头的时候，呼延鹏道："洪泽，你真的决定去北京了？真的不怕沙尘暴吗？"

洪泽盯着呼延鹏的眼睛看了一会儿，叹道："想听真话还是假话？"

"废话。"

"我是不想看见我喜欢的女人跟别人一块唱《梁祝》。"

"什么意思？"

"你知道我是什么意思。"

"我不知道。"

"别装了呼延鹏，实话告诉你，我其实在贡嘎机场就是撒了一泡尿，当时就知道槐凝已被直升飞机送了回来，所以我买了张机票就往回赶。那天我从机场出来，家都没回就赶到医院，我全都看见了。"

"你看见什么了？"

"我看见你们俩抱在一块哭。"

"那能说明什么？我跟她的感情是超越爱情和友谊的，你根本不可能理解。"

"没有哪一种感情是难以理解的，而且呼延，这件事我也不怨你，她跟我在一起的时候一滴眼泪都没掉过，为什么见到你就哇哇大哭？这道理太不深奥了，我懂。"然而说到这时，洪泽的眼角还是湿润了，他无不伤感道，"我一点也不恨你，只是我暗恋多年的女人被你轻易得到，你是一定要付出代价的。"

"什么代价？"

"我再也不会是你的朋友，我们各走各路。"

"你不是说女人永远不是主题吗?"

洪泽无言。

呼延鹏叹道:"……我们三个人最终也没逃出'一怒为红颜'的下场,还是为了女人而分手。女人当然不是主题,但是主宰了我们。"

这个晚上,洪泽和呼延鹏都喝得酩酊大醉,他们在沿江路上手拉着手,摇摇晃晃地边走边唱,引起了路边情侣和游人的侧目,但是他们越唱越大声,越唱越尽兴。他们唱的是臧天朔的《朋友》。

几天之后,呼延鹏在他的信箱里发现了一张明信片,看得出来它是经过长途跋涉走遍千山万水奇迹般地来到他这里的,因为它早已失去了印刷品早期的光鲜,而呈现出历经磨难的样子。明信片的正面是峻美的雪域高原,喜马拉雅岩石与积雪的峰峦风起云涌,苍茫如海。背面是槐凝草草地写下的几个字,估计当时她已经进入生命的倒计时,可能就躺在达巴兵站简陋的床上,也可能靠在开往临时机场的汽车里,她拼命地喘息但仍透不过气来,曾经无数次地与死神相会。

她写道:冬天需要寒冷,生命需要忍耐。永远坚强,内心宁静。

呼延鹏的鼻子发酸,他想,槐凝是怎样一个奇女子?难道这个世界上真的有一种情感可以跨越生命?

后来,槐凝说,同行的人打来问候的电话,并且告诉她,经过那个恐怖狰狞的死亡之夜,次日一大清早,人们终于看清了自己所处的方位和周围地貌，车已经接近山顶，在前方不足十米远的地方，道路急转直上，左边的路面已被经年山洪冲垮成自然沟壑，深切至谷底。也就是说，车再开出去十米，所有的人将万劫不复。

后怕至良久，他们的目光终于相遇，槐凝还是那么自然，平静，而呼延鹏的内心却荡开层层漪涟，他想，苍天有眼，该不是这个世界上有我，便让她命不该绝吧。

翁海燕那个晚上一夜未归。

所有打出去联络她的电话都是有去无回，而且跟她比较贴心的几个朋友也都不知道她的去向。第二天中午，呼延鹏对翁远行说，再也不能等下去了，我们报案吧。于是他们到派出所报告了翁海燕失踪的消息。

仅仅过了半个月，西樵山附近采石镇的一个村民到山上捡柴，当她拨开一堆杂草，顿时惊得魂飞魄散，一具无头尸骨露了出来。经过提取死者的肌肉DNA鉴定，警方认定女尸即为翁海燕。六个月以后，在离采石镇八百多公里的茅岭乡，有个村民在虾塘旁边发现一颗头骨。这时，翁海燕被谋杀分尸一案逐渐清晰。

随着公安机关调查的深入，并没有人怀疑到沈孤鸿，反倒是沈世冬进入了办案人员的视野，因为有目击者亲眼看见当天晚上下班回家的翁海燕上了他的警车，而且居然有好事者记住了这辆警车的车号。

更重要的是沈世冬在这段时间显得格外失魂落魄，

问他出了什么事他又支支吾吾地说不清楚，同时言不及义。他的反常表现使他被请进了刑警队长的办公室。

沈世冬还没开口，已经大汗淋漓，他说，他根本没想到会出这么大的事，当时沈孤鸿找他帮忙，也是说只是找到翁海燕问一点事情。于是他还是和颜悦色地把翁海燕请到车上。但是当车门关上时，翁海燕发现了坐在里面的沈孤鸿，她本能地要下车，被沈孤鸿大力按住，沈孤鸿说，你给我坐下。

这时候车已经开了，翁海燕也只好坐下。沈世冬问去哪里，沈孤鸿说随便开，反正离开市区就行了。

这时候沈孤鸿又恶狠狠地对翁海燕说，你他妈的一开始就知道我是谁，你是有意接近我的。翁海燕说是的，我当时为了救我哥，红酒卞又赶尽杀绝让我丢了工作，此后我找一个工作他就派人搅黄一个，我只能做小姐，你以为我就那么爱做小姐？我是没有别的路可走了。沈孤鸿说，你救你哥是没错，那你为什么不告诉我呢？你也不能把我置于死地是不是？翁海燕说，因为你不是什么好人，你会为了钱不顾人的性命，我为什么要告诉你我是谁？我不但要利用你挣钱，把我和我哥的损失都从你身上捞回来，而且我还觉得你根本不配坐在这个位置上。

翁海燕还说，你如果想要你没有的东西，你可以去杀去抢去当黑社会老大，可是你穿着法官袍，那老百姓还有什么指望！

沈世冬说，后来他们就吵了起来，而且越吵越凶，最后干脆动起手来了。我从后视镜里看到沈孤鸿死死地掐住翁海燕的脖子，我当时吓得一路飙车，直到后面一点动静都没有了。当我看见翁海燕的身体软绵绵地倒在车上，我再也控制不住自己了，一个急刹车把车停了下来。这时沈孤鸿在后面骂了一句，慌什么?!还有我呢。

后来他们连夜把车开到了西樵山，趁着月黑风高肢解了尸体，并且身首各异地扔在了两个地方。

刑警们到沈孤鸿家抓人，他已经服毒自尽，他服的毒药是"三步倒"。

沈孤鸿的家中出人意料的干净，称得上窗明几净，但是家具普通，家中的装潢也很普通，绝对称不上豪华甚至殷实。在他家中的沙发和床垫里也没有找到什么成沓的现金，同时也没有什么贵重礼品，包括金器、珠宝、高级补品、名酒或者名烟，所有人们可以在贪官家查到的东西这里都没有。看得出来他是一个很谨慎的人，但同时也能感觉到他在失去家庭温暖之后的清寂。其实他的生活也是被财富扭曲的，如果他不与别人攀比不把孩子送出国，不让妻子去到千里之外发财致富，或许他就不会遇到青青，至少不至于栽在她手上。可是说这一切都太迟了，无论他怎样算计，他最终走上的就是这条死亡飞速临近的路，极具讽刺的是在这个过程中，他一直以为他在求生。

经查，沈孤鸿并非身负惊天大案，早在三年前，他已经跟白韵琴办理了正式离婚的全部文件。尽管人们会对这一举动持高度怀疑的态度,但是理论上白韵琴以及她公司的事已与沈孤鸿毫无关系。至于他跟翁海燕也就是三陪女青青的爱恨情仇,皆因两个人都已故去而留下无数的谜团。

而沈世冬由于犯帮助毁灭、伪造证据罪被判处有期徒刑三年,并且永远开除出司法队伍。

根据沈孤鸿的案子,呼延鹏写了一篇报道,这也是一篇终极报道,题目是《法网孤鸿》。报道刊出之后便引起了极大的轰动,他再一次成了抢手货。当然,他还是选择了回《芒果日报》上班。

他的办公桌一直空着,落了一层薄薄的灰,就仿佛一个灰头土脸的爱人在等待着他的心上人归来。第一天上班,呼延鹏就不可避免地想起了戴晓明,想起了最初在北京跟他谈话时的心潮澎湃,戴晓明说,人的一辈子就是一个抵御各种欲望和诱惑的过程。这句话一直让呼延鹏难以忘怀,但是说这话的人却已经被欲望和诱惑绊倒,这不能不让人感到这句话又多了一层黑色幽默的味道。

也就是在这一天,呼延鹏去了模范看守所,隔着一道铁栅栏,两个一无所有的男人终于赤诚相见了。

戴晓明虽说有些两鬓斑白,但是他的精神还算饱满,一种不为人察的气势又重新回到了他身上。正如有人形容高官之死,走前还与即将为他行刑的人一一握手,这是一种居高临下的习惯，没有对错之分。

戴晓明说："……权力既迷人又可怕，迷人在于它难以窥探的秘密，它总是能吸引人臣服、折腰、谄媚奉迎和顶礼膜拜，可怕的是在于它要统治一切的本性……有人说权力可以使掌权者丧失理智和人性，而权力丧失后，往往可以恢复人性，接近真理。"

呼延鹏说："我也是觉得，当一个人什么都没有的时候最接近真理。"

戴晓明说："在一切可以改变人的因素中，最强烈的是酒，其次是女人，再次是强权，最后才是真理。"

说到这时，两个人不约而同地笑了起来。